친구의 오빠가 수상하다

vol.1

욱수진 장편소설

동아

친구의 오빠가 수상하다 1

초판 1쇄 인쇄일 | 2020년 12월 3일
초판 1쇄 발행일 | 2020년 12월 12일

지은이 | 옥수진
펴낸이 | 박성면
펴낸곳 | (주)동아

출판등록 | 제406 - 3960100251002007000071호
주소 | 경기도 파주시 문발로 115, 세종대학교출판부 206호
전화 | (031)8071 - 5201
팩스 | (031)8071 - 5204
E - mail | bear6370@hanmail.net

정가 | 9,000원

ISBN 979 - 11 - 6302 - 427 - 9 (04810)
      979 - 11 - 6302 - 426 - 2 (set)

친구의 오빠가 수상하다

vol.1

욱수진 장편소설

동아

목 차

Chapter 1

HBS 방송국.

1층 로비에 위치한 카페 안은 사람들로 북적였다.

주문하는 저 남자는 후드 티 차림에 핸드폰을 손에서 놓지 못하는 걸 보니 매니저. 창가에 앉아 날카로운 눈빛으로 정치 이슈를 토론하는 저 여자는 교양국 PD. 슬리퍼를 신고 우르르 나타난 이들은 카페인을 충전하러 온 편집실 사람들일 것이다.

각양각색의 사람들을 관찰하던 새봄은 주스를 들이켰다. 그러곤 앞에 앉은 남자를 흘끔 쳐다봤다.

10분이 넘도록 그녀의 이력서만 들여다보고 있는 이 남자는 드라마국 최남기 피디였다.

그렇다. 새봄은 지금 면접을 보는 중이었다. 그런데 아무래도 뭔가 잘못된 모양이다.

"피디님. 혹시 제 이력서에 무슨 문제라도 있나요?"

턱 밑에 수염이 까슬까슬하게 난 남기의 표정이 꽤 심각했다.

"새봄 씨."

"네."

"혹시 성전환했어?"

"네?"

"내가 메일로 받은 이력서엔 분명 남자로 표기되어 있었는데. 새봄 씨는 누가 봐도 여잔데?"

남기가 새봄의 앳된 얼굴을 보며 고개를 갸웃했다.

바른대로 말하지 않으면 큰일이 날 것 같은 분위기에 새봄은 조심스럽게 입을 열었다.

"아, 그게…… 사실 일부러 남자로 표기했습니다."

"왜?"

"채용 공고에 여자는 지원하지 말라고 되어 있어서요."

"그럼 지원하지 말았어야지."

"피디님. 저 이 작품 꼭 하고 싶어요."

새봄이 두 손까지 모으며 간절하게 말했다.

"하아……."

남기가 크게 한숨을 내쉬었다. 그러자 새봄은 불안한 마음을 숨긴 채 애써 밝게 웃었다. 웃는 얼굴에 침 못 뱉으랴.

"헤헤. 저 진짜 열심히 하겠습니다!"

"이건 열심히 해서 될 문제가 아니라고. 여자는 안 돼."

"왜요?"

"그건 대외비라 말할 수 없고. 암튼 난 새봄 씨 자기소개서만 보고 똘똘한 친구 같아서 바로 연락한 건데. 어쩐지 이름이 여자 같더라. 뭐 내가 전화로 미리 성별 확인만 했어도 이런 일 없었는데, 미안해요. 요새 바빠서 정신이 없네. 그럼 이만 가 봐요."

역시 안 되는 건가?

결국, 새봄은 힘없이 자리에서 일어나야만 했다. 그런데 아무리 생각을 해 봐도 이해가 되지 않았다.

털썩. 새봄이 다시 자리에 앉았다.

"왜 도로 앉아? 가 보라니까."

"피디님, 근데 이거 성차별 아닌가요? 여자도 남자가 하는 일 다 할 수 있어요!"

"서, 성차별? 어우. 그런 무서운 얘기하지 마. 얼른 가 봐요, 얼른."

"잠깐만요! 저요, 초등학교 다닐 때부터 지금까지 하루도 쉰 적 없어요. 신문이랑 우유 배달 일도 해 봤고요. 게다가 육상부였어요. 엄청 빠릿빠릿하고. 달리기만큼 눈치도 빨라요."

갑자기 열심히 자기 어필을 하는 새봄을 신기하게 쳐다보던 남기가 다시 이력서를 들여다봤다.

가족 관계가 공란으로 되어 있었다. 게다가 초등학교 때부터 각종 아르바이트라……

남기가 조심스레 물었다.

"혹시 가족이?"

"없습니다. 고아예요."

새봄의 대답이 바로 튀어나왔다.

"엄마가 중학교 때 돌아가시고 그때부터 쭉 혼자였어요."

"그래? 아…… 그렇구나."

남기의 눈동자가 흔들리는 것을 포착한 새봄은 이때가 기회다 싶은 마음에 냉큼 입을 열었다.

"알바로 하루 벌어 하루 먹고사는데, 이 작품 합류하려고 다니던 알바도 싹 다 정리했어요. 학교는 현재 휴학 중이라 업무에 지장 없고요."

측은지심이 남들보다 몇 배는 강한 남기가 침을 꼴깍 삼켰다.

여자는 안 되는데 큰일 났네. 정신 차리자.

흔들렸던 남기가 겨우 이성을 되찾고 말했다.

"새봄 씨 한국대라면서. 정말 드라마 피디가 꿈이라면 지금 일용직 FD를 할 게 아니라, 얼른 복학해서 언론 고시 공부를 하는 게 어때? 선배로서 조언하는 거야."

"공부는 당연히 하고 있죠. 2학기에 복학도 할 거고요."

"그래?"

은근히 할 말 없게 만드는 여자애다. 남기가 뒷머리를 긁적였다. 뭐라고 으름장을 놓으며 포기를 시키면 좋을지 고민하다가 입을 열었다.

"우리 이번에 이거 단막이야. 아주 짧다고. 돈도 얼마 안 줘."

"괜찮습니다. 최저 시급만 챙겨 주시면 돼요. 사실 제가 김수희 작가님 팬이거든요."

"에이, 김수희 작가 팬 아닌 사람이 대한민국에 어딨어."

그건 남기의 말이 맞았다. 시청률의 여왕 김수희 작가. 그녀는 말발과 쇼맨십이 좋아 예능에도 자주 출연하는 스타 작가였다.

"'마이 마더'가 제 최애 작품이에요."

"어? 그거 수희 작가 작품인 거 어떻게 알았어? '마이 마더'는 본명으로 방송 탔는데."

"작가님이 본명 김숙희로 활동하실 때 뵌 적 있어요. 옛날에 저희 집이 시골에서 음식점을 했었거든요."

"그래? 수희 작가랑 아는 사이야?"

"아는 사이라기보단, 그냥 스친 사이 정도? 피디님, 저 진짜 작가님 작품 좋아해요. 이번에 공고 올라온 거 보고 얼마나 기뻤는데요. 사실 스타 작가님들 단막극 안 하려고 하시잖아요. 미니랑 단막은 호흡이 다르니까. 시청자들도 많이 안 보고. 고료도 적고."

"그치. 단막이 화제성에서 많이 밀리지. 그래서 걱정이야. 단막이 편성띠에서 살아남아야 신인 작가랑 연출자를 키울 수 있는데 말이야. 아, 내가 왜 이런 얘길 새봄 씨랑 하고 있지?"

남기는 당황스러웠다. 후배 피디랑도 안 하는 얘기를 아직 졸업도 안 한 스물다섯 살 난 여자애랑 하고 있다니.

그나저나 이 여자애 정체가 뭐지?

처음 만났을 땐 눈도 제대로 마주치지 못하던 여자애가 드라마 얘기를 시작하자 눈빛이 확 달라졌다.

저 눈빛 어디서 많이 봤는데. 어디서 봤더라? 가만히 생각에 잠겨 있던 남기가 이력서를 반으로 곱게 접으며 결심했다.

"흠, 그럼 내일부터 바로 출근할 수 있어?"

"네? ……아!"

새봄이 뒤늦게 말의 의미를 깨닫곤 환하게 웃었다.

"피디님 감사합니다. 저 정말 열심히 하겠습니다."

"열심히 말고 잘해야지."

"잘하겠습니다!"

고작 한 달짜리 일용직 채용인데도 뛸 듯이 기뻐하는 새봄의 모습을 보니 남기는 괜히 머쓱했다.

"방학 동안 대충 시간 때우거나, 연예인 보러 오는 애들보단 훨씬 진정성 있고 좋았어. 가는 길에 별관 3층에 있는 행정팀에 가서 스태프 등록하고 내일 8시까지 와. 그럼 먼저 일어나 줄래? 난 여기서 또 약속이 있어서."

"네!"

새봄이 얼른 자리에서 일어나 가방을 메고, 남기를 향해 재차 감사하다고 인사했다.

"인사는 그만하고 얼른 가."

"네! 그럼 내일 늦지 않고 출근하겠습니다!"

"어어. 빨리 가, 빨리. 일행 오기 전에. ……미치겠네. 우석경 그 새끼, FD에 여자 채용한 거 알면 난리 날 텐데."

남기가 혼잣말을 하며 난감한 표정을 지었다. 그 소리를 들은 새봄이 고개를 갸웃했다.

우석경? 우석경이 누구지?

무슨 소린지는 모르겠으나, 남기의 바람대로 새봄은 재빨리 카페 밖으로 나와 화장실로 달려 들어갔다. 그러곤 티셔츠를 펄럭였다. 등이 축축할 정도로 땀을 많이 흘렸다. 꽤 긴장했던 모양이다.

"후우. 드디어 됐다."

가정사를 팔긴 했지만 없는 말을 지어낸 것도 아니니, 죄책감 같은 건 없었다. 그보다 더 중요한 건 짧은 기간이지만 김수희 작가의 작품에 참여하게 됐다는 거였다.

김수희 작가처럼 이름 있는 작가의 드라마의 경우 비록 계약직 스태프 자리라고 해도 경쟁이 치열해서 웬만한 인맥이 아니면 절대 들어갈 수 없는 것이 이 바닥 생리였다.

근데 그걸 자신이 해냈다. 인맥 없이. 누구의 도움도 없이.

성인이 돼서 처음 느껴보는 성취감이었다. 이 기쁜 소식을 함께 나눌 사람이 없다는 현실이 조금 서글프지만, 혼자 기쁨을 만끽하는 것도 이제는 꽤 익숙했다.

상념에 젖어 있던 새봄은 간신히 마음을 추스른 후 주머니를 뒤적거렸다.

"내 핸드폰!"

아까 자리에서 급하게 일어나느라 핸드폰을 떨어뜨린 모양이다. 새봄은 황급히 밖으로 달려 나갔다.

* * *

"연예인 아니야?"

"첨 보는 얼굴인데 엄청 잘생겼다."

"신인 배우인가?"

한 남자가 카페 안으로 들어서자 사람들이 수군거렸다.

매일 예쁘고 잘생긴 연예인들과 일을 하는 방송국 직원들이 호들갑을 떨 정도로 남자의 외모는 수려했다.

잡티 하나 없는 피부, 반듯한 이마, 짙은 눈썹, 오뚝하게 솟은 콧대. 얼굴에도 황금 비율이 있다더니 그에 딱 부합한 외모였다. 거기에 방점을 찍는 피지컬까지 모든 것이 완벽했다.

화이트 셔츠에 핏이 예술인 블랙 팬츠를 입은 남자는 여자들의 로망인 등빨이 가히 환상적이었다.

사람들의 시선이 절로 남자에게로 향했다.

"우석경!"

그때 남자를 발견한 남기가 손을 번쩍 들고 외쳤다. 그 소리가 어찌나 컸는지 반대쪽으로 가려던 석경이 남기를 발견하곤 자연스럽게 걸음을 돌렸다.

"뭐 마실래? 내가 주문하고 올."

"됐어."

석경이 남기의 말을 가볍게 무시하고 자리에 앉았다.

"인마. 또 왜 이렇게 저기압이야? 국장님이랑 위에서 무슨 일 있었어?"

"그 단막 꼭 해야겠냐?"

"응!"

남기가 고개를 세게 끄덕였다. 그러자 석경이 미간을 확 구겼다.

"돈도 안 되는 걸 왜 하고 싶은데?"

"돈보다 더 중요한 게 있다니까. 이번에도 시청률 안 나오면 단막극 폐지된다고. 그럼 어떻게 되겠어? 우리 후배들 설 자리가……."

"닥쳐. 네 후배 양성을 왜 우리 회사 돈으로 해? 아무리 김수희가 쓴 거라도 70분짜리 단막 그거 어디 팔지도 못해. 게다가 제작비 5억? 미쳤냐?"

"에이, 드라마 제작사 탑 오브 탑 '나무' 대표가 쪼잔하게 왜 이러셔. 너 돈도 많잖아."

남기가 너스레를 떨며 호탕하게 웃었다.

"아! 너 대본 못 봤구나? 이거 잘만 찍으면 대박이야. 죽여준다니까 진짜."

"당연히 죽이겠지. 5억짜린데."

원래 단막 평균 제작비가 1억이었다. 그런데 그 잘난 스타 작가 김수희가 다섯 배가 넘는 5억짜리 대본을 썼다. 이건 드라마 제작 생태계를 망가뜨리려는 행위가 분명했다. 석경은 그게 매우 못마땅했다.

"야, 최남기. 네가 이 국장한테 나 팔았지?"

찔리는 게 많았던 남기가 딴청을 피웠다.

문제의 그 5억짜리 단막극은 방송국 자체 제작으로는 어려웠다. 그래서 남기는 이 국장에게 돈 많은 제작사 대표 한 사람을 추천했고, 그게 바로 남기의 가장 친한 친구 우석경이었다.

"하여튼 방송국엔 죄다 양아치 새끼들밖에 없다니까."

욕을 읊조리는 석경의 모습이 남기는 익숙했다.

"양아치라니. 인마 너 간도 크다? 지금 방송국 중심에서 방송국 욕하는 거야?"

"더한 욕도 할 수 있어. 해 볼까?"

"미안해. 내가 다 잘못했다."

남기가 빠른 사과를 했다. 아무래도 더 이상 녀석의 심기를 건드려선 안 될 것 같았다. 잘 어르고 달래서 보내야겠다는 생각으로 남기가 입을 열었다.

"이 국장이 또 진상 떨었구나? 왜? 단막 제작 안 맡으면 미니시리즈 편성 안 준대?"

"하아……."

이런. 정곡을 찔렀나 보다.

"미안해."

어금니를 꽉 깨무는 석경의 눈치를 보며 남기가 또 사과를 했다. 그러자 석경이 골치가 아픈 듯 관자놀이를 문지르며 말했다.

"김숙희보고 야외 줄이고, 세트로 수정하라고 해. 제작비 어떻게든 다운시키라고. 알았어?"

"야. 나 맞아 죽을 일 있나? 걔 옛날의 김숙희 아니다? 방송국에서 어서 옵쇼 하는 스타 작가 김수희라고. 석경아, 나 좀 살려 주라."

남기가 불쌍한 표정을 지었다. 그러곤 두 손을 모아 빌며 석경을 바라봤다.

"친구 한 명은 스타 작가, 한 명은 잘나가는 제작사 대표. 나만 이 모양 이 꼴이라니. 한심하다 진짜. 이번에야말로 조연출 딱지 좀 떼나 했더니만 시작부터 이게 뭐람.”

“신세 한탄은 김숙희한테 가서 하고. 13씬에 카레이싱 빼고, 55씬 공장 폭발하는 것도 빼고.”

“그거 빼라고 하면 김숙희 걔 이 작품 엎자고 할걸?”

“잘됐네. 엎어.”

“그럼 내 입봉은?”

“같이 엎어지는 거지.”

“아오, 이 나쁜 새끼야!”

더는 못 참고 남기가 버럭 소리를 질렀다. 하지만 석경은 들은 척도 하지 않고 스마트폰으로 대본을 보며 삭제할 장면을 찾고 있었다.

“독한 놈. 너 같은 걸 친구로 둔 내가 미친놈이지. 암튼 난 죽어도 김숙희한테 대본 수정하란 소리 못 해. 하려면 네가 해. 흥.”

팔짱을 낀 채 애처럼 토라진 남기를 어이없게 쳐다보던 석경이 고개를 절레절레 흔들었다.

그런데 그때, 쪼그라들었던 남기가 갑자기 상체를 펴고 자세를 바로 했다. 석경은 무슨 수작인가 싶어 남기를 빤히 쳐다봤다.

남기의 시선이 석경의 뒤로 향해 있었다. 그 시선을 따라 석경도 뒤를 돌았다. 바로 뒤에 웬 여자애 한 명이 쭈뼛거리며 서 있었다.

어디서 많이 본 얼굴인데…… 어디서 봤더라?

석경이 여자애의 말간 얼굴을 찬찬히 뜯어봤다.

동그란 이마, 작고 오뚝한 코, 쌍꺼풀 있는 커다란 눈, 수줍어하는 표정.

저와 시선이 마주친 여자애는 어색한지 미소를 지었다. 반달 모양으로 휘어진 여자애의 눈매를 보다가 문득 떠올랐다. 이 여자애를 어디서 봤는지.

솔이. 할아버지 댁에 있는 강아지 이름이다. 참 신기하게도 이 여자애는 솔이를 닮았다.

그렇게 석경이 새봄의 작은 얼굴을 빤히 쳐다보고 있었는데.

"여긴 또 왜 왔어?"

남기가 석경의 눈치를 보며 여자애를 향해 물었다.

여자애 앞에서 제법 위엄 있는 감독처럼 구는 남기를 보자, 석경은 문득 대학 시절 후배들 앞에서 무게를 잡던 남기의 모습이 떠올라 헛웃음을 지었다.

"무슨 일 있어? 왜 왔냐니까."

남기가 재차 묻자, 군기가 바짝 든 새봄이 상체를 90도로 숙이며 인사했다.

"말씀 중에 죄송합니다. 제가 핸드폰을 놓고…… 찾았다!"

사정을 설명하며 테이블 밑을 살펴보던 새봄이 잽싸게 쭈그리고 앉았다. 그러곤 석경이 앉은 의자를 번쩍 들어 올려 밑에 깔린 핸드폰을 빼냈다.

"……!"

갑자기 기울어진 의자 때문에 석경이 놀라, 바로 옆에 쪼그리고 앉은 여자애의 머리통을 황당한 표정으로 쳐다봤다. 하지만 새봄은 주변을 전혀 의식하지 않고 그저 액정이 깨진 핸드폰을 보며 울상을 지었다.

"왜, 폰 망가졌어?"

남기가 흘끔 보더니 물었다. 걱정하는 남기를 향해 새봄은 애써 고개를 흔들며 자리에서 일어났다.

"아니요. 괜찮습니다. 방해해서 죄송합니다. 그럼 말씀 나누세요."

어렵게 취직까지 시켜 줬는데 이깟 액정이 문제겠어. 새봄은 씩씩하게 웃으며 인사를 하고 다시 잽싸게 출입구로 향했다.

그런 새봄의 뒷모습을 응시하던 석경이 고개를 휙 돌려 남기를 흘겨봤다.

"누구야? 어린애 같은데."

"우리 연출팀 막내……."

"뭐? 너 미쳤냐?"

남기의 대답이 끝나기도 전에 석경이 소리쳤다.

하필 그 목소리를 새봄이 듣고야 말았다. 새봄의 걸음이 점차 느려졌다. 두 사람이 무슨 얘기를 하는지 더 들어야겠다는 생각을 하다가 아차 싶었다.

괜히 알짱거리다가 저 성질 더러워 보이는 남자한테 잡혀서 채용 취소당하면 어떡해? 이럴 게 아니라 빨리 행정팀에 가서 계약서부터 작성하자.

새봄의 걸음이 다시 빨라졌다.

"와. 쟤 겁나 빠르네."

남기가 창밖을 보며 흡족한 미소를 지었다. 새봄이 죽어라 행정팀이 있는 건물을 향해 뛰어가고 있었다.

"말 돌리지 말고. 너 입봉 안 할 거야?"

"육상부 출신이라더니 잘 달리네. 아까 봤지? 조그만 게 너 앉은 의자도 한 번에 들어 올리고. 힘도 무지하게 세나 봐. 비실비실해서 힘도 못 쓰는 남자보단 낫지 않아?"

"지금 농담이 나오냐? 국장이 여자 뽑지 말라고 했잖아. 괜히 위에 밉보여서 편성 엎어지면 어쩌려고 이래? 그리고 너 그 사고 잊었어?"

"내가 원래 잘 까먹잖아."

"대단하다 정말."

"저 여자애 고아래. 중학교 때 엄마 돌아가시고 쭉 혼자 살았대. 불쌍하잖아. 저렇게 하고 싶어 하는데 그냥 시켜 주자고. 아우, 이 얘기 그만하자. 말을 하도 많이 했더니 목 탄다. 나물 좀 가져올게."

석경이 한마디 더 하려고 하자 남기가 얼른 자리에서 일어나 식수대로 가 버렸다.

"저 자식이 진짜……."

석경이 한숨을 길게 내쉬었다. 얼마 전에 있었던 사건이 떠오른 것이다.

몇 개월 전, 인터넷상을 뜨겁게 달구었던 여자 FD 과로사 사건. 엎친 데 덮친 격으로 조연출 성추행 사건까지. 맡는 작품마다 일용직 스태프들에게서 사고가 터져, 징계를 받느라 올해 겨우 복

귀한 남기였다.

저렇게 마음이 약해서야 어느 세월에 입봉을 하는지. 입봉할 때까지만이라도 국장이 하라는 대로 좀 하면 얼마나 좋냐고.

석경은 도통 이해할 수 없다는 표정으로 남기의 뒷모습을 보다가, 테이블 위로 시선을 옮겼다.

종이 한 장이 곱게 접혀 있었다. 종이를 손에 쥔 석경은 대수롭지 않게 그것을 펼쳤다.

"이력서?"

내용을 읽어 내려가던 석경의 얼굴이 점점 굳어졌다. 그사이 남기가 테이블 위에 물컵을 올려놓으며 자리에 앉았다.

"인마. 너 표정이 왜 그래? 무슨 일 있어?"

남기가 놀란 눈으로 물었다. 하지만 석경은 아무 대답도 할 수가 없었다.

이력서 맨 위에 적힌 신새봄이라는 이름 세 글자를 응시하는 석경의 눈동자가 심하게 흔들렸다.

* * *

스태프 등록을 위해서는 주민등록등본이 필요하다는 행정팀 직원의 말에 새봄은 근처 지하철역으로 향했다.

"찾았다!"

무인 민원 발급기에서 등본을 출력해서 역사 밖으로 나오자, 불현듯 방송국 카페에서 만났던 남자의 서늘한 목소리가 떠올랐다.

'누구야? 어린애 같은데.'

'우리 연출팀 막내······.'

'뭐? 너 미쳤나?'

그때 그 남자의 눈빛을 살짝 봤었는데, 눈으론 더 심한 욕을 하는 것 같았다.

"기분 나빠."

조금 늦은 감이 있지만, 신호등 앞에 서서 가만히 생각해 보니 기분이 매우 언짢았다.

어린애? 내가 어딜 봐서 어리다는 거야. 최 피디님한테 막말 한 것도 그렇고. 대체 누구지? 피디인가? 아니야, 그러기엔 차림 새가······.

청바지에 후줄근한 티셔츠, 며칠 밤을 샜는지 퀭한 눈의 남기를 떠올려 보던 새봄은 이번엔 잘 다려진 셔츠를 입은 멀끔한 남자를 떠올렸다.

잘생기긴 했던데. 역시 피디는 아닌가? 그럼 뭐 하는 사람이지? 에잇. 누군지 알 게 뭐야.

새봄은 고개를 절레절레 흔들며 남자를 향한 궁금증을 접고 파란불이 켜지자마자 방송국으로 전력 질주했다.

지이잉. 지이잉.

정문에 들어서자 손에 쥐고 있던 핸드폰이 진동했다. 그냥 무시하려던 새봄은 깨진 액정 위에 방송국 번호가 얼핏 보이자 얼른 전화를 받았다.

"여보세요!"

—새봄 씨, 나야. 최남기 피디.

"네. 피디님. 그렇지 않아도 지금 등본 출력해서 행정팀에 가고……."

—미안한데, 갈 필요 없을 것 같아.

"네? 그게 무슨 말씀이세요? 여보세요?"

하필 이 중요한 순간에 핸드폰이 수명을 다한 것인지 최 피디의 목소리가 아스라이 들렸다.

—저기 그러니까…… 다음에 보자고! 미안해. 정말 미안해!

뚝. 그렇게 전화는 끊어졌고.

"다음에 보자고? 미안하다고? 이게 무슨 뜻이지?"

심란한 얼굴로 남기가 했던 말을 되새겨 보던 새봄은 핸드폰을 응시했다.

"……잘린 건가?"

제 마음처럼 산산조각이 나 버린 액정을 망연자실하게 보다가 고개를 들었다. 아까 전까지는 전력 질주로 금방 통과할 수 있을 것 같던 방송국 정문이 이제는 너무 멀어 보였다.

방송국 담장이 원래 이렇게 높았나?

제 앞을 떡하니 막아선 담벼락마저 원망스러웠다.

그런데 그때! 정문 밖으로 그 남자가 걸어 나왔다. 저를 불쌍히 여겨 어렵게 채용해 준 최 피디한테 미쳤냐고 했던 그 잘생겼는데 나쁜 놈!

그는 주머니에 손을 꽂은 채 주차장으로 가고 있었다.

새봄은 저도 모르게 이를 악물고 남자를 째려보고 있었는데, 뒤통수에 눈이라도 달렸는지 남자가 갑자기 걸음을 멈춘 채 뒤로 돌았다.

"왜 째려봐?"

새봄이 흠칫 놀라 뒷걸음을 치자, 석경이 빤히 쳐다보며 되물었다.

"사람을 왜 그런 눈으로 쳐다보냐고."

"제, 제가 뭘요!"

새봄이 소심하게 말대꾸를 했다. 자신이 30분 만에 채용 취소를 당한 것이 다 이 남자 때문이라고 확신했기 때문이었다.

"야."

하지만 그는 심기가 불편한지 눈썹 뼈를 매만지며 새봄을 응시했다. 그러다가 대뜸 묻기를.

"고향이 어디야?"

뜬금없는 질문이었다. 새봄은 당황한 마음을 숨긴 채 대답했다.

"그런 건 왜 묻는데요?"

"아니다. 됐다."

"저기 아저씨! 잠깐만요!"

새봄이 급한 마음에 가려는 석경의 팔을 덥석 붙잡았다. 그러자 석경이 제 팔을 붙들고 있는 새봄을 노려봤다.

"손 치워."

석경은 아저씨라는 단어가 거슬렸지만, 새봄의 티끌 하나 없이 맑은 투명한 피부와 아직 젖살도 빠지지 않은 앳된 얼굴을 마주하곤 할 말을 잃었다.

"저기……."

석경의 팔을 내려놓으며 새봄이 뭔가 할 말이 있는지 머뭇거렸다.

"뭔데?"

"그게……."

"나 바쁜 사람이야. 빨리 말해."

잔뜩 주눅 든 얼굴로 깨진 핸드폰만 만지작거리던 새봄은 고개를 푹 숙여 버렸다.

남자의 서늘한 눈빛을 마주하니 용기가 사라진 것이다. 게다가 너무나도 당당한 그의 태도에 오히려 제가 다 잘못한 것 같았다.

그래. 액정 깨진 건 이 사람 잘못만은 아니니까. 정확히 말하면 아무 데나 핸드폰을 흘린 내 잘못이지. 그리고 30분 만에 채용 취소당한 것도…… 내가 뭘 잘못해서겠지?

"아무것도 아니에요. 바쁘신데 죄송했습니……."

말이 다 끝나기도 전에 그는 찬바람을 쌩 일으키며 새봄을 지나쳐 갔다.

그가 시야에서 완전히 사라지자 새봄은 제 머리통을 쥐어박았다. 핸드폰 깨진 건 그렇다 쳐도 채용 취소당한 건 말이라도 꺼내 볼걸 그랬나, 후회가 밀려왔다.

* * *

새봄은 있는 돈 없는 돈 탈탈 털어 핸드폰을 수리점에 맡기고, 얹혀살고 있는 친구네 집으로 향했다.

골목에 들어서자 비싼 외제 차들이 굉음을 내며 도로를 질주했다.

한참을 걸어 올라가 외관에서부터 초호화 건물의 느낌이 물씬 풍기는 빌라 앞에 멈춰 서자 숨이 턱 막혔다.

그래도 들어가야 했다. 갈 곳이 없으니까.

"야, 봉!"

조심스레 현관문을 열고 대리석 바닥 위에 작은 발을 올려놓자마자, 앙칼진 목소리가 들려왔다.

"전화는 왜 안 받아?"

예지가 운동 중이었는지 이마에 송골송골 맺힌 땀을 닦으며 피트니스 룸에서 나왔다.

자신을 봉이라 부르고, 봉으로 아는 친구의 짜증 섞인 얼굴에도 새봄은 웃을 수밖에 없었다. 얹혀사는 처지니까.

"핸드폰이 고장 나서 수리 맡겼어. 전화했었어?"

"그래. 스무 통도 넘게 했다. 나 배고프단 말이야."

새봄은 얼른 가방을 내려놓으며 주방으로 달려갔다.

"미안. 빨리 저녁 준비할게."

"됐어. 오늘은 시켜 먹자."

"너 배달 음식 싫어하잖아."

"길 건너에 새로 오픈한 레스토랑. 거기 파스타 괜찮더라. 나 씻고 나올 동안 부탁해."

예지가 땀에 젖은 티셔츠를 훌러덩 벗어 아무렇게나 던지며 욕실로 들어가 버렸다.

욕실 문이 닫히자마자 새봄은 널브러진 티셔츠를 주워 빨래통에 넣고 다시 밖으로 나갔다.

* * *

새봄은 포크로 파스타를 돌돌 말아 입에 넣자마자 피자 한 조각을 들어 한입 크게 베어 먹었다.

먹방이라도 찍는 사람처럼 허겁지겁 음식을 먹는 새봄을 예지가 어이없는 표정으로 쳐다보다가 돌연 포크를 내려놓았다.

"그래, 많이 먹어라. 먹어. 어차피 너 이렇게 꼴사납게 먹는 거 보는 것도 오늘이 마지막인데 뭐."

"캑캑. 마, 마지막?"

마지막이라는 말에 먹던 피클이 목구멍에 걸렸는지 새봄은 연신 콜록거렸다.

"그게 무슨 소리야? 마지막이라니."

겨우 기침을 가라앉힌 새봄이 놀란 얼굴로 되묻자, 예지가 와인 잔을 기울이며 느긋하게 말했다.

"나 대학원 휴학했어. 머리도 식힐 겸 6개월 정도 유럽 여행 좀 하려고. 울 엄마한텐 비밀인 거 알지?"

"어? 어. 사모님한텐 얘기 안 할게. 그나저나 여행 좋겠다. 잘 다녀와. 그럼 6개월 후에 보겠네. 근데 왜 마지막이래? 놀랐잖아."

"그런가? 마지막은 아닌가? 뭐 어쨌든 6개월 동안 안녕."

도통 무슨 소린지 모르겠다는 얼굴로 새봄이 예지를 쳐다봤다. 그러자 예지가 방긋 웃으며 놀리듯 말했다.

"너 말이야, 이 집에서 나가야 되는데 어쩌지?"

"뭐? 왜?"

"나 없는 6개월 동안 우리 오빠가 여기서 살기로 했거든."

"오빠라니? 너 외동이잖아."

"아. 내가 말 안 했나? 엄마가 우리 아빠랑 재혼하기 전에 낳은 자식들이 있어. 큰오빠가 몇 살이더라. 서른은 넘을걸."

예지의 모친이 재혼했다는 것은 알고 있었지만, 다 큰 아들이 있는 줄은 몰랐다. 아니, 지금 그게 중요한 게 아니었다. 당장 내일이면 길바닥에 나앉게 생겼다!

그동안 악착같이 모은 돈으로 집을 구하게 되면, 학교 복학은 물 건너가는 거였다. 학교는 졸업하자고 간신히 마음을 다잡았었는데 절망스러웠다.

아니야. 아직 포기하긴 일러.

새봄은 기름기 묻은 손을 휴지로 박박 닦은 후 방으로 들어가려는 예지를 꽉 붙잡았다.

"잠깐만. 예지야, 6개월 동안 내가 이 집 잘 지키고 있을게. 그래! 너한테 한 것처럼 니네 오빠한테도 잘할게. 그러니까…… 나 그냥 여기서 살게 해 주면 안 될까? 당장 갈 데도 없고……."

"하긴. 네가 갈 데가 없긴 해. 그치?"

예지가 떨떠름한 표정으로 새봄의 손을 치워 내며 말했다.

"그럼 그냥 있을래?"

"어. 고마……."

"근데 그 오빠 여자 엄청 밝혀."

"응?"

"이혼한 지 꽤 돼서 여자에 굶주려 있다고나 할까. 난 널 위해서 나가라고 한 건데, 뭐 너만 괜찮으면 있어도 돼. 대신 뒷일은 책임 안 져. 오케이?"

나가라는 거나 진배없는 말이었다.

새봄이 어떤 반응을 보일지 궁금한 걸까? 예지의 얼굴에 기대감이 한껏 고조되어 있었다.

그 기대감을 꺾어 버리고 싶다는 충동이 새봄의 마음속에 일었다. 새봄이 태연한 표정으로 활짝 웃었다.

"6개월이라고 했지? 그럼 그때까지 내 짐은 창고에 둬도 될까?"

"그러든지. 그리고 내일 아침에 나 짐 싸는 것 좀 도와줄래?"

"그래."

"너도 내일 당장 나가 줘."

"……."

애써 괜찮은 척 고개를 끄덕였지만, 자꾸 눈물이 날 것만 같았다.

그런 새봄을 재밌다는 표정으로 흘끔 보던 예지가 자리에서 일어났다. 그러곤 가방과 구두가 진열된 곳을 가리키며 눈을 찡긋하고 웃었다.

"하나씩 정성스럽게. 내 스타일 알지? 그럼 많이 먹어."

예지가 들어간 방문이 닫히자마자, 먹은 것이 얹혔는지 새봄은 갑자기 속이 메스꺼워졌다.

순식간이었다. 새봄의 얼굴이 하얗게 질렸다.

"으웩!"

화장실로 달려간 새봄이 변기통에 얼굴을 처박고 먹은 것을 다 토해 냈다.

비틀거리며 일어난 새봄은 찬물로 세수를 한 후, 거울 속 자신의 얼굴을 바라봤다.

울먹이던 얼굴을 펴고 억지 미소를 지으며 주문을 외우듯 중얼거렸다.

"드디어 벗어났다. 잘된 거야. 잘된 거야……."

학창 시절 새봄의 학비를 후원해 주던 돈 많은 사모님이 있었다. 당시 시의원의 아내였던 예지의 모친, 장민숙 여사였다.

장 여사가 특별히 새봄을 후원했던 이유는 남달랐다. 전교 1 등을 하며 동네에서 가장 총명하다 소문났던 새봄을 자신의 딸 예지 곁에 붙이기 위함이었다.

그때부터 새봄은 장 여사 대신 예지를 감시하는 역할을 하며 생계를 유지했고, 그게 성인이 돼서도 이어졌다. 예지와 같이 살며 그녀의 하루를 장 여사에게 보고하는 조건으로 대학 입학 금을 지원받았던 것이다. 그 덕분에 서울에 있는 대학을 다닐 수 있었지만, 예지의 괴롭힘은 점점 더 심해졌다.

사실 새봄이 입주 도우미보다 못한 취급을 받으면서도 예지 옆에 있었던 건 꼭 돈 때문만은 아니었다. 학창 시절 자신이 예지에게 준 상처를 사죄하기 위해서였다.

새봄을 대하는 예지의 태도가 돌변한 건, 친구인 줄 알았던 새봄이 사실은 자신의 감시자였다는 사실을 알고 난 후부터였으니까.

그런 예지의 상처를 알고 있었던 새봄은 10년 동안 예지의 옆을 지키며 묵묵히 종노릇을 할 수밖에 없었다.

그런데 이젠 한계에 다다랐다.

새봄은 오늘부로 이 이상한 관계를 정리해야겠다는 생각을 하며 방으로 들어가 창문을 열었다.

휘황찬란한 도시의 야경이 시야를 어지럽혔다.

"이제 어디로 가야 하지?"

다음 학기 등록할 돈으로 방을 구해야 할까? 알바를 늘리고 무리를 해서라도 학교는 다녀야 할까?

당장 앞길이 캄캄했다. 그래도 예지 계집애가 양심은 있어서 엄동설한에 쫓아내진 않았으니 다행이라며 그렇게 스스로를 위로했다.

후두둑. 후두둑.

봄의 절정으로 치닫는 4월의 끝자락에 봄비가 시원하게 쏟아졌다. 온 세상을 촉촉이 적시는 비를 바라보며 새봄은 생각했다.

앞으로 얼마나 더 아파야 진짜 어른이 될 수 있을까?

* * *

4개월 후.

드라마 제작사 '나무'에 김수희 작가가 떴다는 소식이 기사화된 건 오전 11시경이었다.

그녀가 우리나라 5대 기업인 한국미디어 산하에 있는 작가 에이전시에서 보내는 프러포즈를 마다하고, 그에 비하면 아주 영세한 이곳 '나무'까지 행차해 준 건 고맙지만.

"김숙희, 너 지금 나 놀리는 건 아니지?"

석경이 손목에 찬 시간을 확인했다. 오후 1시였다. 수희가 석경의 사무실에 도착한 지도 벌써 두 시간이 훌쩍 지나 있었다.

"말 시키지 마. 계약서에 독소 조항은 없는지 잘 살펴봐야 하니까."

벌써 두 시간째 계약서를 정독하고 있는 수희를 석경이 어이가 없다는 듯 노려봤다.

"나 못 믿냐?"

"원래 아는 사람이 더 무서운 법이거든."

"그렇게 무서우면 관둬. 계약서 내놔."

"에이, 왜 이러셔. 장난이야 장난."

"장난을 두 시간 동안 치냐? 너 제정신이야? 그냥 다 때려치워."

석경이 계약서를 뺏으려고 손을 뻗으니 수희가 기겁을 하며 얼른 도장을 꺼냈다.

"알았어. 찍을게. 찍으면 되잖아. 여기? 요기? 자, 됐다. 다 찍었다."

수희가 재빨리 계약서에 도장을 쾅쾅 찍어 내밀자 석경의 속이 부글부글 끓었다.

"야, 김숙희."

"김숙희라니! 내가 개명한 지가 언젠데! 죽을래?"

"재밌나? 지금 한가롭게 농담할 때가 아니지 않나? 5억짜리 단막 시원하게 말아먹은 주제에. 암튼 이번엔 돈값 제대로 해라. 예술하지 말라고."

"얘가 뭘 모르네. 단막극이 그 시간에 그 정도 시청률 나왔으면 말아먹은 정도는 아니거든? 그리고! 작가료 말인데 내가 너니까 특별히 지인 할인해 준 거거든?"

"지인 할인 좋아하네. 5억 말아먹은 거 찔려서 깎은 거겠지."

이 새끼를 죽여 말아. 한마디도 지지 않는 석경 때문에 수희는 혈압이 올랐다. 애써 화를 삭이기 위해 테이블 위 주스를 벌컥벌컥 들이켜고 있는데.

"하이!"

때마침 노크 소리와 함께 남기가 들어왔다.

"넌 또 왜 왔어?"

수희가 인상을 확 찡그리자 남기가 익살스러운 표정을 지었다.

"나 오라고 기사 뿌린 거 아니었어? 안 그래도 우리 동기들 보고 싶었는데 잘됐다 싶어서 냉큼 달려왔지. 숙희야 표정 좀 풀어라."

남기가 수희 옆에 앉으며 그녀가 마시던 주스를 뺏어 마셨다. 수희가 남기를 보며 또 욕을 삼켰다.

"최남기. 오늘 나 건드리면 뒤진다."

"우리 숙희 왜 이렇게 저기압이야? 우석경이 또 갈궜어? 야 우석경이! 아무리 김숙희가 5억짜리 드라마를 말아 드셨어도 김숙희는 김숙희……."

"이 새끼야!"

"아이고, 깜짝이야. 왜? 왜 그래?"

"김. 수. 희."

수희가 눈에 힘을 주며 말하자 남기가 잽싸게 말을 돌렸다.

"우 대표, 너희 회사 지금 개발 중인 시놉 뭐 없어? 있으면 나 하나만 던져 주라. 편성 바로 잡아 줄게."

"오늘 저녁 6시에 김 작가가 시놉 하나 메일로 쏠 거야."

"김 작가? 어떤 김 작가?"

남기의 물음에 석경이 턱 끝으로 수희를 가리켰다.

"이런 미친!"

수희가 경악을 하며 자리에서 벌떡 일어났다.

"날더러 지금 최남기랑 또 하라는 거야? 우석경 너 미쳤니?"

수희가 팔짝팔짝 뛰며 말하는데도 석경은 꼼짝도 하지 않았다. 그러자 이번엔 그녀가 남기를 무섭게 째려봤다.

"왜 나를 봐? 난 아무 짓도 안 했어."

"아무 짓도 안 하긴! 네가 나랑 하고 싶다고 했지?"

"아니거든? 나도 지금 첨 들었거든? 그리고 나도 너랑 하는 거 싫어. 나야말로 너처럼 말 안 듣는 꼰대 작가보다, 말 잘 듣는 신인 작가랑 하고 싶다고."

"그래? 그럼 너도 싫고, 나도 싫고. 안 하면 되겠네. 우 대표, 들었지?"

남기와 수희가 간절한 눈빛으로 석경을 쳐다봤다. 하지만 석경의 무표정한 얼굴을 보니 씨알도 안 먹힌 모양이다.

"김 작가, 감독 섭외는 회사 권한이야. 침범하지 마. 6시까지 최남기한테 메일로 시놉이나 보내."

"……."

"그리고 최 피디, 아니 입봉했으니 이제 감독이지? 최 감독은 시놉 읽고 내일까지 피드백 회사에 공유하고. 편성 언제 받아 올래?"

"내년 봄?"

남기가 얼떨결에 대답하자, 수희가 그를 죽일 듯이 노려봤다. 그러거나 말거나 수희보다 석경이 더 무서웠던 남기는 그녀의 시선을 피하며 석경과 대화했다.

"우 대표, 그럼 캐스팅은 언제부터 시작할까?"

"다음 달 초. 대본 2회 정도 나오면 시작하려고. 그리고 편성은 무조건 겨울."

"겨울? 내년 겨울?"

"내년이겠냐?"

"올해?"

남기가 수희를 흘끔 쳐다봤다. 예상대로 수희의 낯빛이 어두워져 있었다.

수희가 황당하다는 듯 헛웃음을 지었다.

"최남기. 우석경 저 새끼가 지금 뭐라는 거냐. 다음 달 초까지 지금 3주 남았는데, 3주 안에 대본 2회 내놓으라는 미친 소리는 아니겠지?"

남기가 연신 눈동자를 굴리며 두 사람 사이에서 눈치를 보느라 바빴다. 그러다 안 되겠는지 중재에 나섰다.

"어휴. 우리 숙…… 수희 작가 엄청 바빠지겠네. 그래도 뭐 넌 한번 필 받으면 금방 쓰잖아."

"아니. 나 못 써. 이 계약 무효……."

수희가 무효를 외치며 테이블 위 계약서를 찢으려고 손을 뻗었지만, 한발 늦었다.

이미 계약서는 석경의 손에 있었다. 그는 계약서를 손에 쥔 채 흔들며 말했다.

"'을'의 극본 집필 기간 및 인도 기일은 '갑'이 정한다. '을'은 기일을 준수하지 않을 경우 원고료의 10배에 해당하는 금액을 즉시 지급해야 한다."

그에 질세라 수희가 잽싸게 반박했다.

"그러나 '갑'과 '을'이 협의하여 극본의 집필 기간 및 인도 기일 등을 변경할 수 있다."

"그래서 지금 협의하잖아. 다음 달 초까지 대본 2회 안 나오면 편성은 내년 겨울로 넘어가는 거야. 그때까지 넌 다른 데 랑 일 못 하는 거고. 왜냐? 내가 계속 대본 수정시킬 거거든. 내년 겨울까지. 뭐, 결정은 김 작가가 해. 얼마든지 협의 가능 하다는 거 잊지 말고."

"이 사기꾼아!"

결국 수희가 지고 말았다. 그녀가 분한 마음에 씩씩거리는 모습을 옆에서 지켜보던 남기는 아주 죽을 맛이었다.

이러다 둘이 또 크게 한바탕 싸우고 절교하는 거 아니야?

남기는 어떻게 하면 이 무거운 분위기를 전환할 수 있을지 고민하다가 좋은 수가 떠올랐다.

"아, 맞다! 우석경, 저번에 그 여자애 이력서 메일로 보냈다."

남기의 말에 석경이 무미건조한 표정으로 고개를 끄덕였다.

반면, 수희의 눈빛이 반짝거렸다. 남기의 계산대로 그녀는 지금 독소 조항의 덫에 걸린 건 뒷전이 되고 말았다.

"뭔데? 무슨 여자애?"

수희가 남기와 석경을 번갈아 가며 보다가, 만만한 남기를 향해 되물었다.

"여자애가 누구냐니까."

"있어. 저번에 단막 촬영 때 연출팀 막내로 뽑으려고 했던 여자애."

"그래? 근데 이력서는 왜?"

"그러게. 왤까?"

남기와 수희의 시선이 동시에 석경에게로 향했다. 하지만 두 사람이 쳐다보든지 말든지 석경은 태연한 얼굴로 계약서를 챙겨 들고 자리에서 일어났다.

"얘기 다 끝났으면 둘 다 나가. 나 회의 있어."

더 이상 묻지 말라는 듯 석경의 가라앉은 목소리가 들렸다.

위험 신호를 감지한 수희와 남기가 서로 눈치를 보며 입 모양으로 대화했다.

'쟤 왜 저래?'

'낸들 알아?'

'그 여자랑 뭐 있는 거 아니야?'

'있긴 뭐가 있어. 완전 애라고. 대딩.'

'대학생?'

수희가 놀란 눈으로 물었다. 그러자 남기는 문득 저번 날 새봄의 이력서를 보자마자 눈빛이 마구 흔들리던 석경의 모습이 떠올랐다.

도대체 뭘까? 그 눈빛은…….

뒤돌아 서 있는 석경의 뒷모습을 바라보던 남기가 분위기도 전환할 겸 너스레를 떨었다.

"숙희야, 우석경이가 여자한테 관심을 갖다니 놀랍지 않아?"

"그르게. 놀랍네. 하긴 이제 잊을 때도 됐지."

수희가 맞장구를 치자, 석경이 뒤를 돌았다. 아까보다 더 저기압인 표정으로.

수희가 움찔하면서도 말을 계속했다.

"왜 째려봐. 내가 무슨 틀린 말 했어? 봐. 내가 시간이 약이랬잖아. 우석경, 우리 새로운 사랑으로 극복해 보……."

"나가라고!"

"악, 깜짝이야! 야, 왜…… 소, 소릴 지르고 그래?"

"말조심해! 난 누굴 잊으면서까지 극복해야 할 상처 따위 없어."

살벌한 석경의 표정에 수희가 잔뜩 주눅이 들어 입도 뻥긋하지 못하자, 남기가 얼른 수희의 가방까지 챙겨 그녀를 끌고 밖으로 나갔다.

쫓기듯 도망쳐 나온 사무실 앞에서 남기가 수희를 토닥였다.

"네가 이해해라. 저 녀석 요즘 예민한 시기잖아."

남기의 위로에도 수희는 꿀 먹은 벙어리처럼 입을 꾹 다물고 엘리베이터로 향했다. 뭔가 생각이 많은 표정이었다.

그렇게 한마디도 하지 않던 수희는 엘리베이터에 올라타자마자 갑자기 핸드폰을 꺼내 녹음기 어플을 켰다.

"'난 누굴 잊으면서까지 극복해야 할 상처 따위 없어' 이상. 우석경."

남기가 어안이 벙벙한 얼굴로 수희를 쳐다보자, 그녀가 빙긋 웃었다.

"저 새끼 싸가지는 없어도 멋있단 말이야. 대사로 써먹어야지."

득템했다며 좋아하는 수희를 황당하게 쳐다보던 남기가 떨떠름한 표정으로 말했다.

"김 작가야, 내가 네 드라마에 몰입이 안 되는 이유가 뭔지 알아?"

"별로 알고 싶지 않은데?"

"대사가 죄다 어디서 많이 들어 본 대사야. 우석경이가 한 말, 내가 한 말, 네 엄마가 한 말, 네 아부지가 한 말. 우리 단골 곱창집 아줌마가 한 말. 오 마이 갓."

"그게 다 내 재산이거든?"

"우석경이 그렇게 멋있으면 데려가든가."

"사양할게. 첫사랑 못 잊는 남자…… 애인으론 최악이야."

수희가 아주 냉정한 눈빛으로 한마디 내뱉으며, 가방에서 선글라스를 꺼내 썼다.

마침 엘리베이터 문이 열렸고 로비 앞에서 기다리던 기자들이 우르르 몰려왔다. 그 바람에 같이 있던 남기는 뒤로 밀려날 수밖에 없었다.

잠시 잊고 있었다. 그녀가 대한민국 최고 스타 작가라는 것을.

기자들 앞에서 당당히 차기작 관련 인터뷰를 하는 수희를 멀리서 지켜보던 남기는 뒷머리를 긁적이며 후문을 향해 힘없이 걸어갔다.

* * *

편의점 아르바이트를 끝내고 집으로 향하던 새봄은 들고 있던 봉지 안을 흡족한 표정으로 들여다봤다.

유통 기한이 지나 판매는 할 수 없지만 먹어도 아무 지장이 없는 김밥과 우유가 가득 들어 있었다. 사실 이게 편의점 알바를 선택한 가장 큰 이유였다.

주린 배를 움켜잡고 새봄이 향한 곳은 전에 살았던 부촌가와 비교적 가까운 거리에 있는 주택가였다. 횡단보도를 사이에 둔 두 골목의 분위기는 극과 극이었다.

폐기물 더미가 잔뜩 쌓여 있는 재개발 구역. 금방이라도 쓰러질 것 같은 주택들이 즐비한 이곳을 선택한 이유는 보증금이 아주 저렴했기 때문이었다. 덕분에 다음 달이면 학교도 복학할 수 있게 되었다.

이번엔 기필코 졸업해서 취업하고 말 테야.

그렇게 아주 잠깐 희망을 그려 보던 새봄은 집으로 향했다.

끼익.

아무리 조심스럽게 문을 열어도 매번 이렇게 소리가 난다. 새봄은 주인집 가족이 깨지 않도록 숨을 죽인 채 옥탑으로 올라갔다. 그런데 이번엔 철제 계단에서 더욱 요란한 소리가 났다.

끽. 끼이익.

그 바람에 1층 작은방에 불이 켜졌고, 새봄의 눈빛이 불안하게 흔들렸다.

얼마 전부터 편의점까지 찾아와 치근덕거리는 주인집 아들 때문이었다.

새봄은 재빨리 옥탑 안으로 들어가 문을 잠갔다. 그리고 가만히 바깥 소리에 귀를 기울였다. 다행히도 인기척은 없었고, 요란한 매미 울음소리만 귀를 때리듯 들려왔다.

가만히 있는데도 목 뒤에 땀이 주룩 흐를 정도로 한여름의 옥탑방은 사우나보다 더 뜨거웠다. 습하고 더운 공기 때문에 숨 쉬는 것조차 힘들 정도였다.

새봄은 지친 기색으로 갈아입을 옷을 챙겨 욕실로 들어갔다. 그런데 찬물로 대충 샤워를 하고 밖으로 나온 순간, 새봄의 얼굴은 하얗게 질려 버렸다.

"지금 여기서 뭐 하는 거예요? 당장 나가요!"

새봄이 소리쳤다. 주인집 아들이 한 손에는 소주병을 들고 방 안을 둘러보고 있었기 때문이다.

"내 말 못 들었어요? 나가라고요!"

분명 문을 잠갔는데 어떻게 들어왔을까? 하는 생각과 동시에 침입자의 손가락에 걸린 열쇠를 발견했다. 주인집 아줌마가 가지고 있던 비상 키를 훔친 모양이다.

"아줌마한테 말하기 전에 조용히 나가. 안 그럼 소리 지를 거예요."

"소리 질러라 질러. 울 엄마 지금 없거든. 여기 너랑 나 둘뿐이라고."

"그럼 경찰 불러야겠네요."

새봄이 술 냄새를 폴폴 풍기며 눈까지 풀린 남자를 한심하게 쳐다보다가 핸드폰을 꺼냈다.

"뭐? 경찰? 쪼끄만 게 어디서 까불고 있어. 이리 내놔!"

콰앙! 순식간이었다. 남자가 새봄이 들고 있던 핸드폰을 뺏어 바닥으로 내던져 버렸다. 그러곤 새봄의 허리를 끌어당겨 자신의 하체에 밀착시켰다.

"이거 놔! 놓으, 라고! 윽!"

새봄이 몸부림을 치며 소리를 질렀다. 하지만 그의 힘에 속수무책으로 당할 수밖에 없었다.

티셔츠는 늘어나 가슴까지 내려왔고, 새봄은 남자의 얼굴을 제 몸에서 떼어 내기 위해 안간힘을 썼다.

"이러지 마! 사, 살려 주……세요. 제발. 아, 으읍!"

남자는 새봄의 입을 틀어막고, 가슴을 만졌다.

"쉿. 오빠가 기분 좋게 해 줄게. 조용. 착하지. 그래그래."

새봄의 몸이 바들바들 떨렸다. 어떻게 하면 좋을지 머릿속이 새하얘졌다. 너무 놀라서 숨도 쉬어지지 않았다.

겁먹은 새봄의 얼굴을 보자 더욱 흥분된 남자가 서둘러 바지를 벗었다. 그리고 새봄의 바지도 벗기려던 그때.

퍽!

"윽!"

남자는 이마를 움켜잡고 바닥에 주저앉아 버렸다. 어찌나 세게 박았는지 새봄의 이마에서 피가 흐르고 있었다.

"이년이!"

남자가 이마를 잡고 비틀거리며 일어났고, 새봄은 바닥에서 주운 전공 서적으로 남자의 머리를 내리쳤다.

퍽!

"으악!"

남자가 비명을 지르며 바닥을 나뒹굴었다. 그 틈을 타 새봄은 뒤도 돌아보지 않고 밖으로 도망쳤다.

늘어나서 가슴까지 흘러 내려온 티셔츠를 붙잡고 발이 가는 대로 무작정 달렸다.

"허억. 헉헉."

숨이 목구멍까지 차올라 죽을 것 같았지만 달리고 또 달렸다. 그렇게 죽어라 달려서 도착한 곳은 우습게도 예지네 집 앞이었다.

좋았던 추억 하나 없고, 한 번도 내 집이라고 생각해 본 적 없었는데, 이곳으로 오다니.

하지만 아무리 생각해 봐도 당장 갈 곳이, 도움을 청할 사람이, 새봄에겐 없었다.

문 앞에서 서성이던 새봄은 떨리는 손가락으로 초인종을 눌렀다. 불행히도 안에선 아무런 인기척도 들리지 않았다. 아무도 없는 모양이다.

혹시나 하는 마음에 도어 록을 터치해 비밀번호를 눌렀다.

삐비비빅.

짧은 경고음이 났다. 역시 비밀번호가 바뀌어 있었다. 어떡하면 좋을지 막막함에 고개가 절로 숙여졌다.

뒤늦게 두려움이 밀려와 몸을 바들바들 떨고 있던 그때.

쾅, 하고 문이 열렸다.

고개를 숙이고 있던 새봄의 시야에 슬리퍼를 신은 남자의 커다란 발이 보였다.

"저…… 아, 안녕하세요!"

반사적으로 허리까지 숙여 인사를 한 새봄은 횡설수설 말을 늘어놓았다.

"예지 오빠분 되시죠? 저는, 그러니까 저는, 예지 친군데요."

땅을 보고 말하던 새봄이 천천히 고개를 들었다. 그리고 절박한 표정으로 말을 이었다.

"이름은 신새봄이고요. 혹시 예지한테 제 얘기 들으셨는지 모르겠지만, 그러니까 제가 누구냐면…… 전에 여기서 예지랑 같이 살았던…… 어? 어디서 많이 본 얼굴……."

새봄이 말끝을 흐렸다. 제 앞에 서 있는 남자의 얼굴이 매우 낯이 익었기 때문이다.

"그래서 어쩌라고."

"네?"

"여긴 왜 왔어."

남자의 차가운 말투. 이 또한 어디서 들어봤던 목소리다.

새봄은 다시 기억을 되짚어 봤지만, 공포에 질려서인지 뚜렷하게 떠오르는 게 없었다.

그사이 새봄의 몰골을 마주한 석경은 한숨을 길게 내쉬었다.

"하아……."

금방이라도 벗겨질 듯 늘어난 티셔츠를 붙잡고 있는 여자애는 흙투성이 맨발에 젖은 머리카락, 처연한 눈동자를 하고 있었다.

어디서 몹쓸 짓이라도 당했는지 두려움에 벌벌 떨고 있는 새봄을 응시하던 석경은 애써 무심한 표정으로 뒤를 돌았다.

석경이 안으로 들어가자, 문이 쾅, 하고 닫혀 버렸다.

잡으려던 문을 놓치고 만 새봄은 허공에 손을 올린 채 벙찐 얼굴로 그저 닫힌 문을 쳐다볼 뿐이었다.

그런데 그때 다시 문이 열렸다.

"안 들어와?"

"네?"

문을 잡고 삐딱하게 서 있던 석경이 신경질적인 목소리로 말했다.

"들어오라고."

그는 또 아까처럼 혼자 안으로 휙 들어가 버렸다. 그 바람에 또 쾅, 하고 닫히려는 문을 이번에는 새봄이 재빨리 잡았다.

살금살금 거실로 들어간 새봄은 전과는 확연히 달라진 내부 인테리어를 둘러보다가, 문득 예지가 했던 말이 떠올랐다.

'근데 그 오빠 여자 엄청 밝혀.'

역시 이곳도 안전하진 않겠지? 혹시 더 위험한 곳은 아닐까? 그런 생각이 머릿속을 스쳐 지나가고 있을 때, 새봄의 머리 위로 뭔가 묵직한 게 덮였다.

처음 이곳의 문이 열렸을 때, 이 남자가 나타났을 때부터 나던 향기.

새봄은 직감적으로 지금 몸 위에 덮어진 건 누군가의 옷이라는 것을 알아차렸다.

머리에서부터 허벅지까지 덮어 버린 카디건의 따뜻한 감촉이 살갗에 닿자, 긴장이 눈 녹듯 녹아내려 결국 울음이 터져 버리고 말았다.

살기 위해 내달리던 다리마저 힘이 풀려 주저앉아 버린 새봄은 손등으로 눈물을 닦아 내며 울음을 꾸역꾸역 삼켰다. 그러곤 천천히 고개를 들었다.

남자가 팔짱을 낀 채 무표정한 얼굴로 저를 내려다보고 있었다.

"다 울었나?"

다정한 말투는 아니었지만, 이상하게 따뜻했다.

사람에게서 느껴지는 온기. 정말 오래간만이었다. 그 때문이었을까? 이상하게 두려웠던 마음이 안정을 되찾아 갔다. 그리고 어디서 그런 용기가 났는지 새봄은 불쑥 말을 꺼내고 말았다.

"저 좀 여기서 다시 살게 해 주시면 안 돼요? 방 구할 때까지만이라도……."

"내가 누군지 알고?"

"예지 오빠시잖아요."

"……."

"4개월 전에 예지가 그랬어요. 오빠가 대신 여기서 지낼 거라고. 사실 그때 예지가 저만 괜찮으면 그냥 있어도 된다고 그랬거든요……. 근데 지금 당장 갈 곳이 없어서요. 혹시 제가 누군지 의심되시면 예지나 사모님, 그러니까 오빠네 엄마한테 전화해 보시면 될 거예요."

"엄마?"

"네. 장 여사님이요. 예지랑 저 중학교 때부터 알던 사이거든요. 4년 전부터 여기서 계속 같이 살았구요. 제 짐도 창고에 다 있어요. 한번 확인해 보세요."

석경의 굳은 표정을 마주한 새봄은 횡설수설했다. 자신이 생각해도 말이 안 됐다. 초면에 대뜸 같이 살자고 하는 제안을 받아 줄 사람이 누가 있겠는가.

"죄송해요. 방금 한 말은 취소할게요."

"갈 데 없다면서."

"방금 생겼어요. 대신…… 돈 좀 빌려주시면 안 될까요? 급하게 나오느라 지갑이랑 핸드폰을 다 두고 나왔어요."

"얼마?"

"네? 아…… 얼마, 얼마가 필요하지? ……마, 만 원이요."

석경이 어이가 없다는 듯 미간을 확 찌푸렸다.

"만 원으로 뭐 하게?"

"찜질방 가려고요."

"뭐? 어디?"

제 귀를 의심하듯 석경이 되묻자, 새봄은 자신이 뭘 잘못했나 싶어서 조용히 눈을 내리깔았다.

초면에 너무 많이 빌려 달라고 했나?

"그럼 오천 원이라도……."

"만 원이나 오천 원이나. 그리고 나 지금 현금 없어."

거절이 확실했다. 새봄은 절망적인 얼굴로 자리에서 힘없이 일어났다. 그러곤 석경에게 고개 숙여 인사를 하고, 뒤를 돌았는데.

"원래 쓰던 방이 어느 쪽이야?"

뒤에서 들리는 중저음의 목소리가 현관으로 향하던 걸음을 멈추게 했다. 새봄이 천천히 고개를 돌렸다.

"왜 그렇게 봐? 네 방이 어디냐니까."

예지의 오빠는 게으르고 느긋한 예지와 달리 성격이 굉장히 급한 듯했다. 거기에 맞춰 새봄은 재빨리 손가락으로 끝 방을 가리켰다. 그러자 바로 대답이 날아왔다.

"비어 있어."

"네?"

"방 언제 구할 건데?"

"되, 되도록 빨리요."

"안 구해도 돼. 가서 자."

그의 말은 꼭 두세 번 정도는 곱씹어야 말뜻을 이해할 수 있었다. 왜냐면 내뱉는 말과 표정이 굉장히 상반됐기 때문이다. 표정은 당장 나가라는 것 같았는데, 비어 있으니 가서 자라고? 말투와 어울리지 않게 너무 친절했다.

"감사합……."

쾅!

감사 인사를 끝내기도 전에 그는 방으로 들어가 버렸다. 초면인 사람에게 방을 내준 사람치고, 매우 싸가지가 없었다.

넓은 거실에 홀로 남은 새봄은 얼떨떨한 표정으로 자신이 원래 지내던 방으로 들어갔다.

정말 그의 말대로 방은 비어 있었다.

습관처럼 문을 잠그고 멍하니 서 있다가, 이제야 긴장이 풀렸는지 스르륵 몸이 무너져 내렸다.

바닥에 쪼그리고 앉은 새봄은 한동안 무릎에 얼굴을 묻은 채 숨죽여 울었다.

* * *

"안 돼!"

새봄의 두 눈이 번쩍 떠졌다.

분명 악몽을 꿨는데, 어떤 꿈이었는지 하나도 생각이 나지 않았다. 그저 창문에서 쏟아지는 뜨거운 햇볕을 멍하니 바라보다가 자리에서 일어났다.

툭, 커다란 카디건이 바닥으로 떨어졌다. 남의 집에서 염치도 없이 언제 이런 것까지 덮고 잠든 건지. 카디건이 잔뜩 구겨져 있었다.

새봄은 민망한 마음을 뒤로하고 카디건을 곱게 접어 구석에 두었다. 그리고 밖으로 나가려다가 돌연 걸음을 멈춰 세웠다. 방문 옆에 걸린 거울 너머로 초라한 모습이 보였기 때문이다.

가슴께까지 늘어진 티셔츠 때문에 속옷이 훤히 다 보였다.

"혹시……."

순간 새봄의 얼굴이 새빨개졌다.

"어제 그래서 저걸 덮어 준 거였어……."

새봄이 카디건을 쳐다보며 아랫입술을 꽉 깨물었다.

문득 어젯밤 제 얼굴 밑으로는 절대 쳐다보지 않던 그의 무뚝뚝한 표정이 생각났다.

보기보다 매너가 좋은 사람이라는 생각도 잠시, 새봄은 서둘러 카디건을 챙겨 입었다.

"일단 창고에서 짐부터 가져오자. 거기에도 옷이 있으니까…… 아얏!"

퍼억, 쿵.

황급히 문을 열고 밖으로 나간 새봄은 문 앞에 놓인 박스에 걸려 그만 넘어지고 말았다.

"으!"

저게 왜 여기 있어? 찧은 발등을 문지르며 새봄은 박스를 원망스레 쳐다봤다. 그러다 두 눈이 휘둥그레졌다.

박스 안에 있는 짐들은 자신의 것이었다. 새봄은 의아한 눈빛으로 어젯밤 그가 들어간 방문 쪽을 응시했다.

꽉 닫힌 문.

"일부러 가져다준 건가?"

보기완 달리 엄청 세심하시네.

박스를 들고 방으로 들어가며 새봄은 생각했다. 그 사람……예지의 말과는 달리 어쩌면 좋은 사람일지도 모르겠다고.

그런 생각을 하니 새봄의 마음이 괜스레 뭉클해졌다.

박스 안에서 입을 만한 옷을 찾아 갈아입고, 거실로 나온 새봄은 또 한 번 놀랐다. 주방에 밥상이 차려져 있는 게 아닌가. 고사리, 시금치, 전, 생선까지 진수성찬이 따로 없었다.

"먹어."

"악, 깜짝이야!"

갑자기 다용도실에서 튀어나온 석경 때문에 새봄이 어깨를 움찔 떨었다. 하지만 그는 태연한 얼굴로 냉장고에서 생수를 꺼내 마시고 있었다.

새봄은 아직도 놀란 가슴을 부여잡고 되물었다.

"진짜 저 먹어요?"

"두 번 말하게 하지 마."

짜증이 가득 실린 석경의 얼굴을 마주한 새봄은 냉큼 식탁 앞에 앉았다.

"네! 잘 먹겠습니다."

새봄이 젓가락을 쉴 새 없이 움직이며 허겁지겁 밥을 먹었다. 그 모습을 석경이 물을 마시며 신기하게 쳐다봤다.

새봄은 그가 자신을 쳐다보는 것을 느꼈는지, 조심스레 고개를 들었다.

"맛있어요."

새봄이 어색한 웃음을 흘렸다. 그런데도 그가 자신을 계속 빤히 쳐다보자 새봄은 애써 밝은 미소로 말했다.

"아! 제 소개가 늦었죠? 저는 신새봄이고……."

"어제 했잖아."

"아! 그랬나? 저…… 그럼 오빠는요? 오빠는 성함이 어떻게 되세요?"

오빠? 언젠 아저씨라더니. 석경은 실소를 터뜨렸다. 그러곤 별 대꾸 없이 마저 물을 마셨다.

"근데 음식은 직접 만드신 거예요?"

"……."

"특히 시금치나물이 진짜 너무 맛있어요. 레시피 좀 알려 주세요."

"……."

사람이 물었는데, 왜 대답을 안 하지? 나랑 말 섞기 싫다는 건가? 정말 친해지기 어려운 사람이네.

새봄은 작게 한숨을 내쉬며, 석경의 무표정한 얼굴을 흘끔 쳐다보다가 두 눈이 휘둥그레졌다.

오늘 여러모로 놀랄 일이 많았다. 특히 지금이 제일 놀라웠다. 이 남자를 어디서 봤는지 이제야 떠오른 것이다.

"……!"

새봄이 입을 다물지 못하고 있자, 석경이 못마땅한 표정으로 말했다.

"이제 생각났나?"

"네…… 이제 생각났네요. 안녕하세요. 4개월 전에 방송국에서, 최남기 피디님이랑 같이, 그분 맞죠?"

새봄은 절망스러웠다. 어쩌면 좋은 사람일 수도 있을 거라고 기대했는데.

"너 또 왜 날 그런 눈으로 보나?"

"제가 진짜 궁금한 게 하나 있는데요. 혹시 그때 최 피디님한 테 저 자르라고 하셨어요?"

석경이 헛웃음을 짓다 태연하게 입을 열었다.

"그렇다면 어쩔래?"

"역시……."

나쁜 놈.

"밥이나 먹어."

정이라곤 요만치도 없는 말투.

석경을 향한 실망을 온몸으로 내비치던 새봄은 마저 밥을 먹었다. 그러다 돌연 수저질을 멈추고 고개를 번쩍 들었다.

"맞다. 성함 알려 주세요."

"몰라도 돼."

"그럼 뭐라고 불러요?"

"부르지 마."

"네……."

잔뜩 주눅이 들어 포기하는가 싶더니 새봄이 다시 입을 열었다.

"그래도 같이 살려면 친하게 지내는 게 좋잖아요. 이름 가르쳐 주는 게 어려운 것도 아니고…… 왜. 왜. 째려보세요……."

석경의 차가운 눈초리에 새봄은 항복을 외쳤다.

"알았어요. 알았어. 안 물어볼게요."

"……."

"그럼 한 가지만 더 얘기하고 입 다물게요."

"뭔데."

"앞으로 집안일은 제가 다 할게요."

"내 집인데 네가 왜?"

"원래 제가 하던 거니까 부담 가지실 필욘 없어요. 그 외에도 이런저런 심부름 같은 거 있으면 뭐든지 시켜 주세요. 제가 좀 빠릿빠릿하거든요. 청소도 잘해요. 그리고 또……."

재잘거리는 새봄을 알 수 없는 눈빛으로 응시하던 석경이 주방을 벗어나며 말했다.

"억지로 말 안 해도 돼."

그 한마디에 새봄의 입이 딱 다물어졌다.

"안 쫓아낼 테니까. 밥 먹으라고."

석경의 예리한 지적에 새봄은 마치 발가벗겨진 기분이 들어 얼굴이 다 화끈거렸다.

그녀가 시선을 어디에 둬야 할지 몰라 방황하고 있던 찰나. 거실 소파에 다리를 꼬고 앉아 책을 읽는 석경의 모습이 다용도실 창문에 비쳤다.

창문을 통해 그의 모습을 몰래 훔쳐보던 새봄은 뒤늦게 정신을 차리고 수저를 들었다. 그러곤 밥을 꾸역꾸역 먹기 시작했다.

* * *

식사를 끝내고 거실로 나온 새봄은 마른걸레를 들고 가구를 닦기 시작했다. 그러다 책을 읽고 있던 석경과 눈이 마주치고 말았다.

마주친 시선을 모른 척 피하기엔 너무 늦어, 새봄은 그냥 배시시 웃어 버렸다.

"왜 웃어?"

"그럼 울까요?"

"울든지 웃든지 들어가서 해. 괜히 알짱거리지 말고."

"네……."

민망해진 새봄은 걸레를 곱게 접으며 방으로 들어가다가 자리에 멈춰 섰다. 그러곤 고개를 휙 돌렸다.

그는 여전히 독서 삼매경에 빠져 있었다. 말을 꺼낼까 말까 고민하던 새봄이 용기를 내어 조심스레 입을 열었다.

"저기 선생님……."

아저씨에서 오빠 그리고 이번엔 선생님이란다. 석경의 미간이 세게 구겨졌다.

"내가 왜 네 선생이야?"

"뭐라고 불러야 할지 몰라서요. 근데 정말 이름 안 가르쳐 주실 거예요?"

"우석경. 됐냐?"

은근히 집요한 구석이 있는 새봄을 향해 석경이 본인의 이름을 투척했다.

"그럼, 저…… 석경 오빠라고 부를게요. 예지한테도 오빠면 저한테도 오빠니까. 맞죠?"

"네 맘대로 해."

"근데 예지랑 연락은 해 봤어요? 저 여기 있어도 된대요?"

석경이 책을 탁 덮고 자리에서 일어났다. 새봄이 놀라 움찔하자 석경이 한숨을 길게 내쉬며 말했다.

"있어도 돼."

"……."

"내가 있으라면 있어도 되는 거야. 알았어?"

차가웠다, 따뜻했다, 온도 차이가 굉장히 심한 남자였다. 그 때문이었을까? 새봄의 가슴이 울렁거렸다. 마음이 멋대로 찌르르 울려 댔다.

"고맙습니다. 여기 있으라고 해 줘서 고맙고, 아, 창고에 있던 짐도 옮겨다 줘서 고맙습니다."

"착각하지 마. 네가 누군지 확인하려고 가져온 거니까."

"아……."

"근데 짐이 그게 다야? 4년 살았다며. 그리고 너 지금 입은 옷……."

두꺼운 티셔츠. 분명 겨울옷이었다.

"하아……."

석경은 길게 한숨을 내뱉었다.

불쌍한 것도 정도가 있지 머리부터 발끝까지 답이 없는 여자애였다. 머리가 다 지끈거렸다.

하지 말라는 데도 끝까지 걸레로 이것저것 닦으며 돌아다니던 여자애는 결국 어색함을 견디지 못하고 방 안으로 들어가 버렸다.

앞에서 알짱거리던 사람이 없으니, 석경은 이제야 독서에 집중할 수 있었다.

그런데 얼마 지나지 않아 또 방문이 열리고 새봄이 나왔다.

"전에 살던 집에서 짐 좀 가지고 올게요."

그러든지 말든지. 석경은 새봄에게 눈길도 주지 않고 그저 책장을 넘겼다. 근데 웬일인지 여자애가 옆에 계속 서 있는 것 같은 기분이 들었다.

"아씨. 또 뭔데?"

결국, 석경이 읽던 책을 테이블 위에 던지며 자리에서 일어났다.

"뭐냐니까. 왜 멀뚱히 서 있냐고. 나갔다 온다며. 얼른 가."

"신발 좀 빌려주시면 안 돼요?"

새봄이 현관 앞에서 실내용 슬리퍼 하나를 집어 들고 왔다.

"이것 좀 잠깐 신어도 될까요?"

"그걸 신고 나가겠다고?"

"신발이 없어서요."

허리춤에 손을 올린 채 삐딱하게 서 있던 석경은 어젯밤 흙투성이였던 여자애의 맨발이 떠올랐다. 지금 보니 발이 상처투성이였다.

"다른 신발 없어?"

하긴 옷도 없어서 겨울용 티셔츠를 입고 있는데, 신발이 있겠나 싶었다. 석경은 잔뜩 귀찮은 표정으로 새봄의 작은 발을 응시하다가 현관으로 향했다.

"어디 가세요?"

"따라오지 마. 여기서 기다려."

슬리퍼를 손에 쥔 새봄이 고개를 끄덕이며 자리에 멈춰 섰다. 그렇게 그는 뒤도 돌아보지 않고 황급히 밖으로 나가 버렸다.

'무슨 급한 일이라도 생겼나?'

신발 좀 빌려 달라니까 쌩하니 밖으로 나가 버린 석경을 새봄은 이해할 수 없었다. 게다가 기다리라니. 지금 그럴 시간이 어디 있다고. 주인집 아줌마 만나려면 지금 나가야 하는데.

벽에 걸린 시계로 시간을 확인한 새봄은 초조한 기색으로 시선을 거두다가 테이블 위에 놓인 책을 발견했다.

그렇지 않아도 그가 무슨 책을 읽고 있었는지 궁금했던 새봄은 쪼르르 달려가 책을 확인했다.

영어로 된 원서였다.

"Managing Organizational Change……."

제목만 봐선 경영학 서적이 분명했다. 아무래도 예지네 오빠는 경영을 전공한 사업가인 듯했다.

근데 사업가가 방송국엔 무슨 일로 왔던 거지? 도대체 뭐 하는 사람이야?

새봄이 거실에서 한참을 서성이며 석경을 향한 궁금증을 키워나가고 있을 때쯤.

쾅, 소리와 함께 문이 열리고 석경이 들어왔다. 그의 머리카락이 살짝 헝클어져 있었다. 호흡도 약간 불규칙하고.

"받아."

석경이 대뜸 쇼핑백 하나를 내밀었다.

얼떨결에 그것을 받아 든 새봄은 쇼핑백 안에서 새 신발 냄새를 맡곤 의아한 눈빛으로 석경을 바라봤다.

"뭘 봐?"

석경이 멋쩍은 듯 새봄의 눈빛을 피하며 주머니에서 반창고와 상처 연고를 꺼내 쇼핑백 안에 던지듯 처박았다.

"그리고 그거 이리 내놔."

석경은 새봄이 손에 쥐고 있던 슬리퍼를 뺏어 신발장 안에 던지더니, 아까부터 계속 저를 울 것 같은 눈으로 바라보고 있는 새봄을 째려봤다.

"그만 쳐다봐라. 빨리 신발 갈아 신고, 아니, 연고부터 바르고. 왜? 발라 줘?"

"아, 아니요! 제가 할게요. 제가 해요."

새봄이 바닥에 철퍼덕 앉아 그가 사다 준 연고를 발에 바르고 반창고를 붙였다. 그러곤 박스에서 새 운동화를 꺼내 신고 자리에서 일어났다.

"……"

어쩐지 자신의 발에는 많이 큰 것 같은 운동화를 응시하던 새봄이 천천히 고개를 들었다.

그가 당황한 얼굴로 운동화를 신은 새봄의 발을 쳐다보고 있었다. 사이즈가 클 거라고는 전혀 예상하지 못했던 모양이다. 새봄이 작게 웃음을 터뜨리며 그를 위로했다.

"괜찮아요. 저 원래 신발 살 때 크게 사거든요."

"누가 뭐래? 가서 바꿔 오든지."

"아니에요. 그냥 신을래요. 너무 예뻐요. 감사히 잘 신겠습니다. 그리고 이건 제가 돈 생기면 바로 갚을게요. 얼마예요?"

"저 슬리퍼는 얼만 줄 알아?"

"네?"

"네가 신고 나가려고 했던 저 슬리퍼 이탈리아에서 사 온 거야. 굉장히 비싼 거라고. 그에 비하면 이 운동화는 뭐. 그냥 시장에서 아무거나 주워 온 거니까 신경 쓰지 마."

"저 슬리퍼가 그렇게 비싼 거였어요? 몰랐어요. 죄송해요. 근데 이거 백화점 쇼핑백인데……"

"너 안 가나? 짐 가져온다면서."

"맞다. 이러다 늦겠다. 그럼 다녀오겠습니다."

석경에게 꾸벅 인사를 하고 새봄은 밖으로 나가 엘리베이터에 냉큼 올라탔다. 그런데 엘리베이터 문이 닫히는가 싶더니 쾅, 소리와 함께 다시 열렸다.

"어?"

엘리베이터에 올라탄 사람은 석경이었다. 그는 새봄이 눌러 놓았던 1층을 다시 눌러 불을 꺼 버리고 지하 1층을 눌렀다.

"차 지하에 있어."

새봄이 망설이다가 입을 열었다.

"저 혼자 가도 되는데……."

"진짜?"

석경이 되묻자 새봄이 바로 고개를 절레절레 흔들었다.

사실 그 끔찍한 곳에 다시는 가고 싶지 않았다. 하지만 비싼 돈을 들여서 산 전공 서적들과 무엇보다 제일 중요한 보증금을 돌려받아야 했다.

마침내 도착한 지하 1층.

먼저 엘리베이터에서 내린 석경의 뒤를 새봄이 총총걸음으로 뒤따라갔다.

* * *

석경은 골목에 주차를 하고 창문을 열었다. 그러곤 금방이라도 쓰러질 것 같은 건물을 올려다보았다.

"근데 제가 여기 살았던 건 어떻게 알았어요?"

안전벨트를 풀며 새봄이 물었다. 짐짓 당황한 듯 보이는 석경의 표정이 이내 포커페이스를 되찾았다.

"네가 말했잖아."

"제가 언제요?"

"어제."

"아…… 어제…….."

사실 기억이 나진 않지만, 어젠 너무 경황이 없었기에 그냥 그러려니 했다. 그가 거짓말을 할 사람처럼 보이지도 않고. 이 사람이 그렇다면 그런 거겠지.

새봄은 작게 한숨을 내쉰 후, 창밖을 내다보았다. 그런 새봄을 흘끔 보던 석경이 말했다.

"가져올 게 뭐야? 말해. 내가 갔다 올게."

"아, 아니에요. 제가 갈게요. 주인집 아줌마한테 인사도 드려야 하고…….."

"그래, 그럼."

"네. 갔다 올게요. 근데 여기 있을…… 거죠?"

"어."

이제야 마음이 놓이는지 새봄의 경직되었던 얼굴 근육이 살짝 풀렸다. 그녀가 애써 미소를 지으며 차에서 내렸다. 웬일인지 그가 뒤에 있다는 생각을 하니 두려울 게 없었다.

새봄이 두 주먹을 불끈 쥐고 계단을 올라가고 있었는데.

"새봄 학생!"

마침 주인집에서 아줌마가 나왔다.

분명 아까까지만 해도 두려울 게 하나도 없었는데, 작은 문소리에 화들짝 놀라고 말았다. 잔뜩 겁을 먹은 새봄에게로 아줌마가 의아한 눈빛을 하고 다가왔다.

"웬일이야? 오늘은 아르바이트 안 갔어?"

"네. 저기…… 아주머니, 드릴 말씀이 있는데요."

"어, 뭔데?"

"제가 사정이 있어서 방을 빼야 할 것 같아요."

"갑자기 왜? 무슨 사정?"

머뭇거리던 새봄은 건물 밖에 주차된 석경의 차를 흘끔 보며 작은 목소리로 말했다.

"친구네 집으로 다시 들어가기로 했거든요. 그동안 신경 써주셔서 감사합니다. 보증금은…….."

"알았어. 뭐 어쩔 수 없지. 보증금은 내일 은행가니까 그때 보내줄게. 그럼 언제 나가려고?"

"지금요."

"세상에, 지금 당장? 짐은 어떻게 옮기려고? 가만있어 봐라. 안에 우리 아들 있으니까, 짐 옮기는 거 도와주라고 해야겠다."

"아, 아니에요!"

새봄이 소리쳤지만, 아줌마는 이미 집으로 들어가 아들을 끌고 나오고 있었다. 주인집 아들과 눈이 마주친 새봄의 몸이 뻣뻣하게 굳어졌다.

"얘, 올라가서 새봄이 짐 정리하는 거 도와주고 있어, 엄만 시장에 좀 갔다 올게."

아줌마가 장바구니를 들고 밖으로 나가자, 남자는 느끼한 미소를 지으며 다가왔다.

"너도 나 보고 싶어서 다시 왔구나? 빨리 올라가자. 내가 도와줄게."

"시, 싫……!"

남자가 새봄의 허리를 끌어안고 옥탑으로 올라가려던 그때. 뒤에서 누군가 새봄의 손을 잡아끌었다.

남자와 새봄이 동시에 뒤를 돌았다.

"손 치워."

석경이 무표정한 얼굴로 새봄의 허리를 잡은 남자의 손을 가볍게 떼어 냈다. 그러곤 새봄을 자신의 등 뒤에 숨겼다.

"누구세요?"

남자가 석경을 향해 물었다. 석경은 대꾸 없이 뒤를 돌아 새봄에게 말했다.

"차에 가 있어."

놀라서 아무 소리도 들리지 않는 모양인지 새봄이 멍하니 서 있다가 떨리는 손으로 석경의 셔츠 끝을 잡았다. 석경이 조금은 부드러운 표정과 말투로 말했다.

"괜찮아."

왈칵, 눈물이 날 것만 같았다. 이상하게 안심이 되어서. 누군가에게 보호받는 기분은 처음이라서.

"이것들이!"

석경과 새봄을 번갈아 가며 보던 남자가 소리를 질렀다.

"당신 뭐야! 신새봄, 이 남자 누구야?"

새봄이 석경의 존재에 대해 뭐라고 정의를 내려야 하는지 마음속으로 고민하고 있던 그때. 석경이 남자를 싸늘하게 쳐다보며 대답했다.

"친구 오빠."

"……?"

"얘 친구 오빠라고."

남자가 어이가 없다는 얼굴로 새봄을 보며 비아냥거렸다.

"얌전 떨더니, 다 내숭이었어? 남자 후릴 줄도 알고 이 계집…… 으윽! 캑캑!"

퍽!

순식간이었다. 석경이 남자의 뒷덜미를 잡아끌고 옥탑으로 올라갔다. 그러곤 목을 내리쳐 난간에 엎드리게 했다.

"한마디만 더 하면 죽여 버린다."

추락사하기 일보 직전이 되자 남자는 오줌까지 지리며 울먹였다.

"으, 으, 으! 사, 살려 주세요!"

살려 달라는 남자를 봐줄 생각이 없는지 석경의 손에 더욱 힘이 들어갔다. 그럴수록 남자의 몸은 점점 허공에 떴고, 이러다 정말 인생 하직하게 생겼다는 생각에 남자가 새봄을 향해 애원했다.

"새봄아. 제발. 내가 잘못했어. 잘못했어요."

두 사람을 따라 옥탑으로 올라온 새봄은 남자를 금방이라도 난간 밑으로 밀어 버릴 것 같은 석경을 보고 두 눈이 휘둥그레졌다.

어제 오늘 자신이 봤던 그 사람이 아니었다. 살의가 가득한 저 표정은 처음 보는 얼굴이었다. 새봄은 순간 가슴이 철렁 내려 앉는 기분을 느꼈다.

"오빠!"

새봄이 그를 불렀다. 친구의 오빠. 이제야 정의가 내려졌다. 그가 자신에게 어떤 존재인지.

새봄의 부름에 석경이 천천히 고개를 돌려 그녀를 쳐다봤다. 새봄이 고개를 저으며 그러지 말라고 눈빛으로 말하고 있었다.

그제야 석경은 남자의 목을 조르고 있던 손에 힘을 풀었다. 그 틈을 놓치지 않고 남자는 살기 위해 후다닥 옥탑을 벗어나 도망갔다.

방금까지 사람을 죽이려고 했던 그는 태연한 얼굴로 주머니에서 꺼낸 손수건으로 손을 닦고 있었다. 그런 석경을 바라보며 새봄은 생각했다.

이 사람 도대체 진짜 얼굴이 뭘까?

Chapter 2

"다 가지고 내려왔어?"

새봄이 석경의 눈치를 보며 고개를 끄덕이자, 석경이 트렁크 문을 닫았다. 그러곤 핸드폰을 꺼내 내밀었다.

"갑자기 핸드폰은 왜요?"

새봄이 어리둥절한 표정으로 석경을 쳐다봤다.

"신고해."

석경의 강압적인 말투에 새봄이 고개를 절레절레 흔들었다. 그러자 그가 격앙된 목소리로 말했다.

"내가 대신 할까?"

"아니요. 신고라뇨. 정말 별일 없었어요. 진짜예요."

"별일 없는 녀석이 어제 그 꼴을 하고 왔어? 아까 그 새끼 짓 맞지? 아니다. 나한테 말할 필요 없어. 경찰서 가서 얘기해."

석경이 어디론가 전화를 걸려고 하자, 새봄이 얼른 핸드폰을 빼어 등 뒤에 숨겼다.

"뭐 하는 짓이야? 이리 내놔."

"신고 안 한다고 약속하면 돌려드릴게요."

"대체 신고를 왜 안 하겠다는 건데!"

"저 어려울 때 주인아주머니가 월세도 깎아 주고 고마우신 분이에요. 남편 없이 아들만 보고 사시는 분인데…… 상처 주기 싫어요."

"너는. 너는 괜찮고?"

"네. 저는 괜찮아요. 어차피 이 집에서 나가게 됐으니까…… 전 그거면 됐어요."

"미련하군."

헛웃음을 짓던 석경이 먼저 운전석에 올라타 버렸다. 왜 이렇게 화가 나는지 모르겠다.

답답한 마음에 담배를 꺼내 물고 불을 붙이려던 석경이 멈칫했다. 룸미러를 통해 차 뒤에서 벌어진 상황이 보였기 때문이다. 장바구니를 들고 집에 도착한 주인집 아주머니와 환하게 웃으며 인사를 나누는 저 여자애의 머릿속이 궁금했다.

"지금 웃음이 나와?"

너무 어이가 없어 저도 모르게 혼잣말을 내뱉고 말았다. 담배를 마저 피울 새도 없이 조수석 문이 열리고 새봄이 올라탔다. 새봄은 안전벨트를 매며 석경의 눈치를 살폈다.

"담배 피우시게요?"

"아니. 너 땜에 피우기 싫어졌어."

석경은 담배를 구겨 재떨이에 버린 후 운전대를 잡았다.

"아, 핸드폰 여기 둘게요."

아까 뺏었던 석경의 핸드폰을 거치대에 잘 꽂아 놓으며 새봄이 애써 웃었다.

"오늘 너무 감사했어요. 대신 제가 점심 살게요! 지갑도 찾았거든요."

새봄이 작은 지갑을 흔들며 말했다. 하지만 그는 아무런 대꾸 없이 차를 출발시켰다. 운전하는 석경의 눈치를 보며 새봄이 조심스레 말을 꺼냈다.

"혹시 아까 일 때문에 화나셨어요?"

"내가 왜? 네 팔자 네가 꼬는 거지. 그리고 그런 새끼 한 번 봐주면 또 그런다. 제2의 피해자가 나올 수도 있다고."

"그래서 제가 생각해 봤는데요. 사과는 꼭 받아 낼 거예요. 다시는 그런 짓 안 한다는 각서도 받고."

"네가? 퍽이나."

"저는 못 하고요……."

얘가 지금 뭐라는 거야. 석경이 새봄을 째려봤다. 그러자 새봄이 배시시 웃으며 말했다.

"오빠 이름 좀 팔아도 돼요? 아까 보니까 그 자식이 오빠 되게 무서워하던데. 오빠가 각서 받아오라고 시켰다고 하면 당장 써 줄 것 같던데."

"그 새끼를 또 만나러 가겠다고? 혼자?"

"같이 가 주실 것 같진 않아서……."

"하아……."

이 답도 없는 여자애. 석경은 한숨이 절로 나왔다.

"혼자 가면 너 진짜 혼날 줄 알아."

"같이 가 주시게요?"

"점심 뭐 사 줄 건데?"

"아, 오빠 먹고 싶은 거 아무거나 다요. 다 사 드릴게요!"

천군만마를 얻은 듯 새봄이 기뻐하자, 석경은 멋쩍은 듯 운전에 집중했다.

그렇게 도로를 달려 도착한 곳은 고급 레스토랑 앞이었다. 먼저 차에서 내린 석경이 레스토랑 안으로 들어갔다. 뒤쫓아 오던 새봄이 지갑 안을 살피며 전전긍긍하는 것이 유리문에 비치자 석경이 피식 웃어 버렸다.

"뭐 해? 빨리 안 오고."

근심이 가득한 새봄을 끌어다 의자에 앉힌 석경은 바로 서버를 불러 주문을 했다.

새봄은 그가 주문한 음식들을 메뉴판에서 찾아 가격을 계산하기 시작했다. 이십만 원이 훌쩍 넘었다. 새봄은 석경을 원망스레 쳐다봤다.

"또또. 너 왜 또 나 그런 눈으로 보냐?"

"진짜 너무하시네요. 이십만 원이면 저 한 달 생활비예요."

"고맙다며. 먹고 싶은 거 다 먹으라며."

"고마운 건 고마운 거고, 이십만 원은 진짜 너무했어요. 저는 안 먹을 테니까 십만 원으로 합의 보시죠."

"진짜 안 먹어?"

"네."

마침 음식이 나왔고, 맛있는 냄새에 새봄은 저도 모르게 침을 꼴깍 삼켰다.

석경이 먹기 좋게 스테이크를 썰었다. 고기를 보니 새봄의 배에서 꼬르륵 소리가 났다. 소리 때문에 배를 움켜잡는 새봄을 흘끔 보던 석경이 접시를 그녀 앞에 내어 주며 말했다.

"넌 나이가 몇인데 농담도 구분 못 해?"

"네?"

"난 나보다 어린 사람한테 얻어먹는 취미 같은 거 없으니까 얼른 먹어."

"그럼 제가 오만 원은 보탤게요."

"됐고. 오만 원 있으면 옷이나 좀 사. 안 덥냐?"

"여긴 에어컨 빵빵해서 괜찮아요. 근데 이건 무슨 고기예요? 엄청 잘 썰어지던데."

궁금한 척 포크로 고기를 푹 찍어 입에 넣은 새봄의 두 눈이 휘둥그레졌다. 태어나서 이렇게 맛있는 고기는 처음이었다.

"우와. 마시써요. 와."

감탄사를 연발하며 고기를 먹는 새봄을 석경이 신기하게 쳐다봤다.

"너 말이야."

"저요?"

"그래. 너."

"저 왜요?"

새봄은 석경이 무슨 말을 할지 궁금했다. 하지만 석경은 뭔가 생각이 많은 듯 말을 할까 말까 고민하다가 어렵게 입을 열었다.

"학교도 휴학했던데……."

"어? 그건 어떻게 아셨어요?"

석경은 멈칫했다가 다시 말을 이었다.

"저번에 방송국에서 네 이력서 봤어."

"아…… 최 피디님한테 제출했던 거요?"

"그래."

"근데 학교 휴학한 건 왜요?"

"복학은 안 해? 혹시 돈 없어서 못 하는 거야?"

"그렇지 않아도 이번에 해요. 이것도 다 오빠 덕분이에요. 정 안 되면 학비 도로 빼서 집 구하려고 했거든요. 어쨌든 제가 빨리 돈 많이 벌 수 있는 알바 자리 찾아서 금방 나갈 테니까 조금만 참아 주세요."

밝은 목소리로 말하는 새봄을 착잡한 표정으로 응시하던 석경은 잔을 들어 물을 벌컥벌컥 마셨다.

그런 그를 물끄러미 바라보던 새봄은 고개를 갸웃거렸다. 그러자 석경이 자리에서 벌떡 일어났다.

"천천히 먹고 나와."

갑자기 혼자 밖으로 나가 버린 석경 때문에 새봄은 어안이 벙벙했다.

* * *

차 앞에서 담배를 피우던 석경은 새봄이 나오자 담배를 끄고 운전석에 올라탔다.

내가 뭘 잘못했나? 새봄은 석경의 눈치를 보며 조수석에 올라탔다. 그러다 아까는 미처 발견치 못한, 뒷좌석에 가득 쌓인 대본들을 보고 두 눈이 커다래졌다.

새봄은 안전벨트를 매며 운전하는 석경의 옆모습을 흘끔거렸다. 그러곤 조심스레 입을 열었다.

"혹시 드라마 쪽 일하세요?"

"왜?"

"뒤에 김수희 작가님 대본 있던데…… 차기작 같던데…….""

"그래서 어쩌라고."

"저 살짝 보면 안 되겠죠?"

"어."

"저기 근데…….""

'드라마 쪽 무슨 일하는 사람이에요?'라는 뒷말을 삼킨 채 새봄은 뒷좌석에 있는 김수희 작가의 대본을 갈구하는 눈빛으로 바라봤다. 그러다 어디서 그런 용기가 났는지 당차게 입을 열었다.

"저번에 최남기 피디님한테 저 자르라고 하셨다고 했죠? 그때 왜 그런 거예요?"

"몰라도 돼."

"저 사실 그날 잘리는 바람에 편의점에서 알바하게 된 거고, 거기서 만난 아줌마네 옥탑에서 살게 됐고 그러다 어제 같은 일이 벌어진⋯⋯."

"지금 나 때문이라는 거야?"

"쪼끔은?"

"참나. 그래서 뭐 어쩌라고."

"저 자르라고 한 거, 그때 일 봐드릴게요. 대신 김수희 작가님 차기작에 저 좀 써 주세요! 자르는 거 마음대로 할 수 있으면 붙이는 것도 할 수 있는 거잖아요. 오빠가 무슨 일 하는 사람인지는 모르겠지만."

석경이 어이가 없다는 표정으로 실소를 터뜨렸다.

"까불지 말고 공부나 해. 복학한다며."

"졸업 학기예요. 어차피 취업 나가야 되고, 이왕 하는 거 하고 싶은 일 하려고요."

"네 상황이 지금 하고 싶은 일을 해도 되는 시기 같아? 내 생각엔 빨리 언론 고시 붙어서 제대로 된 직장에 들어가는 게 지금 시궁창 같은 네 인생을 구제할 유일한 방법 같은데."

촌철살인 팩트 폭격에 새봄의 표정이 굳어졌다.

멍하니 창밖을 내다보던 새봄은 한동안 말이 없었다. 석경은 운전을 하면서도 그런 새봄이 계속 신경 쓰여 흘끔거렸다. 그런데 그때 새봄이 고개를 휙 돌렸다.

석경은 재빨리 앞을 응시했다. 귓가로 새봄의 간절한 목소리가 들려왔다.

"제가 제일 좋아하는 드라마가 있는데요. '마이 마더'라고……."

"네가 그 드라마를 안다고?"

"네. 김수희 작가님 작품이잖아요. 본명으로 활동하실 때 방송했던 거라고 들었어요. 저는 그 드라마를 보고 돌아가신 우리 엄마의 삶을 이해하게 됐어요."

수희가 본명 김숙희로 집필했던 〈마이 마더〉는 미혼모의 삶을 그린 드라마였다. 당시 사회상을 적나라하게 보여 주며 가족의 소중함을 일깨웠다는 호평을 받았던 작품이었다.

"저희 엄마도 미혼모였거든요."

운전대를 잡은 석경의 손에 힘이 들어갔다.

"그 뒤로 김수희 작가님 작품은 빠트리지 않고 다 봤어요."

새봄의 말을 듣는 건지 마는 건지 석경은 침묵으로 일관했다. 결국, 집 앞에 도착할 때까지 석경은 한마디도 하지 않았다.

피도 눈물도 없어 보이는 그의 태도에 새봄은 더는 구구절절 자신의 상황을 설명하는 것을 포기하고 차에서 내렸다. 그리고 트렁크에서 짐을 꺼내고 있었는데.

"힘들다고 나중에 나 원망하지 마."

새봄은 자신의 귀를 의심하며 고개를 돌렸다.

"저 시켜 주시는 거예요?"

옆으로 다가온 석경이 새봄이 들고 있는 짐 박스 위에 대본을 올려놓으며 말했다.

"보든지 말든지."

퉁명스러운 말투가 이제는 익숙했다.

건물 안으로 성큼성큼 걸어 들어가는 석경의 뒷모습을 바라보던 새봄은 김수희 작가의 이름이 적힌 대본을 보며 활짝 웃었다. 그리고 생각했다.

그는 좋은 사람임이 분명하다고. 다정하지 않을 뿐.

그렇게 믿고 싶었다. 그 일이 있기 전까진.

* * *

밖에서 들리는 인기척에 새봄의 두 눈이 번쩍 떠졌다.

아직 잠에서 덜 깬 새봄은 천장을 보며 두 눈을 끔뻑였다. 그러곤 벽에 걸린 시계로 시간을 확인했다.

6시 30분.

새봄은 벌떡 일어나 창문으로 달려갔다. 조심스레 창문을 열고 고개를 내밀어 밑을 내려다보았다.

운동복 차림의 석경이 헤드셋을 낀 채 공원을 달리고 있었다. 어제도 오늘도 그는 매번 이 시간에 운동을 했다.

새봄은 기지개를 켜며 이제라도 그와 생활 습관을 맞춰야겠다는 생각에 피곤한 몸을 억지로 끌고 거실로 나갔다. 그가 집으로 돌아오기 전에 청소를 끝내고 아침 식사를 준비해 놓기로 한 것이다.

냉장고 안에서 재료를 꺼내 간단한 반찬들을 만들고, 된장찌개를 가스레인지에 올려놓았다. 그리고 이번엔 청소다.

그런데 거실 구석구석 쓸고 닦던 새봄의 시선이 어딘가에 닿아 움직이지 않고 있었다. 석경의 방이었다.

항상 굳게 닫혀 있던 문이 오늘은 어쩐 일로 살짝 열려 있었다. 호기심 가득한 눈으로 그곳을 응시하던 새봄은 슬그머니 걸음을 옮겼다.

문 틈새로 방의 내부가 살짝 보였다.

그의 성격답게 깔끔하고 차가운 인테리어. 블랙과 화이트가 적절히 섞인 방은 마치 다른 세상 같았다.

'어? 근데 저건 뭐지?'

서랍장 위에 놓인 액자가 새봄의 시선을 사로잡았다.

'누구지? 여자 사진 같은데…… 이혼했다더니, 헤어진 아내? 아니면 새로운 애인?'

액자 속 여자의 얼굴을 자세히 들여다보려고 목을 길게 빼던 새봄의 어깨를 누군가 잡아끌었다.

"뭐 하는 거야."

새봄이 놀라 휙 뒤를 돌았다.

석경이 굳은 표정으로 새봄을 내려다보고 있었다. 그는 새봄을 옆으로 밀치며 방문을 쾅 닫았다. 그러곤 새봄을 향해 윽박질렀다.

"뭐 하냐고 물었어."

"죄송해요. 청소하다가……."

"네가 가정부야? 내가 청소하지 말라고 했잖아!"

갑자기 소리를 버럭 지르는 석경의 목소리에 놀라 새봄의 어깨가 움찔 떨렸다.

석경은 간신히 화를 억누르며 힘주어 말했다.

"내 방에 함부로 들어가지 마. 마지막 경고야."

그의 말이 끝나기가 무섭게 새봄은 재빨리 고개를 여러 번 끄덕였다.

"근데 오늘은 왜 이렇게 빨리 들어오셨……."

방을 훔쳐본 것이 민망해서 말을 돌리던 새봄은 석경의 머리와 어깨가 젖어 있는 걸 보곤 말끝을 흐렸다. 밖에선 비가 쏟아지고 있었다. 그는 갑자기 내린 비 때문에 서둘러 집으로 들어온 모양이다.

새봄은 욕실로 달려가 수건을 가지고 와서 그에게 내밀었다.

"식사 아직이죠? 조금만 기다려 주세요."

새봄이 쪼르르 주방으로 달려갔다.

석경은 거슬려 죽겠다는 얼굴로 주방에서 밥상을 차리는 새봄의 뒷모습을 바라보다가 방으로 들어가 버렸다.

* * *

방에 있는 욕실에서 샤워를 하고 나온 석경은 거실로 나가려다 말고 뒤를 돌았다. 그러곤 서랍장 위에 놓인 액자를 애틋한 눈빛으로 응시했다. 사진 속 환하게 웃고 있는 그녀의 미소가 오늘따라 서글퍼 보였다.

비가 와서 그런가? 괜히 날씨 탓을 하며 애써 시선을 거뒀다. 그리고 거실로 나가 창밖을 내다봤다.

천둥과 번개를 동반한 굵은 비가 사정없이 쏟아지고 있었다.

"식사하……."

식탁 앞에서 서성이던 새봄이 말을 꺼내려다 입을 다물었다. 그러곤 쏟아지는 비를 감상하고 있는 석경의 옆모습을 바라봤다.

그에게서 뿜어져 나오는 서늘함이 워낙 강해서 잊고 있었는데, 그의 외모는 준수한 편이었다. 아니 그 이상이었다. 그런데 표정이나 분위기가 잘생김을 깎아 먹고 있다고나 할까?

저 사람…… 웃어 본 적은 있을까?

호기심 어린 눈으로 그의 옆모습을 훔쳐보던 새봄은 갑자기 주방으로 오는 석경과 눈이 마주치자 허둥거리며 싱크대 쪽으로 도망쳤다.

석경은 새봄에게 무심한 시선을 던지며 냉장고에서 우유를 꺼내고 있었는데, 냉장고 문이 열리는 소리에 새봄이 얼른 뒤를 돌았다.

"어? 아침 안 드세요? 밥 다 차렸는데……."

새봄이 소심하게 식탁 위를 손가락으로 가리켰다.

우유를 마시려던 석경은 식탁 위 정성껏 차린 밥상을 내려다보더니, 들고 있던 우유를 다시 냉장고 안에 집어넣었다.

"다음부턴 내가 알아서 먹을 테니까 내 건 차리지 마."

"네."

식탁 앞에 앉은 석경이 수저를 들자, 새봄이 기다렸다는 듯 밥을 먹었다.

우걱우걱 밥을 급하게 먹는 새봄을 석경이 유심히 쳐다봤다.

"전부터 궁금했는데, 너 밥을 왜 그렇게 빨리 먹어?"

수저질을 멈춘 새봄이 주눅 든 얼굴로 고개를 들었다.

"제가 빨리 먹었어요?"

"그래. 그리고 밥은 또 왜 그렇게 많이 먹어? 쪼그만 게."

새봄은 갑자기 자신을 질책하는 석경을 서운한 눈빛으로 바라보다가 어렵게 입을 열었다.

"언제 먹을지 몰라서요."

"뭐?"

석경은 자신의 귀를 의심했다. 밥을 언제 먹을지 몰라서 먹을 때 많이 먹는다? 이해가 안 되는 논리였다. 하지만 이 여자애의 특수한 상황을 떠올려 보니, 얼마든지 그럴 수도 있겠다 싶었다.

도대체 이 여자애는 그동안 어떤 삶을 살았던 건지 가늠조차 되지 않았다. 아침부터 무거운 한숨이 절로 새어 나왔다.

석경의 표정이 굳어지자 새봄이 분위기도 전환할 겸 말을 돌렸다.

"맞다. 저 출근은 언제부터 하면 돼요?"

"다음 주 금요일. 그날 대본 리딩 있어."

"정말요? 벌써 대본 리딩을 해요? 그럼 캐스팅 확정된 거예요?"

"왜?"

"아니. 그냥, 그냥요. 아, 저 정말 열심히 할게요! 근데 오빠 진짜 뭐 하는 사람이에요?"

"넌 뭐가 그렇게 궁금한 게 많냐?"

네가 제대로 대답을 안 해 주니까, 라는 말을 삼키며 새봄이 말을 이었다.

"출퇴근 시간이 일정하지 않은 거로 봐선 사무직은 아닌 것 같고, 집에 있는 시간이 많은 걸 보면 현장직도 아닌 것 같고. 뭐 하시는 분인지 전혀 감이 안 잡혀서요."

새봄의 궁금증을 풀어 줄 생각이 전혀 없는 모양인지 석경은 자리에서 일어났다.

그가 밥을 먹다 말고 주방을 나가 모습을 감추자, 새봄은 섭섭한 마음에 고개를 푹 숙였다. 그리고 다시 수저를 들고 마저 밥을 먹었다.

그런데 그때. 머리 위로 그림자가 내려앉더니 식탁 위에 신용카드 한 장이 툭 던져졌다. 새봄이 고개를 번쩍 들었다.

석경이 냉장고 옆에 놓인 메모지에 뭔가를 적고 있었다.

슥삭슥삭.

왠지 그 소리에 뱃속이 간질간질했다. 새봄은 그런 자신이 변태같이 느껴져 얼굴이 화끈 달아올랐다. 그사이 석경은 볼펜 뚜껑을 닫곤 메모지를 카드 위에 올려놓았다.

"앞으로 넌 냉장고 담당이야."

새봄이 고개를 갸웃했다.

"냉장고 담당이요?"

"내가 필요한 품목들 적어 놨으니까 떨어지지 않게 채워 놔."

"아…… 네!"

"그리고 내 앞에서 밥 빨리 먹지 마."

"네?"

"그 습관 고치라고."

석경이 턱 끝으로 카드를 가리키며 말했다.

"그걸로."

"……."

"먹고 싶을 때 먹어. 굶지 말라고."

새봄은 살며시 고개를 숙여 카드를 쳐다봤다.

지금 나 걱정해 주는 건가? 내가 밖에서 굶고 다닐까 봐?

괜히 가슴이 콩닥거렸다. 새봄은 아까보다 더 빨개진 얼굴로 어쩔 줄을 몰라 하다가, 창밖으로 시선을 옮겼다.

어느새 비가 멈춰 있었다.

그리고 쾅, 소리와 함께 석경이 방으로 들어가 버렸다.

꽉 닫힌 방문을 보니, 아까 방 안에서 본 액자 속 여자의 얼굴이 떠올랐다. 액자까지 만들어 진열해 놓은 걸 보니 보통 사이는 아닌 듯했다.

역시, 여자가 있었구나. 하긴 저렇게 잘난 사람이 애인이 없는 게 더 이상하지.

근데 난 왜 이렇게 허탈한 마음이 들지?

웃을 줄도 모르는 그가 누군가와 사랑을 한다고 생각하니 어쩐지 속이 쓰렸다. 이유는 알 수 없었지만, 그 여자가 부럽다는 생각이 들어 새봄은 당황스러웠다.

* * *

"혹시 신인 배우?"

방송국 후문을 통과하던 새봄이 기자들에게 붙잡혔다.

"아닌……."

"저쪽이다!"

새봄이 배우가 아니라고 말하려던 순간, 정문 쪽에 주연 배우가 나타난 모양인지 기자들이 우르르 몰려갔다. 덕분에 새봄은 아주 수월하게 방송국 안으로 들어갈 수 있었다.

"새봄 씨!"

누군가 새봄을 불렀다. 새봄이 고개를 돌려 소리가 난 쪽을 쳐다봤다. 멀지 않은 곳에서 남기가 중년 여성과 함께 걸어오고 있었다. 새봄이 고개를 숙여 인사를 하자, 남기가 중년 여성을 향해 말했다.

"선생님. 우리 연출팀 막내 신새봄 씨예요. 새봄 씨, 이번에 우리 드라마 도훈 엄마 역에 이민자 선생님."

새봄이 화들짝 놀랐다. 이분이 여배우 이민자라고? 그녀는 TV 속 모습과 달리 몸집이 작고 왜소했다. 그리고 실물이 훨씬 더 세련되고 젊어 보여 바로 알아볼 수 없었다.

대한민국에선 이름만 대면 다 아는 배우를 눈앞에 두고 못 알아본 것이 민망했던 새봄은 멋쩍게 웃으며 민자를 향해 인사했다.

민자가 웃음으로 화답하며 남기에게 말했다.

"최 감독. 이번에 조연출 소란 씨도 그렇고 FD까지 여자투성이네? 일부러 그랬지? 징계 먹은 거 땜에 회사에 시위라도 하는 거야?"

"그럼요. 시위해야죠. 연출부에 여잔 뽑지 말라는 게 말이 돼요? 그건 성차별이죠. 그치 새봄 씨?"

"네? 네. 하하."

정확히 무슨 말인지는 모르겠지만, 저번 날 여자는 안 된다고 하던 남기의 발언은 방송국 내부 사정 때문이었던 모양이다. 새봄은 괜히 그 일로 석경까지 의심하고 원망했던 것이 떠올라 미안해졌다.

"하여튼 최 감독 너도 참 또라이야."

민자가 다소 거친 말투로 말하며 호탕하게 웃었다.

두 사람 사이에 어색하게 껴 있던 새봄을 향해 남기가 말했다.

"새봄 씨, 나는 선생님이랑 점심 먹고 들어갈 거니까 새봄 씨는 회의실로 올라가 봐. 가면 이소란 피디라고 있을 거야."

첫날이니 잘해 보라는 말을 끝으로 남기는 먼저 민자와 함께 밖으로 나갔다.

새봄은 서둘러 회의실로 향했다.

벌써 스태프들이 리딩 준비로 분주하게 움직이고 있었다. 그중 유독 바빠 보이는 키가 큰 여자를 보고 새봄은 직감했다. 새봄은 곧장 그녀에게로 달려갔다.

"안녕하세요. 이소란 피디님이시죠? 저는 신새봄이라고 합니다."

"아, 자기가 신새봄이야?"

어쩐지 떨떠름한 표정으로 묻는 소란의 태도 때문에 새봄은 살짝 기가 죽었지만, 애써 밝게 웃었다.

"저 뭐부터 할까요?"

새봄의 물음에 소란이 기다렸다는 듯 입을 열었다.

"그럼 일단 새봄 씨는 대본 리딩 끝나고 요 근처 은화 회관에서 회식하기로 했거든? 거기 전화해서 10시로 예약해 놓고, 건너편 굿 북이라고 제본소 있는데 가서 대본 가져오고, 지하에 OK 마트에 생수랑 다과 배달시켰는데 안 올라왔으면 직접 가지고 와서 여기 테이블에 세팅하고, 그리고 조금 있다가 입구에 서서 배우들이랑 스태프들 대본 나눠 주면서 수량 체크하고, 단역들 대본 숙지 잘해서 흐름 방해하지 말라고 공지하고, 아역 배우들 떠들지 못하게…… 저기 새봄 씨. 메모 안 해? 내 말 다 기억해?"

새봄이 얼떨결에 고개를 끄덕이자 소란이 한심한 눈초리로 쳐다봤다.

"그래, 어디 한번 보자. 방금 내가 말한 거 한 개라도 빼먹으면 안 돼. 알았어?"

"네!"

"그럼 잘해 봐."

마침 소란의 주머니에서 핸드폰이 울렸고, 소란은 전화를 받으며 밖으로 달려 나갔다. 이 새끼 저 새끼 하면서 나간 걸로 봐선 뭔가 문제가 생긴 모양이다.

흡사 전쟁터를 방불케 하는 이곳에서 새봄은 정신없이 오고 가는 사람들을 신기하게 쳐다봤다. 그러다 뒤늦게 소란이 했던 말들을 떠올리며 주어진 일들을 하나씩 수행하기 시작했다.

* * *

새봄이 제본소에 들르는 동안 스태프들은 단체로 점심을 먹으러

갔는지 회의실이 텅 비어 있었다.

주린 배를 움켜잡고 다음 미션을 위해 마트에서 다과를 가지고 올라온 새봄은 일회용 접시에 과자와 사탕을 보기 좋게 담았다. 테이블마다 다과 접시와 생수를 세팅한 새봄은 그것들을 만족스럽게 보다가, 남은 과자를 흘끔 쳐다봤다. 갑자기 배가 미친 듯이 고파 왔다.

슬그머니 주변 눈치를 살피던 새봄이 초코 과자 포장지를 벗겨 입 안에 쏙 집어넣으려는데. 하필이면 그때 딱 맞춰 누군가 안으로 들어왔다. 누군가의 얼굴을 확인한 새봄은 너무 놀라 두 눈이 커다래졌다.

굉장히 잘생긴 남자였다. 처음 보는 사람이었지만 남자의 수려한 외모를 마주한 순간 새봄은 그가 누군지 단박에 알아차렸다.

무려 2000:1이라는 엄청난 경쟁률을 뚫고 주연 자리를 꿰찼다는 신인 배우.

그는 새봄에게 무심한 듯 눈인사를 건네며 '정해수'라는 푯말 앞에 앉았다. 그러곤 다리를 꼬고 앉아 자연스럽게 대본을 펼쳤다. 신인답지 않게 긴장한 기색 하나 없이, 그의 행동이나 표정엔 여유가 철철 넘쳐흘렀다.

와, 저렇게 생겼으니 난다 긴다 하는 톱스타들도 다 제치고 주연으로 발탁됐겠지.

그저 해수의 얼굴을 넋을 놓고 감상하던 새봄은 뒤늦게 자신이 과자를 입에 물고 있다는 사실을 깨닫곤 얼른 도로 뱉었다. 그러곤 후다닥 문으로 도망쳤다.

한편, 대본을 정독하던 해수는 도망가는 새봄의 빨개진 귀를 보더니 피식 웃으며 다시 대본을 들여다봤다.

* * *

아까는 전초전에 불과했다. 진짜 전쟁은 이제 시작이었다.

새봄은 갑자기 한꺼번에 들어오는 배우와 제작진들에게 대본을 나눠 주느라 정신이 없었다.

"작가님 오셨습니다!"

그때였다. 배우들이 자리에서 우르르 일어났고, 곧 김수희 작가가 들어왔다.

"……!"

새봄이 화들짝 놀랐다. 김수희 작가와 함께 나란히 들어온 석경 때문이었다.

두 사람이 왜 같이 들어오는 거지?

새봄은 어리둥절한 눈으로 김수희 작가와 함께 상석으로 가서 앉는 석경을 흘끔 쳐다봤다. 하지만 석경은 새봄에겐 눈길도 주지 않고 제작진들과 얘기를 나누고 있었다.

"다들 착석해 주십시오!"

진행을 맡은 소란 피디가 큰 목소리로 외치며, 대본 리딩의 시작을 알렸다. 새봄은 앉을 자리가 없어서 몇 명의 스태프들과 함께 벽에 기대고 서 있었다.

"먼저 제작진 소개부터 하겠습니다. 저는 연출을 맡은 최남기입니다. 그리고 이쪽은 말 안 해도 다들 아시는 김숙…… 수희 작가님."

수희의 따가운 눈초리를 피해 남기가 얼른 다음 소개를 이어 갔다.

"그리고 여기 잘생긴 이 남자가 누군지 지금 여배우분들 눈이 반짝거리는데. 배우 아닙니다. 이번에 저희 드라마 제작과 기획을 맡은 '나무'의 우석경 대표님. 다들 박수!"

소개가 영 마음에 들지 않는지 남기를 쳐다보는 석경의 눈빛도 수희 못지않게 날카로웠다.

한편 석경의 소개를 들은 새봄은 기분이 이상했다.

제작사 대표라니. 그것도 메이저 제작사 '나무'의 수장.

그는 자신이 생각했던 것보다 훨씬 더 잘나고 높은 사람이었다. 왠지 석경과 더 멀어진 기분이 들어 새봄은 괜히 입 안이 쓰게 느껴졌다.

"다음은 우리 연출팀 막내 신새봄 씨."

어느새 새봄의 차례가 왔다.

"네!"

새봄이 뒤늦게 정신을 차리고 고개를 들었다. 사람들의 시선이 새봄에게로 향해 있었다. 남기가 소개를 시작했다.

"역시 배우 아닙니다. 이번에 우리 연출팀, 저를 포함해서 막내까지 뭐 얼굴 보고 뽑았다, 그런 말들이 있는데 철저히 실력으로 구성했다는 거 거듭 강조합니다."

남기가 너스레를 떨자, 사람들이 웃음을 터뜨렸다. 그렇게 화기애애한 분위기 속에서 모든 제작진과 배우들의 소개가 끝나고, 드디어 대본 리딩이 시작되었다.

남기 옆에 앉은 조연출 소란 피디가 리드에 나섰다.

"1회 1씬입니다. 거리 일각. 누군가에게 쫓기듯 달리는 도훈."

이어 도훈 역할의 신수현이 실감나는 연기와 함께 대사를 쳤다. 임팩트 있는 첫 장면 덕에 배우들은 집중해서 연기를 했고, 2회까지 쉬지 않고 리딩은 진행됐다.

중간에 엑스트라나 아직 캐스팅이 안 된 배역들의 대사는 메인 FD 충식이 대신했다. 어떨 땐 여자 목소리로, 할머니 목소리로, 초등학생 목소리로 대사를 치는 충식의 팔색조 매력 덕에 여기저기서 웃음이 터지기도 했다.

그러다 한 차례 쉬는 시간을 가진 후 리딩이 다시 시작되었다.

"3회 47씬입니다. 은후 집 앞. 은후, 나오면. 진희가 따라 나와서 잡는다. 진희, 울먹이는데……."

이번엔 남자 주인공의 동생 진희 차례였다. 하지만 침묵이 흘렀다. 진희 역할도 아직 캐스팅이 미정이었던 것이다. 대타를 해 주던 충식도 쉬는 시간 직후 다른 일 때문에 잠시 자리를 비운 상태였다.

그렇게 회의실 안에는 침묵이 흘렀고. 스태프들이 눈치를 보며 서로 안 하겠다고 하자, 새봄이 불쑥 대사를 읊었다.

"오빠, 안 가면 안 될까? 지금 유정 언니 만나러 가면 평생 후회할 거야. 내 말 좀 들어. 제발…… 동생이 하는 처음이자 마지막 부탁이야. 응?"

새봄은 울먹이는 표정으로 은후 역할의 정해수를 보며 연기했다.

순간 해수가 당황한 얼굴로 새봄을 쳐다봤다.

그와 동시에 사람들의 의아한 눈초리가 새봄에게로 향했고, 사람들은 웅성거리며 다시 대본을 들여다봤다.

작가인 수희마저도 굳은 표정으로 새봄을 응시했다.

그 순간 새봄은 직감했다. 내가 뭔가 큰 실수를 했구나. 하지만 이곳에 있는 모두가 알고 있는 새봄의 실수를 그녀 혼자만 알지 못했다.

그때 새봄을 도와주기 위해 해수가 일부러 다음 대사를 쳤다.

"진희야, 오빠 금방 올 테니까……."

"스톱."

해수의 대사를 막은 건 수희였다.

수희는 급기야 손까지 들어 리딩을 중단시켰다. 옆에 있던 석경이 마른세수를 하며 한숨을 내쉬었다. 그를 본 새봄은 혹시 자신 때문에 석경이 난처해진 건가 싶어서 얼굴이 하얗게 질려 버렸다.

대체 내가 무슨 잘못을 한 걸까?

"새봄 씨, 방금 대본 보고 읽은 거야?"

수희가 묻자 새봄이 잔뜩 기가 죽은 목소리로 대답했다.

"죄송합니다. 대본 수가 부족해서 그냥 외운 대로 했습니다."

빈손으로 서 있는 새봄을 수희가 황당한 눈으로 쳐다봤다.

"대사를 외웠다고? 통째로?"

수희가 남기를 보며 속삭였다.

"쟤 뭐야?"

"그러게. 쟤 뭐지?"

이번엔 남기가 석경을 향해 물었다. 그러자 석경은 미간을 찌푸리며 대본을 덮어 버렸다.

사람들의 웅성거림은 더욱 심해졌고, 도통 영문을 모르겠다는 얼굴로 서 있던 새봄을 향해 앞에 앉아 있던 아역 배우가 작게 말했다.

"언니, 책 대본에 그런 대사 없어요."

새봄이 놀란 얼굴로 고개를 번쩍 들었다. 수희가 화난 얼굴로 말했다.

"내가 그 대사 분명 초고에서 날렸는데, 새봄 씨는 그 대사 어디서 본 거야? 소란 피디, 카페에 수정고 안 올리고 초고 올렸어?"

"아닙니다. 수정하신 거 제대로 올라갔습니다."

가만히 생각에 잠겨 있던 수희가 입을 뗐다.

"그럼 새봄 씨는 내 초고를 어디서 봤지? 난 여기 있는 우 대표한테만 보여 줬는데. 이거 어디서 유출된 거 아니야?"

결국, 이렇게 석경을 곤란하게 만들었다는 죄책감에 새봄의 고개가 절로 숙여졌다.

"새봄 씨, 얼른 대답 못 해? 내 초고 어디서 봤냐니까."

"그게 사실은……."

"내가 보여 줬어."

석경이 새봄의 말을 가로챘다. 그러곤 수희와 남기를 비롯한 호기심 어린 시선으로 자신을 바라보고 있는 사람들을 향해 해명했다.

"신새봄 씨한테 초고 보여 준 사람 접니다. 전에 업무차 우리 제작사 사무실에 신새봄 씨가 왔었는데, 그때 캐스팅이 진행 중이었고, 개인적으로 신새봄 씨 이미지가 진희 역할에 맞을 것 같아서 초고 주면서 진희 대사 연습해 오라고 했습니다만, 본인이 자긴 배우가 아니라 피디가 되고 싶다면서 거절하더라고요. 자, 이제 궁금증 다 풀렸습니까?"

그는 눈 하나 깜짝하지 않고 거짓말을 술술 내뱉고 있었다. 역시 보통 사람은 아니구나. 그런 생각을 하던 새봄은 여전히 자신을 의심스럽게 쳐다보는 수희의 눈치를 살피다가 에라 모르겠다 배시시 웃어 버렸다.

그런 새봄을 보며 가만히 생각에 잠겨 있던 수희가 드디어 씩 웃으며 입을 열었다.

"소란 피디."

"네! 작가님."

"이거 다시 수정해 줘야겠어."

"네? 뭘요?"

"방금 새봄 씨가 한 대사 내가 수정고 넘기면서 실수로 날린 거거든. 제본 다 끝났다고 해서 그냥 뒀는데, 지금 생각해 보니까 안 되겠다. 다시 넣어야겠어. 소란 피디가 수고스럽더라도 다시 편집해서 인쇄해 줘. 저 대사 중요한 대사야. 진희 죽고 나중에 은후 감정선 이어 줄 인서트로 꼭 필요하거든."

중요하다는 수희의 말에 소란을 포함한 스태프들과 배우들이 열심히 메모를 하기 시작했다. 덕분에 새봄의 존재는 금세 잊혔다.

"다음 48씬입니다."

그렇게 멈췄던 리딩은 다시 시작됐고, 우여곡절 끝에 3회까지의 대본 리딩을 마친 후 다시금 쉬는 시간이 찾아왔다.

새봄은 사람들이 빠져나간 의자에 털썩 앉아 다섯 시간 만에 휴식을 취할 수 있었다.

겨우 한숨 돌리며 종아리를 조몰락거리며 쉬고 있던 그때. 수희가 우석경 좌남기와 함께 걸어와 새봄 앞에 섰다.

"새봄 씨, 고마워. 어떻게 그 대사를 딱 기억하고 있었어? 암기력이 좋은가 봐. 얼굴도 예쁘고. 학교도 좋은 데 나왔다면서? 하여튼 우 대표가 사람 볼 줄 안다니까. 그러지 말고 배우 쪽 한번 진지하게 고민해 봐. 우리 진희 역할 아직 캐스팅 못 했……."

"싫다잖아. 김 작가 넌 늙더니 사람이 왜 이렇게 눈치가 없어졌냐."

"뭐? 늙어? 눈치가 없어? 너 죽고 싶냐."

남기와 수희가 티격태격하는 사이.

"시끄럽고. 둘 다 빨리 나가."

석경이 여전히 새봄에겐 눈길도 주지 않고 수희와 남기를 밖으로 밀며 복도로 나가 버렸다.

뭐야. 저렇게까지 모른 척해야 하나? 눈인사 정도는 할 수도 있는 거 아니야? 어차피 초면이 아닌 설정이잖아. 치이. 누가 보면 진짜 모르는 사람인 줄 알겠네.

새봄은 내심 서운한 마음이 들어 속으로 구시렁거리고 있었는데.

"새봄 씨!"

그때 소란이 허겁지겁 달려 왔다.

"리딩이 생각보다 빨리 끝날 것 같아. 한 시간 후면 끝날 것 같으니까 회식 장소에 전화해서 8시로 당겨. 뭐 해? 얼른 전화하라니까."

"네!"

새봄은 재빨리 핸드폰을 꺼내 아까 예약했던 식당에 전화를 걸었다. 하지만 이미 테이블이 꽉 차 있는 상태라 8시부터는 어렵다는 사장님의 대답이 들려왔다.

"안 된대?"

새봄이 전화를 끊자마자 눈치 빠른 소란이 물었다. 새봄이 고개를 끄덕이자 또 다른 명령이 떨어졌다.

"그럼 스태프들은 좀 대기하다가 그냥 거기로 가고, 주요 배우랑 작가님, 감독님 그리고 윗분들 자리는 따로 마련하자. 한 열 명 정도? 룸 있으면 좋고. 리딩하는 동안 예약 좀 해 줄래?"

"네! 제가 하겠습니다."

새봄은 의지에 불타오르는 얼굴로 대답하곤 일단 밖으로 나갔다. 하지만 금요일 밤 여의도를 너무 얕잡아 본 게 패착이었다. 음식점이 이렇게나 많은데도 열 명은커녕 두 명이 들어갈 자리도 없었다. 8시 예약은 불가능이었다.

망했다. 어떡하지? 소란 피디 무섭던데. 이러다 첫날부터 잘리는 거 아니야?

울 것 같은 얼굴로 다시 방송국으로 달려간 새봄은 로비에 쪼그리고 앉아 지도 어플을 켜고 여기저기 전화를 돌렸다.

―오늘 예약 다 찼습니다.

스피커 너머로 들려오는 계속된 거절 멘트에 지쳐 갈 무렵. 그때였다. 새봄의 눈에 석경의 뒷모습이 포착됐다. 엘리베이터 앞에 서 있는 석경을 발견한 새봄은 무작정 그에게로 달려갔다. 하지만 막상 그에게 부탁을 하려니 도저히 입이 떨어지지 않았다.

새봄은 석경에게 더 이상 가까이 다가가지 못한 채 뒤에서 서성이고 있었는데.

"뭔데."

석경이 엘리베이터 문에 비친 새봄을 응시하며 입을 뗐다. 그제야 새봄이 석경에게로 한 발자국 가깝게 다가갔다.

"혹시 근처에 아는 음식점……."

"뭐?"

무섭게 굳어진 석경의 표정을 마주한 새봄은 괜히 말했다 싶었다.

"아, 아니에요. 아무것도 아니에요. 제가 알아서 할게요."

"당연하지. 네 일은 네가 알아서 해."

"네……. 죄송해요."

"그리고 경고하는데, 밖에서 나 아는 척하지 마. 너랑 나 사이 들키면 어떻게 되는지 알지? 그날로 너 해고라고."

석경의 차가운 말투와 눈빛에 새봄의 심장이 욱신거렸다.

띵.

그때 마침 엘리베이터 문이 열렸고, 석경이 먼저 올라타더니.

"다음 거 타."

그가 냉정한 얼굴로 엘리베이터 문을 닫아 버렸다.

꽉 닫힌 문을 멍하니 바라보던 새봄은 아까부터 계속 아프던 심장 부근에 손을 가져다 댔다.

"나 왜 이러지? 왜 이렇게 여기가 아프고 이상하지?"

* * *

"새봄 씨! 이제 오면 어떡해!"

새봄이 엘리베이터에서 내리자마자 소란이 소리를 버럭 질렀다.

"죄송합니다. 식당 예약을 못 했어요."

"뭐? 못 했어? 야! 그걸 왜 이제 얘기해? 나한테 진작 전화를 했어야지."

"죄송합니다."

"어후. 속 터져. 머리가 좋으면 뭐 하니. 융통성이 없는데. 첫 회식이 얼마나 중요한데, 너 때문에 다 망치게 생겼잖아. 어떡할 거야!"

소란 피디가 심하다 싶을 정도로 짜증을 냈고, 새봄은 고개를 숙인 채 아무 말도 못 하고 서 있었는데.

"이소란 피디."

누군가 소란을 불렀다. 새봄이 천천히 고개를 들었다.

아깐 제게 아는 척하지 말라고 냉정하게 말하던 석경이 새봄을 똑바로 쳐다보며 성큼성큼 다가오고 있었다.

새봄이 흠칫 놀라 먼저 석경의 시선을 피하고 말았다. 그사이 석경이 소란 앞에 섰다.

"회식 장소 아직 못 정했으면 내가 아는 가게로 갑시다."

"네?"

못 알아듣는 척하는 소란을 석경이 서늘한 눈빛으로 쳐다보며 말했다.

"첫날부터 애 그만 잡고, 리딩 곧 끝날 것 같으니까 들어가서 이 피디 네 일이나 똑바로 하라고."

* * *

지글지글.

불판 위에서 맛있게 구워지고 있는 소고기. 다름 아닌 한우였다. 평소 같았으면 고기를 보자마자 전투태세를 갖췄을 새봄이지만, 그녀는 웬일인지 정신이 딴 데 가 있었다.

"일단 기쁜 소식부터 전하겠습니다! 오늘 회식은 우 대표가 쏜답니다. 그러니까 맘껏 드세요! 자자, 이제 다들 잔 채우시고."

이미 한잔했는지 얼굴이 새빨개진 남기가 일어나 건배 제의를 했다. 그러자 사람들이 잔에 술을 채웠고, 새봄은 어수선한 틈을 타 저 끝에 앉은 석경을 흘끔거리며 훔쳐봤다.

그는 드라마국의 이병호 국장과 얘기 중이었다.

이 국장은 방송국 내에서도 무섭기로 소문난 사람이었다. 그런데 그는 이 국장 앞에서 눈 하나 깜짝 안 하고, 잘 보이려고 하지도 않고 평소와 다름없는 무표정한 얼굴로 대화를 이끌고 있었다.

와, 집에서랑 똑같네. 나한테만 그러는 게 아니라 모두에게 아주 공평하게 저런 식이구나.

새봄은 아까 복도에서 소란 피디를 무섭게 다그치던 석경을 떠올렸다.

'조연출이 회식 장소 하나 못 잡아서 이 난리를 치면 내가 앞으로 이 피디랑 어떻게 일하지? 이 피디도 알겠지만, 우리 일은 시간 싸움이야. 늘 시간에 쫓기지. 왜? 변수가 많으니까. 그럼 어떻게 해야겠어? 몇 수를 먼저 내다봐야지. 리딩이 일찍 끝날 수도, 늦게 끝날 수도, 아예 엎어질 수도 있다는 계산까지 했어야지. 리딩뿐만이 아니야. 앞으로 장소 섭외, 배우들 스케줄 짤 때도 마찬가지야. 그거 못하겠으면 하루라도 빨리 그만둬. 재능 없는 거야.'

그는 기어코 그 당돌하던 소란 피디의 눈에서 눈물을 쏙 빼놓고 말았다.

하긴, 나 같아도 울었겠다. 어찌나 무섭던지. 게다가 다 맞는 말이잖아. 반박할 말이 없잖아.

"졸라 멋있어. 그치?"

"네?"

갑자기 소란 피디가 술잔을 들고 와 바로 앞에 앉았다. 그러곤 석경을 손가락으로 가리켰다.

"우 대표님 말이야. 아까 진짜 멋있었지? 나 반했잖아. 역시 클라스가 달라. 그러니까 저 자리에 있겠지."

아까 울었던 게 쪽팔려서 그러나? 소란 피디가 괜히 더 오버하며 친한 척 굴었다. 그 심정을 모르는 건 아니니 새봄은 애써 웃으며 그녀의 말을 들어 주었다.

"우리 이거 마시고 복도에서 있었던 일은 잊자. 응?"

소란 피디가 새봄의 잔에 술을 따르며 말했다.

"아깐 내가 미안했어. 나도 이 드라마가 조연출 첫 작품이다 보니까 긴장돼서 새봄 씨한테 더 그랬던 것 같아. 막말로 화풀이 한 거지. 미안. 이해하지?"

"네. 그럼요. 저도 죄송해요. 저 때문에 괜히 혼까지 나시고."

"혼? 누구한테? 야, 잊으라니까. 쪽팔리다구우."

소주 몇 잔에 벌써 취했는지 소란 피디의 말투가 어눌해졌다.

"너 아까 나 운 거 어디 가서 얘기하면 진짜 죽는다."

"아까 누가 울었어요?"

새봄이 시치미를 뚝 떼자 그게 마음에 들었는지 소란 피디가 깔깔 웃음을 터뜨렸다.

"너 쬐끔 마음에 든다? 아, 맞다. 근데 나 궁금한 게 있는데."

"네. 말씀하세요."

"너 우 대표님이랑 아는 사이지?"

"아뇨!"

새봄이 너무 놀라 저도 모르게 큰 소리로 부정했다. 그게 더 의심을 산 줄도 모르고.

웃음기를 거둔 소란 피디가 눈을 흘기며 새봄을 추궁했다.

"이거 아주 수상해. 우 대표님이 남의 일에 그렇게 나설 사람이 아니라고. 회식을 엎었으면 엎었지 본인이 식당까지 대신 예약하고 그럴 사람이 아니라니까. 너 진짜 모르는 사이야?"

"네! 저는 그때 그 우 대표님 회사에 심부름 갔다가 캐스팅 제

의를 받았으나 피디의 꿈을 이루기 위해 어렵게 거절하고 오늘, 그러니까 저는 오늘 대표님을 태어나서 딱 두 번 봤는데요."

"뭐야. 그 로봇 말투는? 더 수상하게."

밖에선 절대 아는 척하지 말라던 석경의 냉정한 얼굴이 뇌리에 스치자, 새봄은 죽을 맛이었다. 다른 사람한테 다 들켜도, 소란 피디에게만은 절대 들켜선 안 될 것 같았다. 생존력 강한 새봄의 촉이 딱 그랬다.

"그럼 새봄 씨는 우 대표님이 오늘 나 왜 도와줬다고 생각해?"

"네?"

"역시 그거지? 나 좋아하는 거지?"

"네! 그거 같아요."

그건 절대 아닌 것 같았지만 새봄은 살기 위해 맞장구를 쳤다. 그게 먹혔는지 소란 피디의 얼굴이 발그레해졌다.

"어머, 그래서 그렇게 열을 내면서 나한테 훈계를 했구나. 나 좋은 피디 되라고. 그치?"

"네! 그런가 봐요."

"자, 우리 한잔하자."

어쩐지 기분이 아주 업이 된 소란 피디가 술잔을 내밀었다. 새봄이 얼른 술병을 들어 소란 피디의 잔에 그리고 자신의 잔에 술을 가득 채웠다.

쨍, 소리가 나도록 잔을 부딪친 새봄은 소란 피디의 지시대로 원샷을 해야만 했다.

* * *

한편, 석경은 한숨이 절로 나왔다.

"하아."

"우 대표, 지금 내 얘기 듣기 싫어서 한숨 쉬는 거야?"

이 국장의 타박에도 석경의 시선은 테이블 맨 끄트머리에 있는 새봄을 향해 있었다. 그 애는 소주를 물처럼 들이붓고 있었다.

저 녀석이 미쳤나. 술도 언제 먹을지 몰라서 저장하는 거야 뭐야. 저러다 취해서 실수하면 어쩌려고.

"우 대표!"

"왜요."

"내 얘기 안 듣고 있었지?"

"듣고 있었고요. 계속 주식 얘기할 거면 딴 데 가서 하세요."

"인마. 너 치사하게. 정보 좀 달라니까. 우리 사이에 이러기야?"

"정보가 있어야 주죠. 나도 모른다니까."

"그러지 말고 잘 생각해 봐. 할아버지 회사에 뭐 특별한 이슈 같은 거 없어? 후계자는 누구로 정했으며, 뭐 그런 거."

"다 알고 물어보는 거죠?"

고개를 끄덕이던 이 국장이 손으로 입을 가린 후 작게 속삭였다.

"나 내년에 방송국 뜰 거야. '나무' 나한테 맡기고 우 대표는 높이 올라가……."

"국장님! 우 대표랑 둘이 무슨 얘기 하세요? 나도 끼워 줘."

수희가 의자를 끌고 와 이 국장과 석경의 사이에 앉았다.

딱 봐도 만취 상태인 수희를 마주한 이 국장은 슬그머니 자리에서 일어나 외투를 챙겨 입었다.

"늙은이는 이만 빠져야겠네. 그럼 재밌게들 놀아."

이 국장이 도망치듯 가게를 나가 버리자 수희가 입을 삐죽 내밀었다.

"저 짠돌이. 내가 2차 쏘라고 할까 봐 도망가는 것 좀 봐. 야, 우석경. 근데 너 아무리 돈이 많다지만 소고기 회식은 좀 무리하는 거 아니야?"

"괜찮아. 네가 내일부터 아주 소름 끼치게 글을 잘 써서 드라마 대박 날 거니까."

"아오, 술맛 떨어져. 난 저쪽으로 가야겠다."

수희가 냉큼 옆으로 옮겨가고 테이블엔 석경 혼자만 남게 되었다. 이제야 느긋하게 술을 마시려던 석경은 미간을 확 찌푸렸다. 자연스럽게 옮겨 간 시선 끝에 또 그 애가 있었기 때문이다. 그 애는 얼굴이 새빨개져 있었다.

저거 봐. 취했네. 내가 저럴 줄 알았어. 쟤는 지 주량도 모르면서 저렇게 주는 대로 다 마시면 어쩌자는 거야. 아, 됐어. 신경 끄자. 애도 아니고 알아서 하겠지.

애써 시선을 거두고 술을 마시려던 석경이 또 멈칫했다. 이번엔 아예 잔을 내려놨다. 그러곤 다시 새봄을 쳐다봤다.

사람들이 따라 주는 술을 거절하지 못하고 억지로 마시고 있는 새봄을 보며 석경은 자기 합리화를 시작했다. 아니지. 애잖아. 쟤가 애지 뭐야. 어른인 내가 챙기는 게 당연한 거야.

석경이 자리에서 벌떡 일어났다. 그런데.

"어디 가?"

남기가 새봄에게로 가려던 석경의 어깨를 눌러 도로 자리에 앉혔다.

"너 설마 벌써 가려는 건 아니지? 첫 회식인데. 야, 김숙희! 빨랑 와. 우 대표 간대."

"간다고? 어딜? 안 돼!"

남기의 외침에 수희가 화들짝 놀라며 같이 있던 남자 배우 두 사람을 끌고 테이블에 자리를 잡았다.

"얘들아 인사해, 인사. 알지? 우 대표."

"됐고. 그냥 앉아요."

석경이 인사를 마다했지만, 정해수와 신수현이 공손하게 인사를 하고 자리에 앉았다.

그렇게 테이블이 다시 꽉 차 버렸다.

시끄러워진 주변 환경에 석경의 미간이 절로 찌푸려졌다.

"자, 건배!"

수희의 주도하에 다들 잔을 부딪쳤고, 석경은 술을 마시면서도 계속 새봄이 신경 쓰여 미칠 것만 같았다.

* * *

"야, 너네 그만 마셔. 그러다 죽어."

남기가 걱정스러운 얼굴로 소리쳤다. 하지만 정해수와 신수현은 멈추지 않았다. 두 사람은 경쟁이라도 하듯 아주 빠른 속도로 술을 마시고 있었다.

"김숙희, 뭐 해? 말려."

"왜 말려. 이 재밌는 구경을."

수희가 히죽 웃으며 턱을 괸 채 관망을 택했다.

남기는 그런 수희가 원망스러웠다. 이 모든 게 30분 전 수희의 발언으로 시작된 일이기 때문이었다.

'수현 씨랑 해수 씨는 잘 들어. 나 아직 남자 주인공 안 정했어.'

그때 확 돌변하던 정해수와 신수현의 눈빛을 남기는 똑똑히 보았다. 얘들 오늘 말려야 한다. 아니면 둘 중 하난 여기서 실려 나갈 게 분명해.

남기는 일단 사람부터 살리고 보자는 마음으로 이번엔 석경에게 도움을 요청하기 위해 고개를 돌렸는데.

"여기 소주 열 병만 더 갖다 주세요."

석경은 서버를 불러 술을 주문하고 있었다.

아, 깜빡 잊고 있었다. 이 새끼도 숙희랑 비슷한 부류라는 걸. 경쟁을 즐기는 변태.

"이 도른 자들. 첫 촬영도 전에 애들을 아예 쌍으로 잡을 셈이냐. 숙희야, 주인공 이미 맘속에 다 정했다 그래. 빨리 끝내라고."

"닥치고, 넌 어느 쪽?"

"됐어. 난 그런 걸로 내기 안 해."

"너한테 안 물었거든? 우석경, 누구야?"

수희의 물음에 석경은 두 사람을 번갈아 가며 보다가 피식 웃었다. 그와 동시에 신수현이 술을 마시다 김치 그릇을 바지에 쏟고 말았다.

"죄송합니다. 저 화장실 좀 다녀오겠습니다."

하필 하얀 바지를 입고 온 신수현이 바지에 빨간 김칫국물을 묻힌 채 후다닥 화장실로 달려갔다. 그를 흘끔 보던 수희가 마뜩 잖은 표정으로 고개를 흔들었다.

"바지 아깝게 쟤 왜 저러니. 그냥 못 마시겠으면 말을 하지. 자존심은 세 가지고. 해수 씨, 해수 씨도 괜히 뭐 쏟지 말고 그만 마셔도 돼."

"전 괜찮습니다."

해수가 싱긋 웃으며 수희의 빈 잔에 술을 채웠다.

"작가님, 잘 부탁드립니다."

"나야말로 잘 부탁해. 사실 해수 씨 캐스팅 내가 밀어붙였어. 여기 우 대표는 반대했는데 말이야."

수희가 호탕한 말투로 석경을 손바닥으로 공손히 가리켰다. 태연하게 술을 마시는 석경과 달리 당황한 남기가 팔꿈치로 수희를 쿡 찔렀다.

"김 작가, 배우 사기 떨어지게 그런 걸 얘기하면 어떡하니."

"내가 뭘. 해수 씨도 알아야지. 해수 씨, 나 솔직히 자기보다 여기 우 대표가 나한텐 더 중요한 사람이야. 그런데 내가 그런 우 대표 말 안 듣고 해수 씨 고집했어. 내 체면 생각해서라도 정말 열심히 해야 돼. 알았지?"

"네. 그럼요. 근데……."

이 테이블에서 단 한 번도 미소를 잃지 않았던 해수의 표정이 돌연 진지해졌다. 그가 석경을 똑바로 쳐다보며 당돌하게 물었다.

"절 반대하신 이유 여쭤봐도 되겠습니까?"

"아니."

해수의 물음에 석경은 망설임 없이 대꾸했다.

"그건 정해수 씨가 스스로 깨달아야지. 거저먹겠다는 거야 뭐야."

석경의 눈빛이 어느 때보다 더 날카로웠다.

말 한마디로 화기애애했던 분위기를 살얼음판으로 만들어 놓은 석경 때문에, 가운데서 남기만 아주 죽을 맛이었다.

"아이고, 우리 우 대표 또 시작이네. 해수 씨, 이럴 땐 그냥 술이나 마시는 거야. 자, 짠!"

남기가 대신 미안하다는 표정을 지으며 잔을 내밀자, 해수가 애써 웃으며 건배를 했다. 사실 그게 해수가 할 수 있는 최선이었다. 신인 배우가 감히 제작사 대표에게 뭐라고 대들 수 있는 처지가 아니었다.

하지만 해수는 여전히 제겐 눈길도 주지 않고 자신을 무시하는 석경의 태도에 자존심이 너무 상했다. 술잔을 들고 고민하던 해수가 어렵게 입을 열었다.

"대표님께선 아직도 절 반대하고 계시나 봐요. 잘 알겠습니다. 제가 그 이유 열심히 찾아보겠습니다. 오늘 충고 감사했습니다."

그러든가 말든가, 무심한 눈빛으로 해수를 쳐다보던 석경은 다시 자연스레 새봄이 있는 테이블 쪽으로 시선을 돌렸는데.

"……!"

그 애가 사라졌다.

석경이 당황한 눈으로 빈자리를 쳐다보다가 자리에서 벌떡 일어났다. 그러자 옆에 있던 남기가 석경을 붙잡았다.

"분위기 이따위로 만들어 놓고 어디 가?"

"계산."

"잘 다녀오세요. 대표님."

남기가 손까지 흔들며 너스레를 떨었고, 해수는 서둘러 자리를 벗어나는 석경의 뒷모습을 유심히 보다가 수희와 눈이 딱 마주쳤다.

수희가 씨익 웃자, 해수도 따라 웃었다.

"우 대표 나쁜 사람은 아니야. 말을 좀 못되게 해서 그렇지. 이해하지?"

"네. 그럼요. 전 괜찮습니다."

"맞다. 해수 씨."

"네. 말씀하세요. 작가님."

"첫눈에 반해 본 적 있어?"

"네?"

전혀 예상치 못한 물음에 해수가 약간 당황한 표정으로 되묻자, 수희가 확신에 찬 얼굴로 그를 쳐다봤다.

"없지?"

"……네. 근데 그런 건 왜 물으세요?"

"1회 32씬 말이야."

32씬은 해수가 맡은 은후 역할이 여자 주인공에게 첫눈에 반하는 장면이었다.

"그 씬이 우리 드라마에서 제일 중요한 장면이야. 난 그 부분 연기로 설득 못 시키면 이 드라마 망하는 거라고 봐. 솔직히 우리 여주가 소름 끼치게 예쁜 편은 아니잖아. 캐릭터를 매력적으로 만드는 건 대본으로도 한계가 있단 말이야. 드라마는 영상이 중요하니까. 대본에서 부족한 부분을 배우가 외모로 그리고 연기로 채워줘야 한다는 거지. 내 말 무슨 말인지 알지?"

"네. 압니다. 연습하겠습니다."

"에이, 못 알아들었네."

"네?"

"무슨 연습을 할 건데?"

"연기를……."

"아니지."

약간 취기가 오른 수희가 나른한 눈빛으로 해수를 바라봤다.

"아까 우 대표한테 왜 본인을 반대했냐고 물었지? 난 알 것도 같은데."

"……."

"해수 씨 눈엔 독기만 있어. 사람을 바라보는 애정이 없다고. 웃어도 입만 웃어. 눈빛엔 기쁨이 없어. 사실 난 그게 마음에 들었어. 은후랑 닮았거든. 근데 변해야 돼. 사랑 때문에 은후는 바뀌잖아. 해수 씨도 바뀔 자신 있어?"

수희의 물음에 해수가 얼굴에 웃음기를 지운 채 대답했다.

"네. 바뀌겠습니다. 이번 드라마를 위해선 뭐든 다, 정말 뭐든 다 할 거예요. 믿어 주세요."

*　*　*

"으, 아이고 머리야."

식당 밖으로 나온 새봄은 길 건너 편의점으로 뛰어 들어갔다. 만취한 사람들을 위해 숙취 해소제를 사 오라는 소란 피디의 지령 때문이었다.

숙취 해소제가 진열된 냉장고 앞에 선 새봄은 고민에 빠졌다.

'몇 개를 사야 되지?'

망설이던 순간 모르면 바로바로 물어보라던 소란 피디의 말이 떠올랐다. 새봄은 바로 핸드폰을 꺼내 통화 버튼을 눌렀다. 하지만 수화기 너머 신호 연결음만 들릴 뿐이었다.

문득 아까 나오기 전 취해서 제대로 걷지도 못하던 소란 피디가 생각난 새봄은 통화를 포기하고 핸드폰을 주머니에 넣었다.

어떡하지? 인원수대로 다 사야 하나?

"그거 안 사는 게 좋을 거예요."

갑자기 옆에서 들려온 소리에 새봄이 고개를 확 돌렸다.

"어? 안녕하세요!"

새봄이 해수를 향해 인사하며 반겼다. 해수는 갑자기 저를 향해 활짝 웃는 새봄을 의아하게 쳐다봤다.

"왜 웃어요?"

"아는 얼굴이라 반가워서요."

"아……."

"근데 저 이거 진짜 안 사는 게 좋아요? 왜요?"

새봄의 물음에 해수가 냉장고를 열어 숙취 해소제 한 병을 꺼내며 대답했다.

"신수현 씨 매니저가 방금 한 박스 사 와서 돌렸어요."

"그래요? 근데 그 매니저가 정해수 씨는 안 줬어요?"

"내가 안 받았어요."

"왜요?"

"그냥."

해수가 씨익 웃으며 계산대로 향하는가 싶더니 문 쪽으로 갔다.

"어? 저 사람 왜 계산도 안 하고 나가?"

새봄의 두 눈이 휘둥그레졌다. 마찬가지로 알바생도 황당한 얼굴로 밖으로 나가는 해수의 뒷모습을 쳐다보고 있었다.

"죄송합니다! 제가 계산하려고 했어요. 일행이거든요."

새봄이 얼른 지갑을 꺼내 계산하고 밖으로 나갔다. 다행인지 불행인지 해수가 멀리 가지 않고 파라솔 밑에 앉아 있었다.

그 주변을 어슬렁거리던 새봄은 고민에 빠졌다. 음료값을 받아 말아? 심각한 표정으로 갈등하고 있었는데.

"나 이것 좀 열어 줄래요?"

해수가 대뜸 새봄을 향해 병을 내밀었다.

새봄은 아주 자연스럽게 병을 받더니, 한방에 뚜둑, 하고 뚜껑을 열어 해수에게 다시 건넸다. 예지 때문에 수발이 몸에 밴 것이다.

"저기요 정해수 씨? 혹시 취하셨어요?"

"아뇨."

"근데 왜 병도 못 까요?"

"안 취했어요."

"근데 왜 계산도 안 하고……."

꿀꺽꿀꺽. 목울대마저 아름다운 남자였다. 음료를 마시는 해수를 넋을 놓고 쳐다보던 새봄이 고개를 흔들며 뒤늦게 정신을 차렸다.

"천칠백오십 원이에요. 나중에라도 꼭 주세요."

"뭘요?"

"그거요. 그거 제가 계산했어요."

"무슨 소리예요. 내가 하고 나왔는데."

"계산 뭘로 하셨는데요?"

"핸드폰."

"그쪽 핸드폰이 어딨는데요?"

"내 핸드폰……이 어디 갔…… 읙!"

주머니를 뒤지며 핸드폰을 찾던 해수가 갑자기 심장을 부여잡으며 괴로워했다.

"왜 그래요? 어디 아파요?"

새봄이 화들짝 놀라며 해수에게 가깝게 다가갔다. 그의 얼굴이 창백했다. 이마엔 식은땀도 맺혀 있었다. 애처롭게 흔들리는 해수의 눈동자를 마주한 새봄은 기분이 이상했다.

"나 좀, 도와줘요……."

해수가 떨리는 손으로 새봄의 팔을 잡고 그녀의 품에 머리를 기댔다.

아까 리딩 때 봤던, 그토록 여유롭고 침착하던 정해수는 온데간데없었다.

* * *

"해수 씨가 안 보이네? 우리 막내 새봄이도 없고."

노래방으로 장소를 옮기자마자 남기가 습관처럼 인원 체크를 했다. 그러다 리모컨으로 예약을 하고 있는 수희를 발견했다.

"넌 지금 노래할 기분이 나냐? 정해수가 없다니까."

"그래서 뭐. 2차는 가고 싶은 사람만 가기로 했잖아. 피곤해서 집에 일찍 들어갔나 보지."

"야, 너 아까 정해수한테 너무 심했어. 알고 있지?"

"내가 뭘."

"본인도 느끼고 있던 문제였을 텐데, 그걸 꼭 사람 무안하게 대놓고 얘길 하면 어떡해. 가만 보면 넌 우석경 보다 더 못 됐…… 어? 우석경 이 자식은 또 어디 갔지?"

뒤늦게 석경이 없다는 사실을 알아차린 남기와 수희가 룸 안을 두리번거렸다. 하지만 어디에도 석경의 모습은 보이지 않았다.

* * *

"괜찮아요?"

새봄의 물음에 해수가 힘없이 고개를 끄덕였다. 공원 근처 화장실에서 나온 해수의 얼굴이 젖어 있었다. 안에서 세수를 하고 나온 모양이다.

"술을 잘 못 하시나 봐요. 다 토하던데……."

"미안해요."

"그래도 다행이네요. 아까보다는 안색이 좀 좋아졌어요. 술도 다 깬 것 같고. 아, 이거 마셔요. 탈수 오면 큰일 나요."

새봄이 생수를 건넸다. 해수가 받지 않고 저를 빤히 보자 새봄이 고개를 갸웃했다.

"왜요? 아! 까 달라구요? 알았어요."

새봄이 은근 힘을 과시하며 생수병을 열어 해수에게 내밀었다. 그 모습에 해수는 웃음을 터뜨리고 말았다.

"왜 웃어요?"

"귀여워서요."

"네?"

"그런 말 많이 듣지 않아요?"

"아뇨. 처음 듣는데요."

"그래요? 이상하네. 진짜 귀여운데."

중얼거리듯 말하던 해수가 물을 마셨다. 새봄은 괜히 민망해져서 서둘러 말을 돌렸다.

"근데 정해수 씨는 매니저 없어요?"

"네. 아직 소속사도 없어요."

"진짜요? 그럼 정말 대단한 거 아니에요? 철저하게 본인 실력으로만 캐스팅된 거잖아요."

"그런 줄 알았는데. 그건 아니었던 걸로 아까 판명 났어요."

"그게 무슨 소리예요?"

"오늘 너무 힘들었단 소리죠."

"아…… 저두요. 사실 저도 오늘 진짜 너무 힘들었거든요."

새봄이 동병상련의 눈빛을 해수에게 보내며 말했다.

"하루가 어찌나 길던지."

"그러게요. 길었죠, 무지. 그래도 전 막판에 새봄 씨 덕분에 살았어요. 하마터면 편의점 도둑으로 몰려서 망신 제대로 당할 뻔했는데. 오늘 진짜 고마웠어요."

"아니에요. 전 제가 해야 할 일을 했을 뿐인데요 뭐."

"해야 할…… 일?"

약간 서운한 마음을 담아 해수가 물었다. 하지만 새봄은 해맑은 얼굴로 대답했다.

"정해수 씨는 우리 드라마 주인공이잖아요. 아파도 안 되고, 다쳐서도 안 되는, 우리한테 가장 중요한 사람."

그녀의 말 한마디에 해수의 심장이 빠르게 뛰기 시작했다.

저를 향해 중요한 사람이라고 말하던 그녀의 눈빛을 마주한 순간, 해수는 알아 버렸다.

첫눈에 반하는 게 뭔지.

해수가 새봄의 말간 얼굴에서 눈을 떼지 못하고 있던 그때였다.

지이잉. 지이잉.

새봄의 핸드폰이 진동했다. 새봄이 화들짝 놀라며 주머니에서 핸드폰을 꺼냈다. 그러곤 액정 속 발신인을 확인하더니 얼른 핸드폰을 주머니에 도로 넣었다.

"왜 안 받아요?"

"네? 아…… 스팸 전화예요."

하지만 그 스팸 전화는 멈추지 않고 계속 걸려 왔다.

* * *

"왜 전화를 안 받아?"

석경이 구시렁거리며 현관에 들어섰다. 껌껌한 거실을 지나쳐 곧장 향한 곳은 새봄의 방이었다.

쾅쾅. 예의상 두어 번 노크하고 문을 확 열었다.

"뭐야. 얘 아직도 안 들어왔네."

텅 빈 새봄의 방 안을 보자 더더욱 황당했다. 석경은 괜히 신경질적으로 문을 닫은 후 욕실로 들어가 버렸다.

아, 나도 이제 몰라. 알아서 오겠지. 신경 *끄자.*

하지만 그게 마음대로 될 리가 없었다. 석경은 씻으면서도 신경이 온통 밖에 가 있었다. 작은 소리만 들려도 들어왔나? 싶고. 괜히 확인하고 싶어서 빨리 씻어야만 할 것 같고. 그렇게 머리도 제대로 말리지 않고 욕실을 나왔지만, 여전히 그 애의 방엔 불이 꺼져 있었다.

결국, 젖은 머리카락에서 물을 뚝뚝 흘리며 밖으로 나온 석경은 골목을 뛰어 내려갔다.

그런데 점점 더 빨라지던 그의 걸음이 어느 순간 우뚝 멈춰 서고 말았다. 멀지 않은 곳에서 그 애가 누군가와 함께 걸어오고 있었기 때문이었다.

그 누군가는 다름 아닌 정해수였다.

다른 남자를 보며 환하게 웃는 그 애를 본 순간 석경은 알 수 없는 감정에 휩싸였다.

* * *

"집이 어디예요?"

해수가 물었다. 그러자 새봄은 잠시 잠깐 망설이더니 일부러 집을 지나쳐 반대 방향으로 향했다.

"저어기 저쪽이요. 근데 이제 진짜 혼자 가도 되는데……."

"이 밤에 여자를 어떻게 혼자 보내요. 그리고 사실 나도 이 근처 살아요."

"네? 이 근처 어디요? 어디 사는데요?"

새봄이 갑자기 당황한 얼굴로 질문을 쏟아 내자 해수가 멋쩍게 웃으며 대답했다.

"농담인데. 새봄 씨 부담스러울까 봐 둘러댄 말이에요. 근데 뭘 그렇게 놀라요? 내가 이 동네 살면 안 되는 이유라도 있는 사람처럼."

정확히 속을 간파당한 새봄은 순간 머릿속이 하얘졌다.

"어? 진짠가 보네? 뭐예요? 무슨 이유인데요?"

"아니, 그런 게 아니라. 반가워서요. 동네 주민이라니까 반가워서 놀란 거예요."

"그래요? 그럼 진짜 이사 와야겠네."

"여기로요? 왜요? 이 동네 진짜 별로예요. 집값도 엄청 비싸고,

그리고 또……."

생각이 안 난다. 아니, 사실 이 동네가 별로인 이유는 비싼 거그거 딱 하나였다. 그래도 생각해 내야 했다.

만약 정해수가 이 동네로 이사를 오게 된다면 새봄이 지금 누구와 사는지 들킬 가능성도 아주 높아지기 때문이었다. 그러다진짜 들키는 날엔……. 으, 생각도 하기 싫다.

새봄은 문득 아까 리딩 때 자신 때문에 석경이 외부인한테대본을 유출한 범인으로 몰릴 뻔했던 순간이 떠올랐다.

"새봄 씨."

"네?"

새봄이 뒤늦게 해수를 쳐다봤다. 새봄과 눈이 마주치자 해수가피식 웃었다.

"긴장 풀어요. 장난도 못 치겠네. 그리고 나 이렇게 비싼 곳으로이사 올 형편도 안 돼요. 그나저나 새봄 씨는 참 좋은 데 사네요."

해수가 고급 주택이 즐비한 주변을 둘러보며 쓸쓸한 눈빛으로말했다. 그 눈빛을 마주한 순간 새봄은 그가 누군가와 참 많이닮았다는 생각이 들었다.

그건 바로 자신이었다. 이 동네에 처음 발을 들였을 때의 자신.그 심정을 누구보다 더 잘 알기에.

"해수 씨!"

새봄은 저도 모르게 해수의 이름을 불렀다.

건물의 웅장한 외관을 올려다보던 해수의 시선이 새봄의 말간얼굴로 향했다.

"왜요? 나한테 무슨 할 말 있어요?"

"저 집 없어요."

"여기 산다면서요."

"사는 건 맞는데. 친구네 집이에요. 얹혀살고 있어요. 아주 오래전부터……. 앗. 갑자기 너무 TMI인가?"

"살짝?"

"미안해요. 그냥 왠지 말을 해야 할 것 같았어요. 아무튼 오늘 데려다주셔서 감사합니다. 그럼 저 먼저 가 보겠……."

"잠깐만요!"

뒤돌아 가려던 새봄이 천천히 고개를 돌렸다.

"새봄 씨."

해수가 나지막한 목소리로 새봄을 불렀다. 해수는 새봄의 시선이 제게 닿자마자 홀린 듯 입을 열었다.

"우리 친구 할래요?"

＊ ＊ ＊

"어떡하지?"

엘리베이터에 올라탄 새봄은 고민에 빠졌다. 아깐 그냥 아무 생각 없이 친구 하자는 해수의 제안을 받아들였지만, 문득 이래 도 되나 그런 생각이 들었다.

현장 스태프가 배우랑 친하게 지내도 되나? 아니, 친구가 될 수 있을까? 이런 걸 어디 물어볼 데도 없고…… 아니지. 있다.

물어볼 사람.

제일 먼저 석경이 떠오른 새봄의 얼굴에 화색이 돌았다.

띵, 하고 경쾌한 도착 음과 함께 엘리베이터에서 내린 새봄은 서둘러 도어 록을 풀고 안으로 들어갔다.

"어? 빨리 오셨네요?"

석경이 냉장고 앞에서 물을 벌컥벌컥 마시고 있었다. 그를 발견하자마자 새봄이 쪼르르 달려갔다.

"저기요, 오빠…… 아니 대표님이라고 불러야 하나? 저 뭐라고 불러요?"

"부르지 마."

또 왜 저래. 새봄은 저기압인 석경의 눈치를 보며 이마를 긁적였다.

"제가 또 뭐 잘못했어요?"

"네가 오늘 잘못한 게 한두 가지냐?"

"아…….."

새봄은 바로 떠올랐다. 오늘 자신이 저지른 실수들이.

"일단 회식 장소 대신 예약해 준 건 너무 고맙습니다. 하마터면 출근 첫날 잘릴 뻔했어요."

"착각하지 마. 너 도와준 거 아니야. 이거 내 드라마야. 첫 회식 망쳐서 제작진들 사기 떨어지면 누가 제일 손해겠냐?"

석경의 물음에 새봄이 손가락으로 슬그머니 그를 가리켰다. 그러자 석경이 헛웃음을 지었다.

"그걸 아는 녀석이…… 됐다. 비켜."

석경이 다 마신 생수병을 파바박 단숨에 구겨 재활용 통에 골인 시켰다. 그러곤 방으로 들어가려는데 새봄이 앞을 가로막았다.

"잠깐만요! 하나만, 딱 하나만 물어볼게요."

"싫어."

"네?"

"묻지 말고, 대답해."

"뭘요?"

새봄이 의아한 얼굴로 두 눈을 동그랗게 떴다. 그런 새봄을 빤히 쳐다보던 석경이 퉁명스러운 말투로 물었다.

"너 내 전화 왜 안 받냐?"

"네? 전화…… 아!"

새봄은 뒤늦게 석경이 여러 번 전화했던 일이 떠올랐다.

"사실 아까 정해수 씨랑 같이 있었거든요. 괜히 전화 받았다가 해수 씨가 누구냐고 물어보면, 저는 거짓말을 잘 못 해서…… 근데 왜 그렇게 무섭게 쳐다보세요?"

"하아……."

석경이 긴 한숨을 내쉬었다. 그리고 생각했다. 나는 도대체 무엇 때문에, 대체 왜, 왜 이토록 화가 나는 걸까?

"혹시 해수 씨한테 들켰을까 봐 그러세요?"

"……."

"그런 거라면 전혀 걱정 안 하셔도 돼요. 해수 씨한테 오빠 얘긴 하나도 안 했어요."

"내 얘길 전혀 안 했다고?"

"네! 그리고 일부러 사는 곳도 저쪽 끝에 동네라고 했어요."

"그래? 잘했네. 잘했어."

석경이 아래턱에 힘을 잔뜩 준 채 새봄을 쳐다봤다.

"왜 또 그렇게 무섭게 쳐다보세요?"

"신새봄."

"네."

"앞으론 내 전화 무조건 받아. 옆에 누가 있든 말든. 거짓말을 못 하든 말든. 받으라고."

말을 하면서도 석경은 제가 왜 이런 말을 하는지 알 수 없었다. 새봄 역시 이상하다고 느꼈는지 고개를 갸웃하며 느리게 대답했다.

"······네. 근데 아까 중요한 전화였어요?"

"그래."

"뭔데요? 무슨 일 있었어요?"

석경은 오히려 저를 걱정하는 그 애의 얼굴을 보며 잠시 망설이다가 마침내 입을 열었다.

"들어올 때 음료수 사 오라고. 됐냐?"

무심하게 툭 내뱉은 석경의 말에 새봄의 표정이 떨떠름해졌다.

"아······ 난 또 나 걱정돼서 전화한 줄 알았네."

"내가 널 왜 걱정해? 다 큰 녀석을."

석경이 발끈하자 새봄은 서운한 기색을 억지로 감추며 구시렁거렸다.

"해수 씨는 나 걱정된다고 동네까지 데려다줬는데······."

"너 지금 나 들으라고 하는 소리야?"

"아뇨. 그냥 혼잣말인데요. 그럼 들어가서 주무세요."

새봄이 꾸벅 인사하고 현관으로 향하자 석경이 미간을 확 구겼다.

"야! 너 어디 가?"

새봄이 신발을 신으며 대답했다.

"음료수 사러요."

"됐어. 들어와. 이 밤에 음료수는 무슨."

석경이 새봄의 옷에 달린 모자 끈을 끌어당겼다. 새봄이 허둥 지둥 신발을 벗고 도로 거실로 들어왔다.

"자라."

새봄이 고개를 들자, 석경이 짧게 한마디를 남기고 방으로 들어가 버렸다.

거실에 우두커니 홀로 남은 새봄은 터덜터덜 방으로 들어가 려다 주방으로 향했다. 그러곤 냉장고 문을 열었다.

냉장고 안엔 음료수가 종류별로 가득 채워져 있었다.

"뭐지?"

새봄이 고개를 갸웃하며 석경이 들어간 방 쪽을 쳐다봤다.

* * *

다음 날 아침.

"냉장고에 음료수 많이 있던데요?"

새봄이 밥을 먹다 말고 넌지시 물었다. 그러자 석경이 밥을 먹으며 대수롭지 않게 대답했다.

"어제 네가 전화 안 받아서 내가 사 온 거야. 왜?"

"……아니에요."

진짠가 보네. 진짜 음료수 먹고 싶어서 나한테 전화했었나 보네. 나도 참. 뭘 기대한 거야.

새봄이 허탈한 미소를 지으며 마저 밥을 먹으려는데, 방에서 핸드폰 벨소리가 울렸다. 동시에 새봄의 어깨가 움찔 떨렸다.

석경은 안절부절못하는 새봄을 언짢게 쳐다봤다.

"밥 먹어. 다 먹고 받아도 돼. 어차피 첫 촬영 시작하려면 멀었고, 방송국에서 이 시간에 너한테 전화할 사람 없어."

"그건 저도 아는데…… 어제 소란 피디님이 앞으로 촬영 끝날 때까지 전화하면 3초 안에 바로 받으라고 하셨거든요. 아무래도 안 되겠어요. 먼저 드세요. 저 전화 좀 받고 올게요."

새봄이 수저를 내려놓고 후다닥 방으로 달려가 핸드폰을 들었다.

"여보세요!"

─잘 잤어요?

어라? 소란 피디님 목소리가 아니네?

새봄이 핸드폰 액정을 확인했다. 모르는 번호였다.

"누구세요?"

─친구 하기로 해 놓고 번호도 저장 안 한 거예요?

"혹시 정해수 씨? 제 번호는 어떻게 아셨어요?"

─대본 맨 앞장에 비상 연락망 있잖아요.

"아……."

새봄이 말끝을 흐렸다. 하필 주방에서 물을 마시던 석경과 눈이 딱 마주친 것이다.

군은 표정으로 새봄을 쳐다보던 석경이 손가락을 까닥거렸다. 그의 눈빛이 말하고 있었다.

'당장 전화 끊고 튀어 와.'

새봄이 흠칫 놀랐다.

"저기 해수 씨 죄송한데요. 제가 이따 다시 전화할게요. 지금 밥 먹는 중이라서요."

새봄은 석경의 눈치를 보며 서둘러 전화를 끊었다. 그러곤 쭈뼛거리며 거실로 나갔다.

"하아……."

동시에 석경이 긴 한숨을 내쉬었다.

"내가 널 어디서부터 어디까지 가르쳐야 되는 거냐?"

"죄송합니다."

"뭐가 죄송한데?"

"일개 스태프가 출연자랑, 더구나 주연 배우랑 친구 하면 안 되는 거겠죠?"

"왜 안 돼? 돼. 근데 넌 안 돼."

이게 뭔 소리야? 새봄은 당최 이해가 안 된다는 표정으로 석경을 쳐다봤다. 그러자 석경이 단호한 얼굴로 대답했다.

"정해수는 안 돼."

"왜요?"

"잘 들어. 나 네 교우 관계 간섭할 권리 있어. 어쨌든 네가 이 집에 있는 동안은 내가 보호자니까."

"보……호자요?"

새봄의 눈동자가 크게 동요했다. 엄마가 세상을 떠난 후 어린 새봄이 가장 많이 받았던 질문 중 하나.

'보호자는 어디 있니?'

아주 오래전부터 새봄의 보호자는 그녀 자신이었다. 그런데 지금 앞에 있는, 누가 봐도 멋있고 근사한 어른이 보호자라고 말하고 있다. 순간 새봄의 가슴이 뭉클해졌다.

그런데 그때.

"정해수랑 친구 하고 싶으면 이 집에서 나가."

보호자가 이상한 고집을 부리기 시작했다.

"선택해. 정해수야? 아니면 이 집이야?"

갑자기 선택을 강요당한 새봄은 어리둥절했다. 어제 처음 본 정해수냐, 이 집이냐 물으면 당연히 후자였다. 그 당연한 걸 내게 왜 묻는 걸까?

새봄은 문득 석경의 의도가 궁금해졌다. 그렇게 생각이 꼬리에 꼬리를 물고 이어지다가 어느 지점에 도달했고, 그곳에서 답을 찾고야 말았다.

"야. 너 내 말 듣고 있어?"

갑자기 새봄이 풀이 죽은 모습으로 축 늘어지자 석경이 미간을 확 구겼다.

"너 왜 대답을 못 해? 정해수랑 만나지 말라고. 가까이하지도 말고."

"저 드라마 스태프예요. 정해수 씨는 주연 배우고."

새봄이 억울한 눈빛으로 말했다.

"일하다 보면 당연히 만날 거고, 가까이할 수도 있는 건데…… 오빠 혹시…… 절 이 집에서 쫓아내고 싶은 거예요? 맞죠? 그런 거죠?"

"뭐?"

"아니, 그렇잖아요. 괜한 걸로 트집 잡으시고…… 예지도 그랬는데……."

"예지? 트집?"

석경이 머리카락을 쓸어 넘기며 헛웃음을 지었다.

"참나. 얘가 사람을 뭘로 보고."

새봄은 어이없어하는 석경의 눈치를 살피며 부탁했다.

"조금만 시간을 주세요. 이번에 월급 받으면 집 구해서 바로 나갈게요."

"그 말은 정해수랑 계속 어울리겠다는 거야?"

"그게 아니라, 제가 나가길 원하시는 것 같아서……."

"내가 언제."

"지금요. 지금도 화내고 계시잖아요."

"화를 내는 게 아니라…… 인마, 너 걱정돼서 그러는 거잖아!"

결국 못 참고 석경이 소리를 버럭 질렀다. 움찔 놀란 새봄의 두 눈이 커다래졌다.

"안 그래도 말 많은 이 바닥에서 여자 스태프가 남자 배우랑 친구랍시고 같이 다니는 꼴 사람들이 좋게 볼 것 같아? 내가 이렇게까지 얘기해 줘야 돼? 그래야 알아듣냐고."

석경이 일장 연설을 늘어놓았고. 묵묵히 듣고만 있던 새봄은 입가에 저도 모르게 미소를 띠었다.

"너 왜 웃어? 지금 웃음이 나와?"

석경이 따지듯 묻자 새봄이 일부러 입을 꾹 다물고 표정을 굳혔다. 그런데도 자꾸만 웃음이 새어 나와 미칠 것만 같았다.

새봄이 억지로 웃음을 참고 있는 줄도 모르고 석경은 계속 진지하게 말을 이었다.

"여기서 문제. 남자가 여자한테 친구 하자고 했어. 정해수는 순수한 의도로 그런 말을 한 걸까? 대답."

"해수 씨가 먼저 친구 하자고 한 건 어떻게 알았어요?"

"네가 먼저 하진 않았을 거 아니야. 설마 네가 먼저 했냐?"

"아뇨. 해수 씨가……."

"잘 들어. 세상 어떤 남자도 저 여자랑 친구 하고 싶다, 라고 생각하는 남잔 없어."

"그 말은 여자랑 남자는 친구가 될 수 없다는 거예요?"

"그래."

"질문이요!"

새봄이 손을 번쩍 들었다.

"오빤 김 작가님이랑 친구잖아요."

"친구 아니야. 그냥 파트너지. 일로 어쩔 수 없이 묶인."

거짓말. 어제 보니까 감독님까지 해서 셋이 완전 베스트 프렌드던데. 그거 보고 나 되게 부러웠는데.

새봄이 뚱한 표정으로 석경을 쳐다봤다. 그러자 석경은 자신이 생각해도 궤변이라는 느낌을 지울 수가 없어 괜히 헛기침을 하며 말을 돌렸다.

"암튼 난 분명 경고했다. 앞으로 정해수랑 사적으로 만나거나 전화하는 거 나한테 걸리기만 해 봐. 진짜 쫓아낼 거야."

"……."

새봄이 대답을 하지 않자, 너무 애를 몰아붙였나 싶었던 석경은 무심한 척 턱 끝으로 식탁을 가리켰다.

"밥이나 먹어."

퉁명스럽게 한마디 툭 내던진 석경은 방으로 들어가 버렸다.

석경이 말로만 쫓아낸다느니 어쨌느니 하는 걸 알지만 서운한 건 어쩔 수 없었다. 새봄이 입을 삐죽 내밀고 식탁 앞에 앉아 수저를 들었다. 그래. 밥이나 먹자.

'화를 내는 게 아니라…… 인마, 너 걱정돼서 그러는 거잖아!'

석경의 목소리가 귓가에 맴돌자 새봄은 수저질을 멈추고 말았다.

"걱정……."

자꾸만 그 단어에 심장이 간질거린다. 이 감정은 뭘까? 드디어 이 지구에도 날 걱정해 주는 사람이 생겼다는 것에 대한 고마움? 그래. 그런 거겠지?

그렇게 멋대로 제 마음에 대한 정의를 내린 새봄은 한결 편해진 얼굴로 미소 지었다. 그런데 그때였다. 또다시 핸드폰 진동음이 들려왔다.

고개를 돌려 방 쪽을 응시하는 새봄의 눈동자가 작게 흔들렸다.

Chapter 3

며칠 후. 수희가 상주하는 작업실을 찾은 석경은 대본을 읽다가 눈살을 확 찌푸렸다.

"정해수 분량이 왜 이렇게 많아?"

밤새 대본 쓰느라 비몽사몽 소파에 널브러져 있던 수희가 좀비처럼 일어났다.

"뭐라고? 재미없다고?"

"그건 아니고."

"그럼 뭐. 재밌으면 된 거 아니야? 재미없구나? 그치? 재미없어?"

재미에 집착하는 수희를 안쓰럽게 쳐다보던 석경은 고민에 빠진 얼굴로 다시 대본을 들여다봤다. 그러곤 잠시 주저하다가 입을 열었다.

"남주 아직 안 정했다며. 근데 이건 누가 봐도 정해수가 주인공이잖아. 이 대본 신수현 소속사에서 보면 가만있을 것 같아? 대본 사기 당했다고 동네방네 다 떠들고 다닐걸?"

"그런 일이 뭐 한두 번인가. 그래서 재미있냐고 없냐고요."

"재밌어. 그래서 문제야."

재밌다는 말에 활짝 웃으려던 수희가 석경을 째려봤다.

"재밌는 게 왜 문제야? 너 지금 나 돌려 까는 거지?"

"선택해. 지금 대본 너무 재밌거든? 근데 이 역할 정해수가 소화할 수 있을지는 의문이야. 너 전에 박보윤이랑 작품 해 보고 싶댔지? 내가 당장 잡아 올 수 있어. 어떻게 할래?"

"그러니까 지금 네 말은, 첫 촬영 들어가기 전에 배우 교체하자는 거야?"

"너만 괜찮다면."

석경의 냉정한 한마디에 수희가 잠이 확 깬 얼굴로 그를 쳐다봤다.

"그건 너무 잔인한 거 아니야? 톱스타도 그런 일 겪으면 얼마나 가슴앓이하는데. 하물며 정해수는 신인이야. 여기서 중도 하차하면 '김수희 작가 작품에서 잘린 애'라고 평생 꼬리표처럼 따라다닐 거야. 어쩌면 그거 때문에 배우 그만둬야 할지도 모르고."

"상관없어. 난 내 드라마 잘 되는 게 더 중요한 사람이니까."

아, 잊고 있었다. 이 자식은 원래 이런 놈이지. 수희가 넌덜머리가 난다는 듯 고개를 흔들었다.

"으, 지독한 놈."

"나만 잘 되자고 이러는 거 아니야. 이번에 망하면 너도 위태로워. 그러니까 다음 주까지 천천히 고민해 봐."

"고민할 필요 없어. 정해수로 갈 거야. 나 이번엔 배우빨 아닌 내 대본으로 인정받고 싶어."

"너 모르나 본데. 그동안 네 대본 좋았어. 그러니까 그만한 좋은 배우들이 붙었던 거고, 지금도 다들 줄 서 있는 거고."

"야. 넌 그런 아름다운 얘길 왜 지금 하니? 진작 해 줬음 이런 모험 안 했지."

"죽고 싶나?"

석경의 아래턱에 힘이 잔뜩 들어갔다. 그의 입에서 더 험악한 말이 나오기 전에 수희는 말을 돌리기로 했다.

"가만있어 보자, 박보윤이라…… 비주얼은 정해수가 더 나은 것도 같고."

"미쳤네. 지금 박보윤이랑 누굴 비교해. 박보윤이 훨씬 낫지."

석경이 황당한 얼굴로 수희를 쳐다봤다. 그러자 수희가 반박했다.

"오디션 때 못 봤어? 같이 봐 놓고 왜 이래. 정해수 카메라로 보면 더 잘생겼어. 연기만 좀 더 괜찮으면 좋을 텐데……. 근데 우석경, 넌 정해수를 왜 이렇게 싫어하나?"

수희의 물음에 석경이 오디션장에서 정해수를 처음으로 대면했던 날을 떠올리고 있었는데.

삑삑삑삑.

"얘들아 안녕. 오늘도 동창회네?"

상념에 빠져 있던 석경을 깨운 건 요란한 인사를 하며 들어온 남기였다. 남기가 석경의 어깨를 툭툭 건드리며 냉장고로 향했다. 그는 마치 제집에 온 것처럼 자연스럽고 편안하게 생수를 꺼내 마시고 있었다.

"입 대고 마시지 말라고!"

수희가 소리를 버럭 지르자 남기가 움찔 놀라며 후다닥 컵을 꺼내 왔다.

"아이고 무서워라. 오늘 분위기 왜 이래. 우석경, 너 또 김 작가 갈궜냐? 왜 저렇게 예민해?"

"넌 왜 왔는데?"

"감독이 작가 집필실에 왜 왔겠어. 대본 얘기하러 왔지."

"오늘은 그냥 가는 게 좋을 텐데?"

"역시. 네가 갈궜구나?"

"갈궜다기보다 큰 숙제를 줬지."

"뭔데?"

"넌 해결 못 해. 김수희가 해결해야 돼."

석경이 입을 열 생각을 하지 않자, 남기가 수희에게로 향했다.

"뭔데 그래? 나한테 얘기해 봐. 내가 같이 숙제해 줄게."

"배우 교체하재. 정해수를 박보윤으로."

"뭐? 저 나쁜 시끼. 그걸 왜 감독한테 얘기도 안 하고……."

남기가 석경을 째려봤다. 그러거나 말거나 석경은 다시 진지하게 대본을 펼쳤다.

남기와 함께 석경을 흘겨보던 수희가 작게 한숨을 내쉬며 눈에 힘을 풀었다.

사실 석경이 하는 고민은 수희도 하는 고민이었다. 그래서 어젠 대본을 쓰다 말고 해수의 연기 영상을 다시 보기까지 했다. 몇 주 안에 해수의 연기가 좋아질 가능성도 있지만 반대로 아닐 가능성도 있었다. 사실 후자 쪽이 더 말이 되는 상황이었다. 아마 이런 불안을 일찌감치 간파한 저 녀석은 악역을 자처하기로 한 모양이다.

"우석경."

수희가 그의 이름을 나지막이 불렀다. 석경이 여전히 대본에서 시선을 떼지 않은 채 '왜'냐고 짧게 대답했고. 수희는 조금 부드러워진 말투로 말했다.

"고민해 볼게. 네가 내 준 숙제."

"그래. 잘 생각했어."

갑자기 휴전 상태가 된 두 사람 사이에서 갈팡질팡하던 남기가 이마를 긁적였다. 그러곤 분위기를 전환하기 위해 너스레를 떨었다.

"이야. 김 작가! 대본 재밌더라?"

"그거 얘기하러 온 거야?"

"응."

남기가 고개를 격하게 끄덕이며 엄지를 추켜세웠다.

"그냥 막 술술 읽히는 거 있지. 근데 다 좋은데 21씬 말이야."

남기가 석경이 보고 있던 대본을 뺏어 21씬이 있는 장을 펼쳐 수희에게 내밀었다.

"여기 은후가 바다에서 서핑하잖아. 이거 오프로드 모터사이클로 바꾸면 안 될까? 그니까 장소를 바다에서 산으로."

"이유는?"

"은후는 그게 더 어울려. 위험한 거. 스릴 있는 거."

"그럼 비도 뿌려 줄 거야? 나 비 오는 거 써도 돼?"

"당연하지. 나 이미 살수차 예약도 다 해 놨어."

남기의 너스레에 수희가 웃음을 터뜨렸다.

"오예. 바꾸는 거다?"

"그래. 바꿔라, 바꿔. 배우도 바꾸고 씬도 바꾸고, 너네 맘대로 해."

신이 난 남기와 지친 기색으로 다시 소파에 널브러진 수희. 그런 두 사람을 옆에서 지켜보던 석경이 피식 웃으며 재킷을 들고 일어났다.

"벌써 가려고?"

"어. 넌 더 있다가 김 작가 저녁 좀 챙겨. 술 못 먹게 하고."

"당연하지."

"간다."

석경이 두 사람에게 인사를 하고 현관으로 향했다.

"아, 잠깐! 우석경!"

남기가 석경의 어깨를 잡아끌었다.

"왜? 법카 달라고?"

"그런 거 아니거든? 나도 밥 사 먹을 돈은 있거든?"

"그럼 뭔데?"

"너 집들이 언제 할 거야? 왜 이사 간 집에 우리 초대 안 해?"

"이사 한두 번 가냐? 그때마다 매번 집들이하기 귀찮아. 이번엔 그냥 건너뛰어."

"어디로 갔는데?"

"몰라도 돼. 진짜 간다."

석경이 제 어깨를 잡은 남기의 손을 떼어 낸 후 서둘러 밖으로 나가 버렸다.

문이 닫히자마자 남기가 고개를 홱 돌려 수희와 눈을 마주쳤다.

"우석경 쟤 수상하지?"

남기의 물음에 수희가 벌떡 일어나 고개를 격하게 끄덕였다. 그러곤 가늘게 눈을 뜨고 상상의 나래를 펼쳤다.

"이사한 집을 왜 안 알려 주는 걸까? 혹시…… 여자 생겼나?"

"우석경한테 여자가?"

남기가 두 눈을 초롱초롱 빛내며 수희의 다음 이어질 말을 기다렸다. 거기에 부응이라도 하듯 수희가 자신 있게 입을 열었다.

"내가 저번 회식 때 봤거든."

"뭘?"

"우석경이 핸드폰 만지작거리는 거. 누구한테 연락하고 싶은 건지 계속 핸드폰만 들여다보고 있더라고. 이거 백 퍼 여자겠지?"

"핸드폰이라……."

생각에 잠겨 있던 남기가 두 눈을 번쩍 떴다.

"아!"

"왜? 뭔데?"

"최근에 우석경이 좀 이상하긴 했어. 회사밖에 모르던 놈이 요즘 전화하면 맨날 집이래. 밥도 집에서 먹었대. 걔가 집에서 뭘 해 먹을 녀석이야? 시간 아깝다고 끼니만 대충 때우고 다녔잖아. 말하다 보니까 진짜 이상하네."

남기의 표정이 심각해졌다.

"수희야, 넌 어떻게 생각해? 그 녀석 그냥 두면 안 될 것
같지 않아?"

"글쎄…… 우리한테 뭔가 숨기고 있는 건 분명한 것 같고.
그게 여자면 뭐 다행인 거고."

"여자…… 근데 난 아무리 생각해도 여잔 아닌 것 같아. 우석
경이 수연이를 잊었다는 게 말이 안 되잖아."

"그건 그래. 걔가 보기완 다르게 순정파잖아. 세상에 여자가
얼마나 많은데 어떻게 한 여자만……. 아무튼 미련해."

수희가 고개를 절레절레 흔들었다. 그러다 문득 머릿속이 복
잡해졌다. 과거 수연 때문에 석경이 얼마나 고통 속에 살았는지
너무나도 잘 알기에.

"그나저나 수연이…… 잘 지내고 있겠지?"

낮게 읊조리던 수희가 진열장으로 시선을 옮겼다.

그곳엔 남기, 수희, 석경 그리고…… 수연. 네 사람이 환하게
웃고 있는 대학 시절 사진이 액자에 꽂혀 있었다.

＊ ＊ ＊

골목길에 진입한 석경은 저도 모르게 차의 속도를 줄였다. 멀지
않은 곳에서 새봄이 걸어오고 있었기 때문이다.

"쟨 또 어딜 저렇게 열심히 가?"

차를 세워 아는 척을 해야 하는 건지, 그냥 내 갈 길 가야 하는 건지 판단이 서지 않던 그때. 하필 그 애와 눈이 딱 마주치고 말았다.

젠장. 뭐 몰래 훔쳐 먹다 걸린 사람처럼 당황하는 자신과 달리 그 애는 아주 천진난만한 얼굴로 손까지 흔들며 달려온다. 결국, 석경은 제 의지와 상관없이 차를 완전히 멈출 수밖에 없었다.

쾅쾅. 어느새 코앞까지 다가온 그 애가 작은 주먹으로 창문을 두드렸다.

"왜?"

창문을 내린 석경은 당황했던 얼굴을 재빨리 지우고 표정을 굳혔다. 그런데 너무 심하게 굳혔나 보다. 석경의 쌀쌀맞은 표정을 마주한 새봄이 상처받은 듯 머쓱한 얼굴로 어렵게 입을 열었다.

"저 못 보셨어요?"

"봤는데 왜."

"아…… 보고도 그냥 가시려고 했던 거구나. 가시는 길 붙잡아서 죄송해요. 근데 작가님은 잘 만나고 오셨어요?"

"보시다시피."

"작가님은 잘 지내시죠?"

"궁금하면 네가 직접 가 보든가."

"제가 거길 어떻게 가요. 초대도 안 받고. 혹시 지금 작가님이랑 친하다고 자랑하시는 거예요?"

"그게 자랑거리가 된다고 생각해?"

"들어가세요. 괜히 바쁜 사람 붙잡았네요."

퉁명스러운 석경의 말투에 결국 또 상처를 받고 만 새봄은 애써 웃었다. 그러곤 석경을 향해 꾸벅 인사하고 돌아섰다.

"신새봄!"

"저, 저요? 왜…… 왜요?"

갑자기 그가 제 이름을 크게 부르자 새봄이 너무 당황해서 말까지 더듬었다. 그리고 제 의지와 상관없이 다시 그에게로 쪼르르 달려가고 있었다.

"넌 어디 가는데?"

석경이 반쯤 열려 있던 창문을 아예 다 내려 버렸다. 새봄은 저를 빤히 바라보는 석경의 과분한 관심에 괜히 얼굴이 후끈 달아올랐다.

"어디 가냐고."

그사이 참을성 없는 석경이 힘주어 다시 물었다. 쭈뼛거리던 새봄이 뒤늦게 대답했다.

"……PC방이요."

"거긴 왜?"

"자료 조사한 게 있는데 핸드폰으론 파일 작성이 어려워서요."

"넌 대학생이 노트북도 없……."

있을 리가 없지. 석경은 초가을 늦더위가 기승을 부리는 오늘 같은 날에도 긴팔 티셔츠 차림인 새봄을 보며 말끝을 흐렸다. 옷 살 돈도 없는데 노트북 살 돈이 있겠나 싶었다.

여기서 내가 옷 사 준다고 하면 오버하는 건가? 골몰한 표정으로 새봄을 보며 눈썹을 매만지던 석경은 이내 고민을 끝냈는지 운전대를 잡고 외쳤다.

"타!"

"네? 저요? 왜요? PC방 바로 요 앞인데."

"타라고."

"감사합니다."

두 번 거절했다간 또 무슨 소리를 들을지 몰라 새봄이 냉큼 차에 올라탔다. 그렇게 안전벨트를 매는 사이 차는 골목을 벗어나 도로를 달리고 있었다.

"근데 어디 가는 거예요?"

"옷 사러."

"누구 옷이요?"

"누구 옷이겠냐? 너 안 더워? 답답하게 왜 맨날 긴팔만 입냐고."

석경의 타박 섞인 물음에 새봄은 고개를 숙여 제 차림을 살폈다.

"전 괜찮은데……. 사실 제가 더위를 잘 안 타거든요."

"보는 사람이 덥잖아."

"죄송해요. 이렇게 하면 덜 더워 보이려나?"

석경의 타박에도 절대 굴하지 않고 새봄은 소매를 접어 팔꿈치까지 걷어 올리기 시작했다. 그러다 갑자기 무슨 일인지 새봄이 굳은 표정으로 서둘러 다시 소매를 내려 팔을 가렸다.

빨간 신호에 정차하던 석경은 하필 그 짧은 순간에 보고야 말았다. 그 애의 팔에 깊게, 그리고 길게 새겨진 상처를.

하지만 석경은 아무것도 못 본 척 자연스럽게 창밖으로 시선을 던졌다. 그 애가 자기 상처를 누가 보기라도 했을까 봐 소매를 매만지며 전전긍긍하고 있었기 때문이다.

"옷은 나중에 사고 밥이나 먹자. 뭐 먹을래?"

"……봤죠?"

"뭘?"

석경이 태연한 얼굴로 대답하자 새봄이 두 눈을 지그시 내리깔았다.

"아니에요……."

"빨리 저녁 메뉴나 정해. 한식, 중식, 일식 뭐."

"갑자기 밥을 왜 사 주세요?"

"그럼 네가 사 줄래?"

"중식이요. 짬뽕."

"거기 찍어. 중국집."

신호가 바뀌자 석경이 차를 출발시키며 턱 끝으로 내비게이션을 가리켰다. 새봄이 얼른 내비게이션에 중국집을 찾아 목적지를 설정했다.

"라디오 틀어도 돼요?"

"아니."

"심심한데……."

"심심하면 네 얘기 좀 해 봐."

"무슨 얘기요?"

"내가 전부터 궁금한 게 하나 있었거든. 신새봄은 왜 옷 한 벌 사 입을 돈도 없을까."

새봄이 괜히 딴청을 피우며 창밖을 내다봤다.

"집에 누구 사고 치는 가족이 있지 않은 한 이렇게 옷도 못 사

입을 정도로 돈이 없을 수가 없거든. 너 알바도 여러 개 했었잖아. 학비는 학자금 대출받았을 거고 그거야 취업하면 갚는 거고. 그래서 말인데, 너 혹시…….”

“…….”

“맞지?”

석경의 확신에 찬 물음에 새봄은 천천히 고개를 돌렸다.

“뭐가 맞아요?”

“얼마야? 그 예지라는 애한테 얼마 뜯겼냐고.”

“예지라는 애라니…… 동생이면서. 그리고 뜯긴 거 아니에요. 제가 그냥 준 거예요.”

그렇게 생각해야 마음이 한결 편하니까. 새봄은 애써 지나간 일에 연연하지 않기로 했다. 하지만 석경은 달랐다. 그는 도저히 새봄을 이해할 수 없었다.

“너 그거 착한 아이 콤플렉스야. 버려지는 거 무서워서 상대가 요구하는 거 어쩔 수 없이 다 들어주고, 눈치 보고.”

“착한 게 나쁜 건 아니잖아요.”

“착한 게 나쁠 때도 있어. 예를 들면 나 착한 사람 되자고 상대가 저지른 나쁜 행동들을 눈감고 모른 척할 때. 네가 많이 저지르는 실수? 저번에 옥탑 그 새끼도 그냥 봐줬잖아.”

정곡을 찔린 새봄이 아랫입술을 꽉 깨물었다. 그러곤 석경을 원망스레 쳐다봤다.

“내 말이 틀렸다는 거 증명하고 싶으면, 그 예지한테 돈 꼭 받아 내. 이번엔 봐주지 말라고.”

"어떻게 받아 내요. 예지는 떠났고 연락도 안 되는데. 오빠는 돼요?"

"어? 뭐."

"예지랑 연락되냐구요."

새봄의 물음에 약간 당황한 기색을 보이던 석경이 서둘러 말을 돌렸다.

"내비 제대로 찍은 거 맞아? 여기 아닌 것 같은데."

그가 갑자기 평소답지 않게 우왕좌왕하자 덩달아 같이 바빠진 새봄은 내비게이션을 다시 조작하기 시작했다.

"죄송해요. 제가 잘못 눌렀나 봐요. 아, 됐다. 100미터 앞에 있대요."

목적지를 다시 설정하고 고개를 든 새봄은 석경의 옆얼굴을 보다가 문득 그런 생각이 들었다.

"오빤 예지랑 어머니가 같은 거예요? 근데 하나도 안 닮았……."

"내려."

순식간에 중국집 앞에 주차를 마친 석경이 새봄의 말은 들은 척도 하지 않고 차에서 내려 버렸다.

"왜 저러지? 내가 또 무슨 실수 했나?"

고개를 갸웃하던 새봄이 의아한 표정으로 석경을 따라 차에서 내렸다.

* * *

"넌 짬뽕 먹는다고?"

새봄이 고개를 격하게 끄덕였다. 메뉴판을 보던 석경은 입맛에 맞을 것 같은 음식이 없는 모양인지 한참을 고민하다 결국 짬뽕 두 그릇을 주문했다.

"아, 오빠 저요. 저 뭐 하나만 더 시켜도 돼요?"

"뭔데?"

"아, 아니에요. 왠지 이거 시키면 오빠가 '미쳤냐?'라고 할 것 같아요."

"뭐냐니까. 좋은 말로 할 때 그냥 말해라."

석경이 눈을 흘기자 머뭇거리던 새봄이 작게 대답했다.

"소주."

"미쳤냐?"

"거 봐. 이럴 줄 알았다니까."

"갑자기 술은 왜? 너 이따 PC방 간다며. 일 안 해?"

"핸드폰으로 이미 다 서치해 놨고, 파일에 옮기기만 하면 되는 작업이라. 그리고 한 병은 괜찮던데……. 딱 기분 좋던데. 저요. 저번에 회식 가서 술 처음 마셔 봤거든요. 근데 알겠더라고요. 사람들이 왜 괴롭고 슬프고 우울할 때 술을 마시는지."

주저리주저리 수다를 떠는 새봄을 빤히 쳐다보던 석경의 표정이 어두워졌다.

"그 말은 지금 괴롭고 슬프고 우울하다는 거야?"

"아, 하나 빠트렸다. 지금 내 앞에 있는 사람이랑 친해지고 싶을 때. 그럴 때 술이 좋은 작용을 하더라구요."

새봄이 히죽 웃으며 석경을 바라봤다.

"그날 저 회식 때 소란 피디님이랑 술 덕분에 좀 가까워졌거든요."

"그래서?"

"오빠랑도 가까워지고 싶어서요."

팔짱을 낀 채 새봄의 말을 가만히 듣고만 있던 석경이 갑자기 손을 번쩍 들어 종업원을 불렀다.

"여기 소주 한 병만 주세요."

30분 후.

"야야. 천천히 마셔."

석경의 우려 섞인 당부에도 불구하고 새봄은 이미 소주를 원샷하고 잔을 내려놓고 있었다.

"캬아."

입에서 터져 나오는 추임새가 새봄과는 영 어울리지 않아 석경은 저도 모르게 웃음을 터뜨렸다. 그러다 맞은편 벽에 걸린 거울을 통해 제 얼굴을 보곤 서둘러 미소를 지웠다.

내가 지금 얘랑 뭐 하고 있는 거지?

석경은 제 앞에 놓인 짬뽕 그릇을 내려다봤다. 평소엔 절대 입에도 대지 않는 자극적인 음식. 괜히 수저로 휘적거리고 있었는데.

"너무 맛있다. 여기 국물이 정말 끝내줘요."

새봄이 짬뽕을 그릇째 들어 국물을 마시고 또 소주를 원샷하고. 그렇게 반복하더니 어깨춤까지 출 기세로 콧노래를 불렀다.

"너 취했냐? 아주 신났다?"

"그럼요. 나 너무 신나요. 사는 게 정말 요즘만 같으면 좋겠어요."

"네가 어떤 인생을 살았는지는 모르겠지만 어른 앞에서 그런 말 하는 거 아니야."

"어른……. 오빠는 어른이에요?"

"애는 아니지."

"저도 애는 아닌데. 저 스물다섯이에요. 성인."

"그래서?"

"그냥 그렇다고요. 저를 너무 애 취급하시니까……. 졸업이 늦어져서, 제대로 된 사회생활을 아직 시작하지 못했을 뿐이지 제 동기들은…… 하아, 이 얘기하니까 또 서글프고 초라해지네."

"마셔."

갑자기 시무룩해진 새봄의 잔에 석경은 술을 따라 줬다.

"잠깐, 너 가만 보니까 술 마시고 싶어서 일부러 우울한 척하는 것 같다?"

"살짝 그러긴 했는데. 진짜 귀신이다. 그걸 어떻게 알았어요?"

"너도 나이 먹어 봐라."

"오빠 김 작가님이랑 친구시면 서른하나잖아요. 나이 그렇게 많은 것도 아니면서."

"그래서 뭐 너도 나랑 친구 하게?"

"해도 돼요?"

새봄이 진심으로 그러고 싶다는 눈빛으로 석경을 쳐다봤지만, 그는 대답 대신 서버를 불러 소주를 한 병 더 주문했다.

소주가 나오자마자 석경은 자신의 잔에 술을 채우고 잔을 들었는데.

"후루룩. 후루룩."

어느새 새봄이 짬뽕을 다 먹어 치우고 소주병을 향해 손을 뻗고 있었다. 석경이 미간을 확 구기며 병을 옆으로 치웠다.

"그만 마셔."

"왜요? 나 별로 안 마셨는데."

"너 진짜 말 안 듣는다? 천천히, 뭐든 천천히 먹고 마시라고."

"이렇게 맛있는데 어떻게 천천히 먹어요."

"말대꾸하나?"

"오늘 술이 진짜 달아서 그래요. 사실 저번 회식 땐 좀 썼거든요. 저 한 잔만 더 주시면 안 돼요?"

새봄이 빈 잔을 불쑥 내밀며 애원했다.

"딱 한 잔만요."

그 애가 팔을 움직일 때마다 긴 소매가 펄럭거리는 것을 유심히 보던 석경은 말없이 그 애의 잔에 술을 채웠다.

"마시면서 들어."

"듣고 마실게요. 하세요."

"일단 마셔. 탕수육도 하나 시켜 줄까?"

"네! 좋아요. 근데……."

옆 테이블 사람들이 먹고 있는 탕수육을 보며 침을 꼴깍 삼키던 새봄이 말끝을 흐렸다. 그러곤 고개를 확 돌려 불안한 눈초리로 석경을 바라봤다.

"갑자기 왜 친절해요?"

"내가 뭘."

"드라마에서 보면 엄마가 갑자기 좋은 데 데려가서 애한테 이것 저것 먹고 싶은 거, 입고 싶은 거 다 사 주고 그러고 버리던데."

"뭔 드라마를 봤는진 모르겠지만, 난 고작 중국집에서 짬뽕이랑 탕수육 사 주면서는 안 버릴 테니까 걱정 마. 너 제일 좋아하는 음식이 뭐야?"

"삼겹살이요! 근데 그건 왜요?"

"너 버릴 때 그거 사 주면 되겠네."

"……."

애써 미소를 짓는 그 애의 눈동자가 불안하게 흔들렸다. 버린 다는 말은 쉽게 하는 게 아닌데. 괜스레 미안해진 석경은 서둘러 말을 이었다.

"농담이야. 얜 무슨 농담도 못 해."

"농담을 농담같이 해야 농담으로 받아들이지……."

새봄이 구시렁거리며 단무지를 집어 먹는 사이 석경은 술을 마셨다. 오늘따라 술이 매우 썼다. 코로 넘어오는 알코올 향에 인상을 찡그리던 그가 뒤늦게 입을 열었다.

"너 나랑 가까워지고 싶다고 했지?"

또 무슨 소리를 하려고 저래? 새봄이 눈치를 보며 작게 고개를 끄덕였다. 그러자 바로 석경의 질문이 또다시 날아왔다.

"왜?"

"그거야…… 현재 같이 살고 있고, 말씀드렸다시피 예지랑 저 아주 어릴 때부터 알았고, 물론 서로 감정이 안 좋았던 건 사실이지만 그래도 저한텐 유일한 친구였어요."

"친구 좋아하네."

"그렇게 말하지 마요. 예지한테 서운한 점도 많았지만 고마웠던 기억도 분명 있어요. 아, 이렇게 오빠 만나게 해 준 것도 예지 덕분이니까 현재로선 그게 가장 고마운 지점이네요."

"그게 왜 고마운데?"

"모르세요?"

"어. 뭔데."

"저 오빠 좋아하는데."

"캑캑."

예상치도 못한 대답에 석경이 마시던 술을 뿜고 말았다. 수발이 몸에 밴 새봄이 얼른 자리에서 일어나 휴지를 몽땅 뽑아 그에게 내밀었다.

석경이 휴지로 입을 닦으며 새봄을 황당한 눈으로 쳐다봤다.

"왜요? 왜 그렇게 봐요? 아…… 알아요. 오빠는 저 싫어하는 거. 저 땜에 되게 귀찮고 성가시고 그러시죠?"

"잘 아네."

"익숙해요. 저라는 존재가 어디 가서 막 환영받고 그랬던 적이 거의 없어서. 근데 이건 제 착각일 수도 있지만…… 이상하게 집에 가면 오빠가 저를 기다리고 있는 것 같더라고요."

"웃기고 있네. 내가 널 왜 기다려."

"그래서 제 착각일 수도 있다고 그랬잖아요. 아무튼 착각은 자유고, 전 그냥 계속 착각할래요. 그런 착각을 하기 시작한 후부터 집에 가는 게 좋아졌거든요. 집에 오빠랑 같이 있으면 마음이 편해요. 잠도 잘 오고.”

“아…… 그래서? 야, 그럼 말을 똑바로 해야지.”

“뭘요?”

“이성적으로 좋아하는 게 아니라, 내가 네 친구 오빠라서 편하고 좋다. 그거잖아.”

“……네.”

잠시 생각에 잠겨 있던 새봄이 뒤늦게 고개를 끄덕였다. 순진무구한 새봄의 얼굴을 보자 석경은 왜 이렇게 허탈한 마음이 드는지 알다가도 모를 일이었다.

“내가 너 보호자로서 충고 하나 할게.”

“네. 하세요.”

“그런 말 다른 남자들한텐 하지 마.”

“그런 말? 무슨 말이요?”

“좋아한다 어쩌고.”

“아…… 왜요?”

“왜긴 왜야. 오해하잖아. 그리고 그런 건 상대가 먼저 말을 하도록 유도해야지. 뭘 그렇게 봐? 네가 진짜 이성적으로 좋아하는 사람이 생기면 그러라고 알려 주는 거야.”

“오빠는 해 봤어요? 그런 말, 좋아한다 어쩌고.”

새봄은 문득 저번 날 그의 방에서 봤던 사진 속 여자의 정체와 함께 그의 지난 연애가 궁금해졌다.

"탕수육 시킨다."

하지만 역시 쉽게 들을 순 없었다. 석경이 탕수육을 주문하는 사이 새봄은 생각에 잠겼다.

이성적으로 좋아하는 건 어떤 감정일까? 내가 지금 오빠를 좋아하는 마음과는 다른 건가? 같은 거 아닌가? 오빠가 동성은 아니잖아.

조심스럽게 제 마음을 되짚어보던 새봄은 석경과 눈이 마주치자 저도 모르게 시선을 휙 피하고 말았다. 이러면 더 티 나는데, 행여 제 마음이 들키기라도 했을까 봐 그때부턴 감정 조절이 더 힘들어졌다. 심지어 얼굴이 빨갛게 달아올랐다.

"너 취했냐?"

"아, 아뇨!"

"아니긴, 너 지금 얼굴 엄청 빨개. 이제 그만 마시고, 탕수육 나오면 그거나 먹어."

"취한 거 아닌데……."

나 왜 이러지? 왜 이렇게 심장이 빨리 뛰고, 오빠 얼굴은 못 쳐다보겠고. 새봄은 괜히 옆에 걸린 메뉴판만 뚫어져라 쳐다봤다.

"탕수육 나왔습니다."

불행 중 다행으로 그사이 주문한 탕수육이 나왔고, 탕수육의 먹음직스러운 자태에 시선을 빼앗긴 새봄의 가슴 떨림은 차츰 잦아들었다.

또 허겁지겁 먹는 새봄을 석경이 골몰하게 쳐다보다가 한 마디 툭 내뱉었다.

"넌 대체 뭐가 그렇게 조급하냐?"

"……."

"밥 먹는 것도 그렇고, 걷는 것도 빨라, 사는 것도…… 여유가 없어. 누구한테 쫓기는 사람처럼."

걸을 때도 남들보다 훨씬 더 빨리 걷는 새봄의 뒷모습을 떠올리던 석경은 진짜 궁금한 얼굴로 새봄을 바라봤다.

"그렇게까지 빨리 걸어서 네가 도착하고 싶은 곳은 어딘데?"

"……."

새봄이 애써 태연한 얼굴로 탕수육을 먹으며 천천히 입을 뗐다.

"평범한 일상이요."

"아……."

석경 역시 태연한 척 굴었지만 사실 조금 충격적이었다. 평범한 일상이 목표라고 하는 것 자체가 평범하진 않았으니까. 하지만 그 애의 표정을 보니 그 평범한 삶을 얼마나 절실하고 간절하게 바라고 있는지 알 것도 같았다.

석경은 무심한 얼굴로 넌지시 말을 건넸다.

"차라리 남을 원망해. 이런 환경에 널 몰아넣은 부모님이나 친구를 미워하라고."

"……."

"너 자신을 미워하고 괴롭히는 짓 그만하고."

석경은 아까부터 내내 거슬렸던 새봄의 팔을 물끄러미 보며 말했다. 그러자 새봄은 마치 민낯을 들키기라도 한 사람처럼 얼굴이 뜨거워졌다.

"……봤으면서, 아깐 왜 못 봤다 그랬어요?"

"네가 숨기고 싶어 하는 것 같아서."

"근데 지금은 왜……"

"숨길수록 더 괴로워져. 털어 놔. 그래야 아무렇지도 않아지니까."

석경은 태연한 얼굴로 말을 멈추지 않았다.

"그리고 세상에서 제일 쉬운 게 남 탓이야. 넌 그것부터 연습해야겠다. 평범해지려면."

"……"

"잘 안 될 땐 보호자한테 물어보고. 알았냐?"

평소와 다름없는 퉁명스러운 말투. 하지만 새봄이 살면서 받았던 위로 중 가장 따뜻한 말 한마디였다. 하마터면 왈칵 눈물이 쏟아질 뻔했다.

새봄은 애써 마음속으로 눈물을 삼켰다. 그리고 처음으로 제 상처에 관한 이야기를 꺼냈다.

"엄마가 저 때문에 돌아가셨어요. 제 생일날이었는데……"

석경은 저와 비슷한 상처를 가진 그 애를 조금 놀란 눈치로 쳐다봤다.

"생일 몇 주 전부터 아이스크림 케이크가 먹고 싶다고 졸랐거든요. 근데 엄마가 식당 일이 너무 바쁘다니까 보니까 깜빡하신 거예요. 전 토라졌죠. 방에 들어가서 안 나왔어요. 늦은 밤 엄마가 밖에 나가는 소리가 들렸는데 무시하고 그냥 잤어요. 그리고 엄만 돌아오지 않았어요…… 뺑소니였대요."

"뺑소니? 범인은?"

"못 잡았어요. 처음엔 원망 많이 했어요. 매일 밤 저주하고 그랬으니까. 근데 누굴 원망하는 거 말이에요. 전 그게 더 힘들더라고요. 용서는 남을 위해서가 아니라 나 자신을 위해서 한다는 말도 있잖아요. 그래서 용서했어요."

"그게 용서가 돼? 용서를 왜 해야 하는데?"

오랜 세월 누군가를 저주하고 원망하고 있었던 석경은 새봄을 이해할 수 없었다. 그건 새봄도 마찬가지였다. 새봄은 뺑소니 얘기에 석경이 왜 이토록 제 일처럼 화를 내는지 알 길이 없어 그저 쓰게 웃었다.

"내가 용서를 했어도, 신은 용서하지 않았을 테니까요. 분명 그 사람도 괴로울 테니까요. 그렇게 믿어야죠. 어떡해요. 안 그럼 억울해서 못 살겠는데. 믿어야죠……."

틀린 말은 아니었다. 그래, 그렇게 믿어야지. 안 그럼 못 살지. 원통해서 어떻게 살아. 석경은 작게 한숨을 내쉬며 소주를 들이켰다. 그러곤 넌지시 물었다.

"그렇게 용서까지 했으면 잘 살아야지. 손목은 왜 그런 거야?"

"엄마가 돌아가시고 몇 년 후에 그런 얘길 들었어요. 우리 엄마가 그 밤에 슈퍼에서 아이스크림을 사 오시다가 사고를 당한 거라고."

"……."

"남은 용서했는데 나 자신은 진짜 용서를 못 하겠더라고요."

그 애는 상처에 무뎌진 건지 억지로 참는 건지 덤덤하게 제 과거를 털어놓았다. 그런 새봄을 안쓰럽게 쳐다보던 석경이 어떻게 위로를 하면 좋을지 망설이고 있었는데.

"근데 결국 실패했어요. 죽는 거 되게 어렵던데요. 병원비만 왕창 깨졌어요."

"웃음이 나와?"

"그럼요. 다 지난 일이니까요. 아, 그때 며칠 병원에 입원해 있었는데 환자들이 드라마를 보고 있더라구요. '마이 마더'였어요."

새봄은 그날 그 병실에서 TV를 보며 엄마가 떠올라 얼마나 울었는지 모른다. 그때 다짐했다. 다시는 이처럼 어리석은 짓은 하지 않기로. 그리고 나도 언젠간 저렇게 좋은 드라마를 만드는 감독이 되겠다고.

"김수희 작가님 작품엔 따뜻하고 좋은 어른들이 많이 나오잖아요. 저는요, 좋은 어른들을 작가님 드라마를 통해서만 만났었는데……."

새봄이 말끝을 흐렸다. 뭔가 망설이던 그녀가 발그레해진 얼굴로 다시 말을 이었다.

"처음이에요."

"뭐가?"

"좋은 어른을 이렇게 현실에서 만난 거. 오빠를 만난 후부턴 제 주변에 좋은 사람들만 생겨나는 것 같아요. 신기하죠?"

그 애는 불행했던 과거 따위 전혀 중요하지 않다는 듯 특유의 구김 없는 미소를 보였다.

* * *

"하아……."

계산을 하고 나온 석경은 음식점 앞 놀이터 그네에 앉은 새봄의 새빨간 얼굴을 보곤 한숨을 크게 내쉬었다.

그렇게 천천히 먹으라고 당부했건만 탕수육이 맛있다며 소주를 한 잔 두 잔 연거푸 마시다가 결국 저 모양이 됐다. 실실 웃음을 멈추지 못하는 걸 보니 저건 분명 만취다.

"너 취했지?"

"안 취했다니까요. 저 아까 오빠가 한 말 다 기억해요. 모르는 거 있음 보호자한테 다 다다다 다아 물어보라고."

"다 물어보라곤 안 했거든?"

"암튼 물어보라고 했잖아요. 그게 어디야. 나 되게 든든해요. 이렇게 술 많이 마셔도 집에 데려다주는 사람도 있구. 근데 우리 걸어가요? 오빠도 술 드셨잖아요."

"대리 불렀어. 기사님 올 동안 정신 차려라. 안 그럼 놓고 갈 거야."

"안 놓고 갈 거면서."

새봄이 히죽 웃으며 발을 굴러 그네를 움직였다. 석경은 새봄이 신나게 그네를 타는 모습을 보며 주머니에서 담배를 꺼냈다. 그러곤 흡연 구역을 찾고 있었는데.

"담배 피우시려구요?"

"어. 왜?"

석경의 손가락 사이에 끼워진 담배 한 개비를 보는 새봄의 눈빛에 호기심이 일었다.

"그거 한 번만 만져 보면 안 돼요?"

새봄이 부탁했다. 석경은 대수롭지 않다는 듯 담배를 건넸다. 담배를 받아 든 새봄이 그것을 유심히 보다가 입술로 가져가려 던 그때. 석경이 담배를 도로 확 뺏어 가 버렸다.

"왜요? 왜 줬다 뺏어요?"

"넌 내가 딱 봤을 때 뭐 하나 중독되면 큰일 날 놈이야. 아예 시작도 하지 마."

"치이."

새봄이 입을 삐죽 내밀었다. 그러곤 괜히 담배를 집었던 손가락을 쳐다봤다. 담배 향이 솔솔 올라와 코끝에 스며들자 가슴이 콩닥거렸다. 평소 담배 연기라면 질색을 하곤 했는데, 그와 같이 살면서는 이 냄새가 이상하게 나쁘지 않았다. 오히려 좋을 때도 있었다. 새봄은 신기했다.

어떻게 하루아침에 싫었던 게 좋아질 수 있을까?

"사탕이나 먹어."

담배에 대한 감상을 깨뜨린 건 석경의 목소리였다. 그는 사장 님께 강제로 받은 사탕 하나를 새봄의 손바닥에 던지듯이 올려 놓았다. 살짝 스치듯 닿은 석경의 손가락 때문에 새봄은 움찔 놀 랐다. 하지만 그게 들키면 괜히 분위기만 더 어색해질까 봐 애써 태연한 척 사탕 껍질을 까서 입에 쏙 넣었다.

"마시써요."

우물우물. 입이 작아 사탕 하나에 볼이 빵빵해진 새봄을 쳐다 보던 석경은 억지로 시선을 떼고 담배를 입에 물었다. 그런데 어쩐 일인지 담배에서 체리 향이 났다. 향기의 근원지는 새봄이 먹고 있는 사탕이었다. 미지근한 바람을 타고 달콤한 향기가 불어왔다. 석경은 저도 모르게 새봄을 보다가, 새봄이 올려다보고 있는 하늘을 응시했다.

뜨거웠던 여름을 지나 가을의 문턱에서 바라보는 하늘. 하늘은 주황빛으로 예쁘게 익어 가고 있었다.

석경은 문득 그런 생각이 들었다. 이렇게 여유롭게 하늘을 올려다보는 게 참 오래간만이라고.

사실 그동안 시간이 어떻게 가는지도, 계절이 바뀌는지도 모른 채 살았다. 아까 새봄에겐 어른인 척 훈계를 하느라 세상에서 남 탓이 가장 쉽다고 말했지만, 사실 그게 쉽지 않은 일이라는 걸 석경은 잘 알고 있었다. 석경 역시 아주 오랜 시간 자신을 탓하고 미워하며 살았으니까. 일을 핑계 삼아 제 몸을 혹사하고, 남에게 미움을 사는 것을 즐기면서 말이다.

그런데 요즘 들어 꽤 사람같이 살고 있다. 끼니때마다 밥도 먹고, 이렇게 하늘도 보고, 누구 때문에 좋은 어른 흉내도 내면서.

"촬영 들어가면 바빠지겠죠?"

갑자기 새봄이 저를 쳐다보자 석경은 당황한 얼굴을 숨기느라 서둘러 담배를 끄고 대답했다.

"당연하지."

"기대된다…… 촬영."

마치 소풍 전날 들뜬 아이처럼 그 애가 미소를 지었다. 따뜻한 석양이 그 애의 눈동자와 얼굴을 물들였다. 이상하게 제 마음도 따뜻해진다. 이유는 모르겠다. 오래간만에 하늘을 봐서 그런가?

"오늘 하늘 되게 예쁘다. 그죠?"

"그래. 그러네. 많이 봐 둬. 촬영 시작하면 이럴 시간 없을 거야."

"그건 그거대로 또 좋을 것 같아요. 바쁘게 사는 거. 그건 익숙해요. 사실 전 그동안 계절을 잊고 살았거든요. 더운지 추운지도 몰랐어요."

석경의 심장이 쿵, 하고 내려앉았다. 이 애가 자꾸만 거슬리고 신경 쓰이는 이유를 알아 버린 거다. 석경이 천천히 시선을 옮겨 새봄을 바라봤다.

"그동안은 계절을 느낄 여유가 없었는데 요즘은 여름이 지나가고 있는 게 느껴져요. 날씨가 좋은 것도 느껴지구요. 오빠 새벽마다 운동하러 나가잖아요. 그때 전 창문에서 해가 뜨는 걸 보거든요. 근데 그게 그렇게 좋더라구요. 하루를 또 잘 시작해 보자. 그런 다짐을 하게 되고, 오빠 달리는 거 보면 나도 열심히 살아야겠다, 그런 생각도 들고. 그니까 제가 하고 싶은 말은⋯⋯."

"⋯⋯."

"고맙다구요."

쑥스러운지 괜히 시선을 피해 하늘을 올려다보며 새봄은 말을 이었다.

"오빠 덕분에 앞으론 좋은 일만 있을 것 같아요. 아까까진 평범한 게 목표였는데 방금 수정했어요. 저 꼭 성공할 거예요. 아주 유명하고 훌륭한 감독이 돼서 오빠한테 보답할 거예요."

새봄의 두 눈이 반짝반짝 빛났다.

높고 화려한 미래를 꿈꾸는 그 애의 빛나는 눈동자를 본 순간 석경의 표정이 굳어졌다.

이 애는 그녀의 어린 시절과 닮아 있었다.

쾅.

석경이 충격에 휩싸여 있던 그때. 그때였다. 새봄이 갑자기 놀란 얼굴로 그네에서 서둘러 내려오다가 바닥에 넘어진 것이다. 그 애는 다친 무릎을 박박 문지르며 아파하면서도 후다닥 달려 건물 뒤로 도망갔다.

왜 저래? 석경이 의아해하고 있었는데.

"대리 부르셨죠?"

뒤에서 들려온 목소리에 석경이 고개를 돌렸다. 제게로 성큼성큼 걸어오는 해수를 보고 난 후에야 새봄이 왜 도망갔는지 알 수 있었다.

"어? 대표님, 안녕하세요."

해수가 놀란 눈으로 고개를 꾸벅 숙여 인사했다. 그러곤 아까 석경과 같이 있다가 갑자기 저를 보고 도망간 여자의 행방을 찾아 두리번거렸다.

"차 저쪽에 있어요. 갑시다."

하지만 석경이 해수의 시야를 완전히 가로막은 것도 모자라 주차장 쪽으로 끌고 가는 바람에 여자의 정체는 확인할 수 없었다.

* * *

해수는 운전을 하면서도 아까 음식점 앞에서 봤던 여자의 뒷모습이 자꾸만 눈앞에 어른거렸다. 키와 체격 그리고 차림새와 머리 길이까지 새봄과 딱 일치했기 때문이다.

룸 미러로 석경을 흘끔 보던 해수는 말을 건네려다가도 그의 굳어진 표정에 쉽게 입을 열 수 없었다.

그렇게 차는 어느새 목적지에 도착했다. 해수가 의아한 눈빛으로 창밖을 내다봤다. 목적지는 다름 아닌 김수희 작가의 집필실이 있는 오피스텔 앞이었다. 해수는 이곳에서 김수희 작가와 몇 번 미팅을 한 경험이 있었다.

"대표님 여기 사세요? 여긴 작가님…….."

"받아요."

석경이 해수의 말을 자르고 불쑥 돈부터 내밀었다. 대리비라고 하기엔 많은 금액의 돈이었다. 수표 뭉텅이를 가만히 보던 해수가 곧장 거절했다.

"아닙니다. 돈은 괜찮습니다. 그럼 조심히 들어가십시오."

해수가 서둘러 차에서 내렸다. 그리고 오피스텔 정문을 빠져나가려는데 누군가 어깨를 잡았다. 석경이었다.

석경은 더 이상 귀찮게 하지 말라는 듯한 표정으로 해수의 주머니에 돈을 구겨 넣었다. 그게 자존심이 상했던 해수의 표정이 미묘하게 굳어졌다. 그걸 의도했는지 석경은 해수를 빤히 쳐다보며 말했다.

"정해수 씨가 그냥 가면 내가 뭐가 됩니까. 제작사 대표가 지위를 이용해서 신인 배우 대리 운전시킨 꼴이 되잖아."

"모르고 부르셨잖아요. 물론 알고 부르셨어도 달려왔겠지만."

해수가 당돌하게 대꾸했다. 석경은 재밌다는 듯 피식 웃으며 포커페이스를 유지했다.

"정해수 씨, 이럴 시간에 연기 연습이나 하지. 얼굴 믿고 까부는 거야?"

"먹고는 살아야 하잖아요. 캐스팅 확정되고도 언제 잘릴지 모르는 게 이 직업의 숙명이고, 그렇다고 직업을 갖기엔 촬영 스케줄 소화할 수도 없고. 지금 제 상황에서 할 수 있는 일이 이것밖에 없어서요."

"내가 정해수 씨를 왜 싫어하는지 물어봤었지?"

"……."

"난 반칙이 나쁘다고 생각하진 않아. 성과가 좋다면. 근데 상대를 봐 가면서 반칙을 해야지. 감히 내 사람을 건드려?"

석경의 눈빛이 확 돌변했다. 해수는 마른침을 삼키며 두 눈을 내리깔았다. 그러자 석경이 해수의 턱을 손가락으로 들어 올렸다.

"무슨 말인지 못 알아들은 척하지 말라고 이 새끼야."

석경의 말투가 점점 더 거칠어졌지만, 해수는 아무런 대꾸도 할 수 없었다. 여기서 한마디라도 더 했다간 당장 주먹이 날아올 것 같은 분위기였기 때문이다. 실제로 그런 소문이 돌기도 했었다. 촬영 중에 시비가 붙은 조폭들을 우 대표가 맨주먹으로 제압했다는 그런 황당한 루머 말이다.

근데 지금 보니 그게 루머가 아니었을 수도 있다는 생각이 해수의 머릿속을 스쳤다.

"너 같은 새끼가 어떻게 박 피디한테 접근해서 오디션 대본을 유출했는지는 모르겠고. 관심 없고. 그렇게까지 해서 따낸 배역이면 죽어라 노력을 해야지. 박 피디는 10년 고생해서 겨우 가진 직업을 잃었는데 말이야."

"그건 오해가 있으……."

"닥쳐."

"……."

"오해고 나발이고 꺼져. 박 피디 생각하면 또 열받으니까."

석경의 표정이 살벌했다. 뭔가 할 말이 많은 듯 보이던 해수가 아랫입술을 꽉 깨물고 꾹 참았다. 그러곤 석경을 향해 고개까지 숙여 인사를 하고 정문을 빠져나갔다.

해수가 떠나자마자 석경은 담배를 꺼내 불을 붙였다. 한 모금 깊게 빨아 마신 후 연기 내뱉으며 "나와."라고 말했다.

그러자 아무도 없는 줄 알았던 주차장 끝에서 머리통 하나가 쑤욱 올라왔다. 남기였다.

"나 있는 거 언제부터 알았어?"

남기가 머쓱한 표정으로 이마를 긁적이며 다가왔다.

"하여튼 대단해. 인마, 나 아까 조마조마했다. 너 또 사람 팰까 봐."

"너 또 말리다 다칠까 봐 참은 거야."

"그르냐? 아주 고맙네, 고마워. 근데 이게 대체 뭔 소리야? 그럼 저번에 박 피디 잘린 게 정해수 때문이었어?"

"다 들어 놓고 뭘 물어."

"그러지 말고 자세히 좀 말해 봐. 그러니까 정해수가 니네 회사 제작 피디한테 일부러 접근해서 오디션 대본, 그러니까 그 즉흥 연기 대본을 빼돌렸다는 거지?"

"어. 박 피디한테 직접 확인한 거야."

"아…… 그래서 그땐 연기를 그렇게 잘했던 거구나? 수희가 그거 보고 꽂힌 거잖아. 야, 근데 넌 그걸 우리한테 진작 얘길 했어야지."

"나도 리딩 전날 알았어."

"이럴 게 아니라 들어가서 수희한테도 얘기하자."

오피스텔 안으로 들어가려는 남기를 석경이 잡았다.

"오늘은 그냥 둬. 며칠 밤샌 것 같던데. 어차피 교체로 가닥 잡힐 것 같고, 괜히 예민한 사람 신경 거슬리게 하지 마."

"하긴 수희 걔 집필할 땐 유리 멘탈이잖아. 아까도 정해수를 교체하니 마니 애가 아주 다 죽어 가. 그래서 내가 그랬지. 그럴 땐 그냥 우석경 말을 들으면 된다고. 어차피 이거 망하면 우석경 돈만 날리는 거니까 지가 알아서 하겠지. 라고. 나 잘했지? 작가 케어 끝장나지?"

농담인 듯 진담인 남기의 말에 석경이 그를 노려봤다.

"너 정해수 대신 나한테 맞고 싶은 거냐?"

"킁킁. 근데 너 술 마셨어? 아까 보니까 정해수가 대리해 주더만. 누구랑 마셨어?"

남기가 자연스럽게 말을 돌렸다. 그러곤 의심의 눈초리로 석경을 쳐다봤다.

"너 혹시……."

"아니야."

"뭐가 아닌데?"

"여자 아니라고."

"그럼 누구랑 마셨는데?"

"동생 친구."

석경의 대답에 남기는 너무 어이가 없었다.

"네가 동생이 어딨어. 너 외동이잖아."

"……."

"너 설마 취한 거야? 그러니까 동생 친구니 무슨 말도 안 되는 소릴 하고 있지. 너 취했지? 이거 몇 개?"

테스트랍시고 남기가 가운데 손가락을 세웠다.

"죽을래?"

"몇 개냐니까."

석경이 남기의 손가락을 접으며 주먹으로 만들어 버렸다. 그러곤 협박조로 말했다.

"그거 어디 가서 얘기하지 마라. 특히 스태프들한테."

"뭘?"

"나 외동인 거."

"왜?"

도저히 이해할 수 없다는 표정으로 남기가 되묻자 석경은 아까 중국집에서 새봄이 했던 말을 떠올렸다.

'집에 오빠랑 같이 있으면 마음이 편해요. 잠도 잘 오고.'

그 애가 나를 그렇게 편하게 생각할 수 있었던 건, 내가 친구 오빠였기 때문이겠지? 그런 생각이 들자 석경은 착잡했다.

"너 진짜 수상하다? 요즘 무슨 일 있지?"

남기가 턱을 매만지며 심각한 얼굴로 석경을 응시했다.

"자, 형님한테 털어놔 봐. 무슨 일인데?"

"요즘 신경 쓰이는 애가 있어."

"여자?"

"내가 방금 '애'라고 했잖아."

"그니까 여자'애'냐고."

"나 간다."

석경이 말을 하다 말고 그냥 가려고 하자 남기가 애가 타는 얼굴로 앞을 막아섰다.

"알았어. 알았어. 그냥 닥치고 듣기만 할게. 그 애가 누구냐고 묻지도 않을게. 그러니까 얘기 좀 해 봐. 엉?"

"나한테 뭐가 듣고 싶은데?"

"듣고 싶은 건 많지만 일단 우석경이 왜 그 애가 신경 쓰이는지 궁금하네."

"수연이랑 닮았어. 외모가 아니라……."

"오, 소름."

"왜?"

남기가 귀신이라도 본 것처럼 팔에 돋은 닭살을 털어 냈다.

"아까 밥 먹으면서 수희랑도 그런 얘기 했거든. 걔 수연이랑 닮았다고. 외모가 아니라 걔가 가끔 막 눈빛이 초롱초롱해가지고 열정적으로 덤빌 때가 있거든? 특히 드라마 얘기할 때. 그럴 때 수연이랑 굉장히 닮았더라고. 풍기는 아우라 그런 거 있잖아."

"걔가 누군데?"

"아마 네가 신경 쓰인다는 그 애일걸?"

"아이씨."

"인마. 누굴 속여. 난 이미 네가 새봄이 이력서 달라고 할 때부터 수상했어. 대본 초고는 왜 보여 줘서 리딩 때 그 난리를 치고 말이야. 나 진짜 그때 식겁했다. 근데 새봄이가 왜 네 동생 친구야?"

"그럴 일이 있어. 그냥 모른 척해."

"수연이랑 관련 있지?"

"최남기, 드라마 좀 찍더니 상상력이 풍부해졌네?"

"당연하지. 그럼 상상력을 더 넓혀 볼까나? 너 걔랑 같이 살지? 집들이 안 하는 이유 그거지?"

"수희도 알아?"

"같이 추리한 거야. 우리 다 맞췄지? 아무리 우석경이라도 십년지기는 못 속이지. 으하하하."

손가락으로 브이자를 그리는 남기를 석경이 어이없게 쳐다봤다. 이제 와 아니라고 발뺌도 못 하고, 젠장. 애초부터 그 애 얘기를 꺼내는 게 아니었는데.

"근데 새봄이가 수연이랑 무슨 관련이 있는데? 설마…… 수연이 뭐 배다른 동생 그런 거야?"

"너무 나갔다. 그런 거 아니야. 비켜. 진짜 간다."

석경이 남기의 어깨를 꽉 쥐었다 놓아 주며 적당히 하라고 속삭이곤 정문으로 향했다.

"차는?"

"내일 가지러 올 거야."

그렇게 정문을 벗어나는 석경의 뒷모습을 보던 남기의 표정이 돌연 심각해졌다.

"수연이 닮은 새봄이가 신경 쓰인다는 건…… 수연이를 아직 못 잊은 거겠지? 아니면…… 새로운 사랑?"

* * *

택시를 타고 집으로 돌아온 석경은 자꾸만 남기가 했던 말이 머릿속을 맴돌았다.

'근데 새봄이가 수연이랑 무슨 관련이 있는데? 설마…… 수연이 뭐 배다른 동생 그런 거야?'

엘리베이터에 올라타면서도 그 물음이 머릿속을 떠나지 않았다. 왜냐면 그 문제에 대한 답을 자신 또한 알지 못하기 때문이다.

엘리베이터에서 내린 석경은 현관문을 열고 거실에 들어섰다가 멈칫했다.

"쟨 왜 저기서 저러고 자?"

소파 밑에서 쪼그리고 앉아 잠이 든 새봄을 발견한 것이다. 석경은 괜히 더 무심하게 새봄에겐 눈길도 주지 않고 방으로 들어갔다가 다시 나오고 말았다.

아오, 신경 쓰여 미치겠네!

"야, 신새……봄……."

크게 소리를 내서 깨우려다가 곤히 자는 그 애의 얼굴을 마주한 석경은 말끝을 흐렸다. 깨우기가 미안할 정도로 새봄이 아주 편안한 얼굴로 자고 있었기 때문이다.

'집에 오빠랑 같이 있으면 마음이 편해요. 잠도 잘 오고.'

"정말 잘 자네. 자기 집처럼."

석경은 혼잣말을 하며 새봄을 내려다봤다.

집 없이 떠돌며 항상 긴장 속에서 살았을 이 아이의 삶을 생각하니 괜히 마음 한구석이 아렸다. 그러다 새봄의 무릎에 난 상처를 발견했다. 아까 정해수를 보고 놀라 그네에서 내려오다가 다친 모양이다.

그 상처를 가만히 쳐다보던 석경은 방으로 들어가 진열장 맨 위에서 구급상자를 꺼내려고 손을 뻗었는데.

쿵.

하필 실수로 액자를 건드려 떨어뜨리고 말았다. 석경은 허리를 숙여 깨진 액자 속에서 사진을 건져냈다.

"……."

사진은 한 장이 아니라, 두 장이었다.

앞면은 수연의 사진이었고, 뒤에 겹쳐진 또 다른 사진 속엔 중학생 정도로 보이는 여자애가 활짝 웃고 있었다.

그 여자애 교복 명찰엔 '신새봄'이라고 새겨져 있었다.

석경은 두 장의 사진을 의미심장한 눈빛으로 응시했다.

＊ ＊ ＊

철컥. 갑자기 들려온 문소리에 새봄의 두 눈이 번쩍 뜨였다.

이게 어떻게 된 일이지? 내가 왜 거실 바닥에서 자고 있지? 아, 어젯밤 오빠 기다리다가…….

새봄이 자리에서 벌떡 일어났다. 창밖을 보니 푸르스름한 하늘이 보였다. 새벽인지 밤인지 헷갈릴 정도로 애매한 풍경이었다.

시계로 시간을 확인하니, 새벽 6시 30분.

아까 들린 문소리는 오빠가 운동을 나가는 소리였나 보다.

"으악, 어떡해!"

새봄이 기겁을 했다. 후다닥 욕실로 달려가 거울을 보니, 산발인 머리와 팅팅 부은 얼굴이 가관이었다. 울상이 절로 지어졌다.

"나 침은 안 흘렸겠지?"

괜히 손등으로 입가를 벅벅 닦으며 거실로 나온 새봄은 시무룩했다.

오빠가 볼 땐 내가 얼마나 한심할까? 스물다섯이나 먹고 친구네 집에, 아니지 친구 오빠네 집에 얹혀사는 것도 모자라서 취업까지 시켜 줬는데 첫날부터 사고나 치고. 하마터면 낙하산인 거다 들켜서 오빠 난처하게 만들 뻔하고. 이번엔 거실 바닥에서 뒹굴며 자는 꼴을 보이다니.

어제 취했나? 막판에 살짝 알딸딸하긴 했지만 기억은 다 나는데…….

'너 자신을 미워하고 괴롭히는 짓 그만하고.'

어제 무심하지만 묵직하게 건넨 그의 위로의 말이 생생했다. 새봄은 괜히 제 팔을 매만지며 방으로 들어갔다.

"어?"

새봄의 두 눈이 휘둥그레졌다. 책상 위에 놓인 물건 때문이었다. 그 물건은 반창고와 연고였다.

감동 어린 눈으로 반창고를 응시하던 새봄은 가슴이 콩닥거렸다. 어제부터 자꾸만 왜 이러는지 모르겠다. 아니, 알 것도 같다.

아무래도 내가 오빠를……

"안 돼. 좋아하면 안 돼. 이성적으로 좋아하는 거 아니야. 멋진 어른을 향한 동경, 그래, 그런 거야. 그런 거여야 해."

새봄은 두 눈을 꽉 감으며 마인드 컨트롤을 위해 노력했다. 그런데 갑자기 주머니에서 핸드폰이 울렸다. 새봄이 어깨를 움찔 떨었다. 그녀는 잠시 놀란 마음을 진정시키고 핸드폰을 꺼냈는데.

"……!"

발신인을 확인한 새봄의 맑은 눈동자가 심하게 흔들렸다.

"국제 전화……."

액정에 뜬 문구를 읊조리던 새봄은 알 수 없는 불안에 잠식당하고 말았다. 전화를 건 사람이 누군지 뻔했기 때문이다.

새봄은 선뜻 전화를 받을 용기가 나지 않았다. 왠지 이 전화를 받고 나면 나와 오빠와의 인연은 여기서 끝이 날 것만 같았다.

제발 멈춰라. 제발…….

하지만 새봄의 바람과 달리 핸드폰 진동은 끊이지 않고 계속 울렸다.

* * *

한강 산책로를 따라 조깅을 하던 석경은 복잡한 마음을 털어 내고자 더 빠른 속도로 달렸다. 하지만 숨이 턱까지 차올라도 생각이 비워지기는커녕 더 엉망으로 가득 찼다.

"하아, 하아……."

가쁜 호흡을 가다듬으며 하늘을 올려다보던 그는 가만히 두 눈을 감았다. 그리고 평생 기억 속에서 지워 버리고 싶었던 그날을 억지로 떠올렸다.

석경이 그녀를 처음 만난 건 고등학교 입학을 앞둔 어느 날이었다. 그날은 석경의 생일이었고, 에메랄드빛 바다 위 선상에선 아주 성대한 파티가 열리고 있었다. 그리고 그날 밤 그와 그녀는 아주 끔찍한 장면을 목격해야만 했다.

친족 간 살인 사건이 벌어진 것이다.

범인은 KR그룹 막내아들, 석경의 외삼촌이었다.

그가 죽인 사람은 셋. 석경의 부모님과 유람선 조종사였던 그녀의 아버지였다.

사인은…… 총상.

"……!"

순간 석경의 두 눈이 번쩍 떠졌다.

초점 잃은 눈동자가 그의 마음을 대변이라도 하듯 흔들리고 있었다. 마른침을 삼키며 진정하려 노력했지만 쉽지 않았다. 한 번 떠올린 기억은 머릿속에 각인되어 쉽게 지워지지 않았다.

선혈이 낭자한 바닥. 총알이 머리와 가슴을 관통한 채 쓰러져 죽어 가는 어머니와 아버지의 모습. 바로 어제 일처럼 생생했다.

'네 탓이 아니야. 널 미워하지 말고 차라리 남 탓을 해. 너희 부모님을 죽인 건 선상 파티를 선택한 네가 아니라 너희 외삼촌이라고.'

자신도 하나밖에 없는 아버지를 잃은 주제에 그녀는 도리어 석경을 걱정했다. 그리고 그런 상처쯤은 아무것도 아닌 사람처럼 그녀는 항상 밝고 씩씩했다.

이 세상에 자신과 같은 트라우마를 가지고 있는 존재는 석경에게 큰 위안이 되었다. 그를 일찌감치 알아차린 외조부는 그녀를 석경의 옆에서 같이 성장하도록 했다.

혹자는 외조부가 그녀를 감시하는 거라고 했다. 왜냐면 그 사건이 언론에 알려지는 순간 외조부가 지금껏 힘겹게 이룬 것들이 한순간에 무너지기 때문이었다. 그룹을 위해서 석경의 부모는 불의의 사고로 인한 죽음이어야만 했다. 그녀의 아버지도.

그런데 어느 날…… 그녀가 사라졌다.

그 많던 토슈즈 한 켤레 남아 있지 않던 텅 빈 집. 그곳엔 그녀가 애지중지 키우던 포메라니안 한 마리만 남겨져 있었고, 그렇게 10년이 지난 지금까지도 석경은 그녀의 생사조차 알 수 없었다.

그녀는 왜 나를 떠난 걸까? 내가 뭘 잘못한 걸까? 그렇게 매일 밤 자책하며 술에 취해 하루하루 의미 없이 보내던 어느 날. 그녀의 반려견이 어디서 났는지 액자를 하나 물어다 줬다.

그 액자는 석경이 현재 가지고 있는 유일한 그녀의 물건이었다.

액자 속엔 두 장의 사진이 있었고, 당시 수연의 실종으로 충격을 심하게 받았던 그는 다른 한 장의 사진엔 별 의미를 두지 않았었다.

그런데 10년 후, 사진 속 그 애를 현실에서 만난 것이다.

"신새봄……."

석경이 그 애의 이름을 읊조리며 생각에 잠겼다.

대체 수연이가 새봄이 사진을 왜 가지고 있었던 걸까?

석경은 마른세수를 하며 복잡한 마음을 애써 달랬다.

그런데 그때. 핸드폰이 울렸다. 지금은 이른 새벽이었다.

이 시간에 대체 누가 전화를?

석경은 의아한 표정으로 이어폰을 귀에 꽂았다.

"여보세요."

—…….

역시 장난 전화인가? 상대방은 아무런 말이 없었다.

"끊습니다."

한마디하고 전화를 끊으려던 석경은 멈칫했다. 그러곤 서둘러 주머니에서 핸드폰을 꺼내 액정을 확인했다.

'국제 전화입니다'라는 문구와 함께 해외 번호가 찍혀 있었다.

설마…….

석경이 마른침을 삼키며 스피커 너머의 소리에 귀를 기울였다. 숨소리에서 아주 미세한 떨림이 느껴진다.

그는 본능적으로 전화를 건 상대가 누군지 알아차리고 말았다.

"……이수연?"

그녀의 이름을 불러보는 건 10년 만이었다.

* * *

"왜 안 오지?"

식탁에 앉아 아침 운동을 나간 석경을 기다리던 새봄은 현관만 뚫어져라 쳐다봤다. 이렇게 기다린 지 벌써 한 시간째다. 평소 같았으면 들어와서 씻고 아침을 다 먹고도 남았을 시간이었다.

설마 운동하다가 사고라도 난 거 아니야? 걱정되는 마음에 새봄이 자리에서 벌떡 일어났는데.

삑삑삑삑.

마침 도어 록 풀리는 소리와 함께 석경이 모습을 드러냈다. 새봄이 안도의 한숨을 내쉬며 그를 바라봤다. 그런데 그가 이상했다.

그는 정신이 반쯤 나간 얼굴로 새봄을 그냥 지나쳐 가더니 냉장고에서 생수를 꺼내 벌컥벌컥 숨도 안 쉬고 기계처럼 마시고 있었다.

"저기……."

새봄이 조심스레 말을 건넸다. 평소 같았으면 '또 뭐야.' 하며 눈을 흘겼을 그였지만, 지금은 아예 새봄의 목소리가 들리지도 않는 모양이다.

'왜 저러지?' 새봄은 걱정스레 그를 쳐다봤다.

"오빠!"

"……왜. 또 뭐야."

버퍼링 걸린 로봇처럼 그가 뒤늦게 반응했다. 그를 이상하게 여기던 새봄이 서둘러 식탁을 가리켰다.

"아침 같이 먹자구요."

"난 생각 없어. 너 혼자 먹어."

"잠깐만요!"

방으로 들어가려는 석경을 새봄이 붙잡았다. 해야 할 말이 있었기 때문이다. 하지만 도저히 입이 떨어지지 않았다.

아니야. 그래도 얘기해야 돼. 새봄의 눈빛이 다부지게 변했다.

"예지한테 전화 왔었어요!"

"뭐?"

석경은 이제야 정신이 확 돌아왔다. 그는 놀랄 수밖에 없었다. 새봄이 예지와 통화했다면 자신의 정체가 발각되는 건 시간문제였다. 그 전에 제 입으로 먼저 말해야 했다.

"신새봄. 나 너한테 할 말이……."

"제가 먼저 할게요."

"어? 어. 그래. 해."

"저 예지 전화 일부러 안 받았어요."

"안 받았다고? 왜?"

"여기 하루라도 더 있고 싶어서요. 알아요. 그러면 안 되는 거. 내가 지금 있는 자리 사실 예지 자리잖아요. 예지 오면 난 나가야 하는 것도 알고. 다 아는데…… 나도 내가 왜 이러는지 모르겠어요."

새봄이 혼란스러운 표정으로 고개를 흔들다가 석경의 굳은 얼굴을 보곤 조심스레 말을 돌렸다.

"근데 오빠는 할 말이 뭐예요?"

매사 거침이 없던 석경답지 않게 고민하는 모습이 역력했다.

그러다 그가 뒤늦게 대답했다.

"이 집에 하루라도 더 있고 싶은 너한텐 절대 할 수 없는 말."

"네?"

"신새봄."

석경이 나지막한 목소리로 말했다.

"나중에 혹시라도 예지랑 통화하게 되면 지금 내가 한 말 꼭 떠올렸으면 좋겠어."

"무슨 말이요?"

"난 너 예지 때문에 이 집에 들인 거 아니야."

"그럼 저를 왜…… 사실 전부터 계속 궁금했어요. 오빠 저한테 왜 이렇게 잘해 주시는 거예요?"

질문과 동시에 새봄은 내심 바라는 대답이 있었다.

내가 오빠를 좋아하는 것처럼 혹시 오빠도 나를?

새봄은 괜히 긴장되는 마음에 경직된 얼굴로 눈동자만 이리저리 굴리고 있었는데.

"닮았어……."

뜻밖의 대답이 들려왔다. 새봄이 두 눈을 느리게 끔뻑이며 생각에 잠겼다. 닮았다고? 내가? 누구랑?

"솔이는 잘 있으려나……."

그가 혼잣말하며 누군가를 떠올리는 모습을 목격한 순간, 새봄은 알 수 없는 기분에 사로잡히고 말았다.

"소, 솔이 씨가 누군데요? 여자예요?"

"여자? 뭐 비슷하지. 근데 너 지금 나한테 따지냐?"

"따지는 게 아니라…… 오빠 혹시 여자 친구 있으세요?"

배신감에 깃든 얼굴로 새봄이 물었다. 그러자 석경이 미간을 확 구겼다.

"야, 내가 여자 친구 있었으면 너랑 한집에서 안 살았지. 안 그래?"

"아하. 없으시구나."

새봄은 저도 모르게 히죽 웃고 말았다.

"왜 이래. 갑자기 왜 웃어? 너 뭐 좋은 일 있냐?"

"아뇨. 그런 거 없는데요. 근데 오빠 왜 대답 안 해요?"

"무슨 대답."

"솔이 씨가 누구냐구요."

집요한 새봄의 물음에 석경은 왜 저러냐는 듯 쳐다보며 답을 투척했다.

"내 은인."

"……."

"그 녀석이 한 번, 내가 한 번, 우린 서로 목숨을 빚진 사이야. 됐냐?"

"엄청 깊은 사이네요……. 그분 되게 많이 좋아하시나 봐요? 그분 얘기하는데 눈빛이 평소랑 다르네."

"좋아하지."

새봄의 심장이 쿵, 하고 내려앉았다.

오빠한테 좋아하는 여자가 있었다니. 역시 그 여자겠지? 액자 속 사진. 내가 이럴 줄 알았어. 그날 대충 눈치는 챘었지만 이렇게 직접 들으니 꽤 충격이 컸다.

"근데 제 어디가 그분을 그렇게 닮았는데요?"

자꾸만 목소리 톤이 조절이 안 되고, 말투가 삐딱해진다. 새봄은 대체 자신이 왜 이러는지 영문도 모른 채 주둥이만 꼬집어 댔다.

그런데 이런 이상한 질문에 절대 대답하지 않을 것 같던 그가 새봄을 빤히 쳐다보며 입을 열었다.

"사람한테 또 버려질까 봐 안절부절못하는 몸짓, 웃지만 슬픈 눈동자."

"……."

"그게 참 많이 닮았어. 안쓰럽게."

석경은 말을 하면서 자기 합리화를 했다.

그저 그 이유 때문이라고. 다른 이유는 없다고.

내가 이 애를 좋아할 리 없다고.

* * *

설거지하다가 딴생각에 빠진 새봄은 갑자기 고무장갑을 벗어 던지고 청각을 곤두세웠다.

솔이와 닮았네, 뭐 어쨌네 저쨌네 하며 그가 방으로 들어간 지 10분이 지났다.

운동을 마치고 돌아왔으니 당연히 샤워부터 하겠지? 그가 씻는 시간은 평균 30분이었다. 그 말은 샤워를 끝내고 나오려면 아직 멀었다는 거였다.

후다다다닥. 새봄이 빠른 걸음으로 달려가 석경의 방 앞에 섰다.

"으, 안 돼. 이러지 말자. 이건 미친 짓이야."

새봄이 제 머리를 세게 쥐어박았다. 하지만 문고리를 잡은 손은 뗄 수가 없었다.

'절대 들킬 일 없어. 살짝만 보고 나오면 돼.'

자꾸만 악마의 속삭임이 귓가에 울렸다.

'너도 궁금하잖아. 솔이 씨가 너랑 얼마나 많이 닮았는지.'

결국, 악마의 꾐에 넘어간 새봄은 슬그머니 문을 열었다. 그리고 문 틈새로 서랍장 위 액자를 향해 정확히 시선을 꽂았……꽂으려고 했으나. 없다. 액자가 없어졌다.

새봄의 두 눈이 휘둥그레졌다.

그런데 그때. 철컥.

"……!"

갑자기 욕실 문이 열린 것이다. 새봄은 너무 놀라 주방으로 잽싸게 도망쳤다. 당황한 나머지 고무장갑도 거꾸로 끼고 그릇도 우당탕탕 떨어뜨리고 아주 요란하게 설거지를 하고 있었는데.

"너 혹시 내 방에 들어왔었냐?"

어느새 거실로 나온 석경이 수건으로 머리를 말리며 새봄을 의심스럽게 쳐다봤다. 거짓말에 약한 새봄은 이마에 땀을 삐질삐질 흘리며 어색한 말투로 대답했다.

"제가 오빠 방엘 왜 들어가요. 미치지 않고서야. 하하."

"그래? 아니야? 근데 왜 문이 열려 있지?"

"오빠가 안 닫고 들어간 거 아니에요? 아, 맞다. 어제 정해수 씨랑은 어떻게 됐어요?"

새봄이 서둘러 말을 돌렸다. 다행히 그와 대화를 해야만 하는 주제가 있었다.

"안 그래도 아까 물어보려고 했는데. 어제 해수 씨가 저 못 봤겠죠? 저 엄청 빨리 숨었잖아요."

"숨긴 왜 숨어? 왜 쓸데없이 도망가다 다치고 난리냐고."

정해수, 그 이름 석 자에 샤워하고 나와 상쾌했던 기분이 똥물 튄 것처럼 찝찝해졌다. 석경은 불만 가득한 표정으로 새봄의 무릎에 난 상처를 흘끔 보다가 구시렁거렸다.

"약은 왜 안 발랐어? 기껏 챙겨 줬더니."

"이따 씻고 바를 거예요. 근데 쓸데없다뇨. 오빠가 밖에선 절대 아는 척하지 말라면서요. 사람들한테 들키면 안 된다고. 이 바닥 말 무지 많다고. 그럼 더더욱 해수 씨한텐 들키면 안 되는 거 아니에요? 우리 드라마 주인공이잖아요."

"걔 교체할 거야."

"네? 왜요?"

"넌 알 거 없어. 근데 너 오늘따라 말 되게 많다? 술 아직도 안 깼나?"

"저 어제 하나도 안 취했거든요?"

"안 취한 녀석이 거실 바닥에서 침 질질 흘리면서 자?"

"치, 침이요?"

당황해서 말까지 더듬던 새봄의 얼굴이 새빨개졌다.

좀 더 놀려 볼까 하던 석경은 이러다 애 울리겠다 싶어서 남몰래 웃음을 참으며 주방을 벗어났다. 그러곤 방으로 들어가 거울 앞을 지나다가 멈칫했다. 웃고 있는 자신을 발견한 것이다.

"미쳤네."

이 와중에 웃어? 아무리 생각해도 이건 말이 안 된다. 오늘 새벽엔 그녀로 추정되는 인물에게서 전화까지 왔다. 그런데도 이토록 태평하다니.

지금껏 그녀를 기다리고 있는 줄 알았는데…….

그게 아니라 잊어 가는 중이었나 보다. 그리고 이젠 다 잊은 걸까?

그녀가 사라지고 처음으로 그런 의구심이 들었다. 하지만 쉽게 답이 나오지 않자 석경은 무척 혼란스러웠다.

* * *

"지금 출근하세요?"

새봄의 물음에 석경이 고개를 끄덕이곤 구두를 신었다. 그리고 평소처럼 인사도 없이 그냥 휙 나가 버리는가 싶더니 웬일인지 그가 다시 들어왔다. 새봄이 고개를 갸웃했다.

"뭐 빠트리셨어요? 핸드폰? 제가 가져올까요?"

"너 지금 할 일 없지?"

"아뇨. 저도 이제 준비하고 PC방 가야 되는데요. 어제 못 갔잖아요."

"따라와. 빨리."

석경의 재촉에 새봄은 저도 모르게 마음이 바빠졌다. 서둘러 그를 따라 지하 주차장까지 내려간 새봄은 어리둥절했다.

"뭐 해? 얼른 받아."

석경이 차에서 꺼낸 박스 하나를 불쑥 내밀었다.

"이게 뭐예요? 어? 이거 노트북……."

"그런 눈으로 보지 마. 그냥 회사에 있던 거 가져온 거야."

"회사는 언제 갔다 오신 거예요? 설마 저한테 이거 주려고 새벽에……."

"아니거든."

"맞으면서. 그래서 평소보다 늦게 들어온 거잖아요. 맞죠?"

새봄이 조목조목 따져 물었고, 석경은 단칼에 말을 받아쳤다.

"아니라고. 정해수 때문에 어제 상암에 차 놓고 와서 차 가지러 갔다가 오는 길에 회사에 일 있어서 잠깐 들른 거야. 근데 마침 노트북 하나가 굴러다니길래 가져온 거고."

"아…… 그렇구나."

저렇게 목에 핏대까지 세우면서 아니라고 하는 이유는 뭘까? 새봄은 내심 서운했다.

"어쨌든 감사합니다. 잘 쓸게요. 오빠 덕분에 PC방 안 가도 되겠네요."

"근데 나 궁금해서 그러는데, 네가 지금 할 일이 뭐가 있어?"

"자료 조사요."

"자료 조사 뭐, 어떤 거?"

"석양이 예쁜 바다를 찾아오래요."

"21씬?"

"네! 네네! 와. 그걸 어떻게 딱 아세요? 오빠도 대본 다 외웠어요?"

석경을 바라보는 새봄의 눈빛에 존경심이 가득 차 있었다. 그 눈빛이 부담스럽기도 하고 석경은 괜히 멋쩍어서 목을 긁적이다가 어제 남기와 수희가 21씬 장소를 바다에서 산으로 변경하자고 대화를 나누던 게 떠올랐다.

"오빠, 무슨 생각을 그렇게 하세요? 출근 안 하세요?"

"해야지. 간다."

여기까지만 하자. 나머진 본인이 알아서 하겠지. 여기서 더 나서면 진짜 제정신 아닌 거야.

일부러 차에 서둘러 올라탄 석경은 안전벨트를 매며 룸 미러를 흘끔 쳐다봤다. 새봄이 아직도 안 가고 서 있었다. 노트북을 애지중지 품에 꽉 안은 채.

"아오, 신경 쓰여."

이번엔 아예 고개를 돌려 뒤를 쳐다봤다. 쟨 대체 왜 저러고 서 있어? 아무래도 내가 주차장을 완전히 나갈 때까지 저러고 있을 모양이다.

저거 아무것도 모르고 쓸데없이 바다 찾는다고 시간만 버리고 앉아 있는 거 아니야? 그럼 누가 손해겠어? 월급 주는 내가 손해지. 난 지금 일을 하는 거야. 일.

결국, 벨트를 풀고 차에서 내린 석경은 새봄에게로 성큼성큼 다가갔다.

"너 바다만 서치했지?"

"아뇨."

"아니야?"

예상치 못한 대답에 석경이 놀란 눈으로 되묻자 새봄이 환하게 웃으며 대답했다.

"오빠가 저번에 소란 피디님한테 그랬잖아요. 우리 일은 변수가 많으니까 몇 수 먼저 내다봐야 한다고."

"내가 그랬어? 근데?"

"그래서 그 씬을 좀 더 연구해 봤어요. 제 생각엔 은후 캐릭터가 서핑보다는 좀 더 위험한 거. 예를 들면 산에서 타는 오토바이 같은 거 있잖아요. 그 스포츠 명칭을 정확히는 잘 모르겠지만 아무튼 그런 거 하면 멋있을 것 같더라구요. 그림도 더 역동적으로 나올 것 같고. 그래서 그런 스포츠 할 수 있는 산도 몇 군데 찾아 놨어요."

"너……."

"왜요? 이거 아닌가?"

석경이 저를 빤히 쳐다보자 갑자기 자신감이 확 떨어진 새봄이 우물쭈물하고 있었는데.

"이 일 진짜 좋아하는구나?"

"네. 좋아해요."

날 좋아한다고 하는 것도 아닌데 왜 내 가슴이 이렇게 뛰는 걸까?

새봄의 순진한 미소를 마주한 석경은 얼굴이 달아올라 화끈거렸다. 그리고 그 순간 깨달았다.

지금 자신이 누굴 걱정할 때가 아니라는 것을.

Chapter 4

"솔이 어딨어요?"

석경이 드넓은 정원을 두리번거렸다. 이곳은 KR그룹 김성화 회장의 저택이었다. 지금 정원에 회장님 외손자가 떴다는 소식을 들은 직원들이 우르르 달려왔다.

"솔이는요?"

직원들을 향해 석경이 간단명료하게 물었다. 그러자 '솔이가 누구야?' 하며 직원들이 웅성거리다가 뒤에서 '에헴!' 하는 소리가 들리자 후다닥 길을 텄다.

홍해처럼 갈라진 직원들 사이로 지팡이를 짚은 한 노인이 느긋하게 걸어왔다.

석경의 외조부 김성화 회장이었다.

"넌 할애비한테 인사도 안 하고 개부터 찾는 게야?"

"그럴 일이 있어서 그래요. 어딨어요? 솔이."

"마사지 갔어."

"뭐요? 개가 무슨 마사지를 받아."

"그러니까 이렇게 오래 살지. 돈 들여서 관리해 주니까. 가만 있어 보자. 순자가 우리 집에 언제 왔더라⋯⋯."

"순자 아니고 솔이라니까요."

어쩐지 직원들이 못 알아듣더라. 석경이 미간을 확 구기며 할아버지를 쳐다봤다. 그런데 몇 달 전 생신 때보다 할아버지 눈가에 팬 주름이 더 깊어진 느낌이었다.

"마사지는 할아버지가 받으셔야 될 것 같은데요? 무슨 고민 있으세요?"

석경이 넌지시 묻자 할아버지가 기다렸다는 듯이 대답했다.

"나한테 손자 녀석이 하나 있는데 말이야. 그 녀석이 전 세계적으로 1, 2위를 다투는 OTT(Over The Top) 서비스 창립 멤버로 미국에서 돈 좀 만지다가 한국에 들어온 지 2년쯤 됐을 거야."

"치매세요? 한국 들어온 지 3년 넘었고요. 돈 많이 만진 건 맞는데 창립 멤버는 아니고, 망해 가는 거 인수해서 재정비한 거고요."

"어찌 됐든 이 녀석아, 회사 언제 들어올 게야! 요새 쓸데없는 짓 하고 다닌다면서?"

"OTT가 뭔지 아시면서 콘텐츠 제작하는 사람한테 쓸데없는 짓 한다고 하시면 진짜 할 말이 없고요."

"잔말 말고 회사 들어와서 밑에서부터 배워. 그럼 내가 너한테

KR통신 주마. 어디 통신뿐이야? 다 줄 테니까 내일이라도 당장 출근해."

그놈의 출근하라는 소리. 석경은 넌덜머리가 났다. 이래서 그냥 솔이만 보고 가려고 했던 거다.

"할아버지."

"오냐."

"회사 때문에 자식들 다 잃어 놓고 그 자리에 저를 왜 앉히려고 하시는 거예요? 저도 잃고 싶으세요?"

"그 자리 내 자식들 목숨값으로 만든 자리야. 감히 누가 앉을 수 있겠니. 석경아, 너밖에 없어. 그러니까 정신 똑바로 차리고 지금 하고 있는 일 정리하고 회사 들어와."

계속 같은 대화만 반복된다.

"갈게요."

석경은 더는 듣기 싫다는 듯 손을 휘저으며 정원 밖으로 나가 버렸다. 이놈의 집은 쓸데없이 커서 주차장으로 가는 데만 한참이 걸렸다.

왈왈.

그런데 멀리서 개 짖는 소리가 들렸다. 솔이였다. 솔이가 비단 결 같은 털을 날리며 짧은 다리로 달려오고 있었다. 확실히 비싼 집에서 비싼 밥 먹고 큰 개는 달라도 너무 달랐다.

"너 솔이 맞냐? 완전 순자가 됐네."

노견인데도 불구하고 생기와 활력이 넘치는 솔이를, 석경이 허리까지 숙여 유심히 쳐다봤다.

그런데…… 이런 젠장!

"하나도 안 닮았어."

석경은 꽤 충격적인 얼굴로 자신의 머리를 헝클어뜨렸다. 그리고 그 애를 떠올렸다.

아침에 저를 향해 손까지 흔들며 배웅하던 그 애의 해맑은 미소. 그 미소가 떠오른 순간 석경은 가슴이 크게 떨리는 것을 느꼈다.

'오빠 저한테 왜 이렇게 잘해 주시는 거예요?'

이제 그 질문에 대한 답은 하나밖에 없었다.

* * *

"우리 새봄이 최곤데? 다들 박수."

새봄을 향한 남기의 칭찬에 회의실 여기저기서 박수가 터져 나왔다. 하지만 소란 피디의 표정은 매우 떨떠름했다. 그녀는 새봄에게 질투가 났는지 말투가 매우 공격적으로 변했다.

"근데 새봄이 넌 어떻게 알고 오프로드 모터사이클이 가능한 산들로 리스트 업 해 온 거야? 노트북 좀 줘 봐."

소란 피디가 새봄의 노트북을 뺏어 화면을 들여다봤다. 그러다 폴더 안에 가득 차 있는 파일 개수를 세어 보더니 입을 꾹 다물 수밖에 없었다.

"되게 열심히 했네. 인정."

소란 피디가 쿨하게 인정하고 새봄에게 노트북을 돌려주려다가

도로 뺏었다. 그러곤 노트북에 적힌 모델명을 확인하더니 큰 소리를 냈다.

"새봄, 너 이거 어디서 났어?"

"네? 제, 제가 샀는데요."

"거짓말. 이거 아직 출시도 안 한 모델이거든? 바른대로 말해. 이거 누가 줬지?"

출시를 안 했다고? 이게 그런 거였어? 오빠가 회사에서 굴러다니는 거 그냥 가져온 거랬는데.

"이거 어디서 났냐니까?"

예상치 못한 얼리 어답터 소란 피디의 등장으로 새봄은 또 궁지에 몰리고 말았다.

소란 피디의 추궁에 머릿속이 하얘진 새봄은 이 바닥에서 살아남으려면 어디 거짓말 잘하는 학원이라도 다녀야 하나 심각하게 고민했다.

"내가 줬어."

궁지에 몰린 새봄을 구한 건 다름 아닌 남기였다. 석경의 친구답게 남기가 태연한 얼굴로 거짓말을 술술 늘어놓았다.

"지난봄에 채용 건으로 새봄이한테 실수한 것도 있고, 노트북 없다길래 내가 어디서 얻은 거 하나 줬어."

"그래요? 근데 선배는 나한텐 이런 거 준 적 한 번도 없으면서. 지금 차별해요?"

"너도 줄게 주면 되잖아. 됐지? 자자, 우리 10분만 쉬자."

휴식을 알리는 남기의 외침에 사람들이 하나둘씩 밖으로 나가기 시작했다. 소란 피디도 투덜거리며 밖으로 나가 버렸고, 그렇게 회의실엔 남기와 새봄만 남았다.

남기의 눈치를 보던 새봄은 괜히 어색해서 소란 피디의 지문이 남은 노트북을 소매로 박박 문질렀다.

"새봄."

"네?"

남기의 부름에 새봄이 조심스레 고개를 들었다. 그러자 남기가 히죽 웃으며 말했다.

"석경이가 노트북도 주고, 김수희 작가 초고도 보여 주고, 저번 주엔 술도 사 줬지?"

"네? 아뇨! 그런 적 없는데요."

"다 알고 물어보는 거야. 너 석경이 동생 친구라며."

"……오빠가 말했어요?"

"오빠아아?"

남기가 말꼬리를 잡고 놀리자 새봄의 얼굴이 새빨개졌다.

"뭐야, 뭐야. 얼굴은 왜 빨개져? 새봄이 너 혹시?"

"아니에요! 제가 오빠를 좋아하긴 하는데, 이성적인 그런 건 아니구요. 그냥 뭐랄까, 오빠는 저한테 은인 같은 존재고, 또……."

남기가 계속 의심의 눈초리로 쳐다보자 새봄은 구구절절 변명을 늘어놓았다. 그러다 쐐기를 박을 진짜 이유가 머릿속을 스쳤다.

"좋아하는 사람이 있대요."

새봄은 저도 모르게 불쑥 그날의 이야기를 꺼냈다.

사실 그날 아침, 솔이라는 여자를 떠올리며 애틋한 눈빛을 보이던 그의 얼굴이 일주일 내내 머릿속을 떠나지 않아 착잡했었다.

"아…… 그래? 석경이가 그런 말까지 했어?"

"네. 집에 사진도 있, 앗!"

새봄이 입을 틀어막았다. 하지만 남기는 다른 거에 놀란 듯한 얼굴이었다.

"사진이 있다고? 와…… 그 녀석 아직 못 잊었네. 맞다. 새봄이 너 어디 사는지는 내가 다 알아. 그 오빠가 나한테 다 얘기했어. 우리 절친이라니까."

"감독님도 아는 분이세요?"

"누구?"

"솔…… 아니, 사진 속 그 여자분이요."

"알지. 아주 잘 알지. 그 녀석 첫사랑."

세상에 솔이 씨가 첫사랑이었구나. 새봄은 갑자기 이유도 없이 밀려온 배신감에 어쩔 줄을 몰라 하며 질문을 쏟아 냈다.

"아아. 그러면 첫사랑이랑 전 부인이랑은 동일 인물이겠죠?"

경쟁자 한 명이라도 더 줄여 보고자 물었건만, 들려온 남기의 대답은 쇼킹했다.

"전 부인? 뭔 소리야. 우석경 아직 결혼도 안 했는데."

오빠가 결혼한 적이 없다니 이게 무슨 소리야? 분명 예지가 이혼한 지 꽤 됐다고 했는데. 대체 누구 말이 맞는 거야?

고민하던 새봄은 오빠를 여자에 굶주려 있는 난봉꾼으로 몰아세웠던 예지의 말까지 떠오르자, 그 즉시 예지의 말이 틀리고 남기의 말이 맞는 걸로 가닥을 잡았다.

그런데 여기서 문제는 그게 아니었다.

새봄은 그가 미혼인 사실에 기뻐해야 하는 건지, 첫사랑 솔이 씨를 잊지 못하고 혼자 가슴앓이를 하고 있다는 사실에 슬퍼해야 하는 건지 알 수 없었다.

"새봄!"

정신이 딴 데 가 있는 새봄을 깨운 건 남기의 목소리였다. 남기가 턱을 매만지며 이번엔 걱정스러운 눈빛을 보냈다.

"새봄이 너 아깐 아니라더니. 아닌 게 아닌 것 같다?"

"뭐가요?"

"이성적으로 좋아하는 건 아니라면서."

"네! 아니에요."

아니어야 한다. 다른 사람을 여전히 좋아하고 있다면 이젠 더더욱.

"근데 왜 이렇게 석경이에 대해 궁금한 게 많아?"

"은인이니까요. 저한텐 매우 고마운 사람이니까…… 딱, 그뿐이에요."

새봄은 그렇게 굳게 마음을 먹기로 했다.

자신감 넘치는 표정으로 대답하는 새봄을 흘끔 쳐다보던 남기는 자신이 괜한 오해를 한 것 같아 미안해지기까지 했다.

"암튼 새봄! 석경이한테 너무 물들지 마. 너희가 어떤 이유로 같이 사는진 모르겠지만, 석경인 우리랑 사는 세계가 달라. 너도 알지?"

이건 또 뭔 소리지? 새봄이 고개를 절레절레 흔들었다.

"몰라?"

남기의 물음에 이번엔 끄덕였다.

"걔 KR그룹 후계……."

그런데 그때였다. 쾅 소리와 함께 문이 열렸다. 그렇게 자연스레 두 사람의 대화는 단절됐고, 시선은 문 쪽으로 향했다.

"큰일 났어요."

소란 피디가 기겁하며 달려와 소리쳤다. 남기가 '무슨 일인데?' 하며 시선을 건네자 소란 피디가 대답했다.

"KR통신이 '나무' 인수한다는데요?"

"그게 무슨 말이야?"

"지금 뉴스 떴어요."

소란 피디가 핸드폰을 내밀어 기사를 보여 줬고, 남기가 기사를 읽는 동안 새봄도 노트북으로 기사를 검색했다. 아니, 검색할 필요도 없었다. '드라마 제작사 나무'가 실검 1위였으니까. 클릭만 하면 되는 거였다.

기사의 요지는 이랬다. KR통신에서 무려 300억 원을 투자해 '나무'의 지분을 확보하여 인수할 계획이라고.

"후우…… 이제 시작된 건가."

남기가 소란 피디에게 핸드폰을 돌려주며 한숨을 내쉬었다. 가운데서 눈치를 살피던 새봄이 슬그머니 물었다.

"근데 다들 표정이 왜 그러세요? 우리나라 최고 기업에서 회사를 인수하면 좋은 거 아닌가요?"

"얘가 뭘 모르네. 그거야 우 대표님이나 좋겠지. 우리 방송국 입장은 좀 그래."

소란 피디가 가르치듯 대답했다.

"생각을 해 봐. KR에서 나무 인수하면 거기서 제작하는 우리 드라마 TV 방송권도 KR로 넘어가는 거라고. 심지어 KR은 KRV라는 채널도 있잖아. 그럼 어떻게 되겠어? 우린 손 떼야 되는 거지. 촬영을 앞둔 이 시점에서 말이야."

"그건 걱정하지 마. 그럴 일 절대 없어."

소란 피디의 말을 남기가 막았다. 하지만 여전히 소란 피디는 부정적이었다.

"선배가 그걸 어떻게 장담해요? KR인데? 방송권 달라고 안 해도 넙죽 바쳐도 모자를 판에. 솔직히 요새 우리 채널보다 그쪽 채널이 시청률 더 잘 나오잖아요. 제작비도 빵빵하고."

"그건 뭐 맞는 말인데. 다행히도 우리 우 대표가 넙죽 바치는 스타일은 아니라서."

석경이 KR그룹과 무슨 관계인지 알지 못하는 소란 피디는 남기의 말을 이해할 수 없었다. 그건 새봄도 마찬가지였다. 새봄은 다시 기사를 유심히 들여다봤다.

'업계에서 가장 주목받는 드라마 제작사 나무의 우석경 대표는 최근 세계 1, 2위를 다투는 OTT 스트리밍 서비스 '트리'의 공동 대표였던 것이 밝혀져 화제를 모았다. 그는 30대 초반의 젊은 나이지만 사업 수완이 뛰어나……'

기사를 읽으면 읽을수록 그와 점점 더 멀어지는 기분이 들었다. 이래서 감독님이 그는 우리와 사는 세계가 다르다고 한 거구나. 국내 최고 드라마 제작사 '나무'도 모자라 세계 최고 '트리' 대표였다니. 이건 뭐 언터처블이잖아.

새봄은 왜 이렇게 씁쓸한 마음이 드는지 알 길이 없었다.

* * *

"할아버지는요?"

일주일 만에 또다시 한남동을 오게 된 석경은 이번엔 솔이가 아니라 할아버지부터 찾았다.

하지만 이미 한발 늦은 듯했다. 마당에 들어서자마자 할아버지의 오랜 수족 성 비서 아저씨가 앞을 가로막았다.

"회장님께선 지금 해외 출장 중……."

"성 비서님."

"아니다, 제주도 별장에 가셨……."

"아저씨."

"석경아, 오늘은 그냥 좀 가 주라. 너 못 돌려보내면 나 잘라 버린단다."

중년의 성 비서가 손까지 빌며 사정했다. 석경은 허리춤에 손을 얹고 억지로 화를 삼켰다.

"인수 관련 기사 할아버지가 시킨 거죠? 나 진짜 허위 사실 유포로 고소하려다 참았어요. 대체 왜 이러는 거야? 나 다시 미국으로 가길 바라나?"

"그 반대겠지. 널 여기 묶어 두려는 거잖아. 네 승부욕 자극해서."

"하아⋯⋯."

진짜 미치고 팔짝 뛸 노릇이었다.

"뭘 그렇게 화를 내? 덕분에 너희 회사 주가도 오르고 좋잖아."

"내가 지금 진짜 화나는 게 뭔지 알아요?"

"글쎄다."

찔리는 게 많았던 성 비서가 먼 산을 쳐다보며 석경의 시선을
외면했다.

"왜 내 커리어를 KR 홍보팀에서 까발립니까. 내가 지금까지
그 기사 막으려고 얼마나 애를 썼는데."

미국에서의 성공에 기대지 않고 철저히 한국 시장을 분석하여
밑바닥부터 여기까지 올라온 석경은 너무 허무했다.

"이제 어딜 가나 '어서 옵쇼' 하겠네. 재미없게."

"그럴 줄 알고 회장님이 널 위해 아주 재밌는 자리를 만들어
났어. 미디어 사업 부분을 확장해서 유료 콘텐츠를 제작⋯⋯."

"안 합니다."

"네가 꼭 필요한 자린데."

"갈게요."

미련 없이 뒤를 돈 석경이 그대로 나가는가 싶더니 무슨 일인지
다시 돌아왔다. 그를 성 비서가 반겼다.

"명패 준비할까? 원하는 직함은?"

"아저씨, 나 부탁 하나만 해도 돼요?"

"들어보고. 뭔데?"

"사람 좀 찾아 줘요. KR이 또 그런 거 전문이잖아."

"너 설마……."

"수연이 아니에요."

성 비서가 얼굴에 웃음기를 지운 채 물었다.

"그럼 누굴 찾는데?"

"할아버지한텐 비밀로 할 거죠?"

"수연이가 아니라면 당연히 그래야지."

"하."

한결같은 성 비서의 태도에 석경이 헛웃음을 지었다. 그러곤 잠시 생각에 잠겨 있다가 입을 열었다.

"제가 지금 살고 있는 집의 전 세입자에 대해 좀 알아봐 줘요. 아주 자세히."

할아버지 저택을 나온 석경이 차에 올라타자마자 핸드폰이 울렸다. 액정을 보니 발신인은 남기였다.

"왜."

—지금 어디야?

"한남동."

—내가 그럴 줄 알았어. 너 괜찮은 거지?

"당연하지. 왜 전화했어?"

석경이 차에 시동을 걸며 물었다. 곧 스피커 너머로 남기의 호들갑 떠는 목소리가 들렸다.

—너 또 할아버지가 귀찮게 한다고 미국 가 버릴까 봐 그러지. 그럼 우리 드라마 어떡해.

"나 미국 가도 드라마 제작엔 아무 차질 없으니까 걱정 말고 네 일이나 똑바로 해."

—뭐어? 네 일이나 똑바로 해? 야! 그러는 너는? 너나 똑바로 해.

"내가 뭘."

—너 새봄이한테 노트북 줬더라? 넌 왜 애한테 그런 걸 줘 가지고.

"왜? 무슨 일 있어?"

석경이 저도 모르게 놀란 눈으로 되물었다.

"뭔데? 뭐냐고."

—그거 아직 출시도 안 한 거라며. 소란이 걔가 그런 거 뒤처지는 거 엄청 싫어해.

"근데 어쩌라고."

—어쩌긴 어째, 너 땜에 회의 다 망쳤잖아. 회의 내내 소란이는 그 노트북만 쳐다보지, 새봄이는 소란이 눈치 보느라 아주 쭈구리가 돼선…… 어찌나 짠하던지.

"소란 피디 이따 사무실로 보내. 하나 주면 되지."

—오올. 지금 새봄이 갈굼당할까 봐 걱정돼서 소란이까지 챙겨 주는 거야?

"닥치고. 그래서 지금 걔 어딨어?"

—누구? 새봄이?

"그래. 걔 밥은 먹였지?"

—당연하지. 걘 무슨 애가 밥을 고봉밥으로 먹더라? 깜짝 놀랐네. 아니, 지금 그게 중요한 게 아니라. 너 뭐야? 왜 새봄이 밥 먹었는지 궁금해해? 누굴 궁금해하면 좋아하는 거랬는데. 너 설마…….

"쓸데없는 소리 할 거면 끊어."

—하긴 네가 그럴 리가 없지. 그리고 새봄이도 너 이성적으로 좋아하는 거 아니래. 그저 고마운 사람일 뿐이란다.

고마운 사람일 뿐? 이성적으로 좋아하는 건 아니야? 이미 알고 있던 사실인데 괜히 화가 난다.

석경은 헛웃음을 지으며 남기의 전화를 그냥 끊어 버리는 것으로 화풀이를 대신했다.

* * *

회의가 끝나고 새봄은 소란에게 중요한 미션을 하나 받았다. 그건 바로 재인쇄한 책 대본을 김수희 작가에게 전달하는 것이었다.

그렇게 새봄은 김 작가의 집필실을 가기 위해 버스에 올라탔다. 자리에 앉자마자 핸드폰을 꺼낸 새봄은 또 검색창에 '우석경'을 입력했다.

일단 오늘 쏟아진 기사들은 아까 다 정독했고, 오늘 이전 날짜의 기사들을 훑어봤다. 하지만 대부분 회사에서 제작한 드라마 관련이지 그가 어떤 사람인지 좀 더 사적인 부분에 대해 알 수 있는 기사는 없었다.

'우석경 첫사랑'

'우석경 여자'

'우석경 결혼'

그에게 궁금한 것들을, 하지만 그에겐 물어볼 수 없는 것들을 검색해 보던 새봄은 문득 그런 생각이 들었다.

내가 왜 이러고 있지? 왜 자꾸만 그에게 궁금한 것들이 생겨나는 걸까?

그런데 그때였다. 들고 있던 핸드폰이 진동하며 액정에 '보호자'라는 문구가 떠올랐다. 새봄은 숨도 안 쉬고 곧장 통화 버튼을 눌렀다.

"여보세요!"

—너 할 일 없냐? 왜 전활 걸자마자 받아?

여전히 적응할 수 없는 보호자의 말투에 새봄은 조용히 아랫입술을 꽉 깨물었다.

—어디야?

"버스요. 근데 왜 전화하셨어요?"

—오늘 집에 늦게 들어가니까 괜히 나 기다린다고 거실에서 자지 말고 방에서 자라고.

"아…… 네. 알았어요. 근데 왜 늦게 오세요? 무슨 일 있어요?"

새봄의 물음에 석경이 곧장 대답했다.

—알 거 없어.

새봄은 석경이 마치 옆에 있기라도 한 것처럼 핸드폰을 흘겨봤다. 그러다 정류장을 지나쳐 가는 것을 보자 자리에서 벌떡 일어났다.

"기사님! 저 좀 여기서 세워 주세요!"

"뭔데 세우라 마라야! 안 돼! 다음 정거장에서 내려!"

"네⋯⋯."

버스 기사의 막말에 무안해진 새봄의 얼굴이 빨개졌다.

새봄과 기사의 대화를 들었는지 스피커 너머로 '어디서 반말이야, 씨.' 하며 낮게 욕을 읊조리는 석경의 목소리가 들렸다. 새봄은 아직 전화를 끊지 않은 것을 깨닫곤 핸드폰을 귀에 가져다 댔다.

"어? 아직 안 끊으셨어요?"

─너 지금 어디가?

"김 작가님 집필실이요."

─거긴 왜?

"알 거 없으세요."

당해 봐라. 새봄이 아까 받은 것을 그대로 되돌려 줬다. 그런데 웬일인지 스피커 너머로 아무 소리도 들리지 않았다.

"여보세요? 혹시 화나셨어요? 죄송해요. 저 대본 전해 주러 집필실 가는데⋯⋯."

지이잉. 지이잉. 귀에서 갑자기 진동이 느껴지자 새봄이 화들짝 놀랐다. 액정을 보니 석경이었다. 아무래도 중간에 전화가 끊어졌었던 모양이다. 새봄은 괜히 쫄았네, 하고 중얼거리며 전화를 다시 받았다.

"여보세요."

―김 작가 집필실 왜 가냐니까.

다시 '알 거 없으세요'라고 드립을 치려던 새봄은 왠지 그에겐 먹힐 것 같지가 않아서 그냥 바른대로 말했다.

"소란 피디님 심부름이요. 잠깐만요. 저 좀 내리고요."

마침 멈춰 선 버스에서 내린 새봄은 주변을 두리번거리며 그와 통화했다.

"오빠. 근데요 집필실 근처에도 마트 있겠죠?"

―당연한 거 아니야?

"아, 그러면 저 오빠가 준 카드 좀 써도 돼요?"

새봄이 주머니에서 전에 먹고 싶은 거 맘껏 사 먹으라고 석경이 줬던 까만 카드를 꺼냈다.

―이제까지 실컷 써 놓고 왜 물어 봐?

"개인적인 용도로 쓴 적은 없는데요. 다 집에 필요한 것만 샀는데……."

―개인적으로 어따 쓰게?

"작가님 집필실에 주스라도 사서 들어갈까 했는데, 주머니에 버스 카드랑 오빠가 준 카드밖에 없어서요."

―잘했네.

책망하는 말투로 그가 말했다. 그는 세상에서 반어법에 제일 소질 있는 사람이 분명했다.

―소란 피디가 무슨 심부름을 시켰는데?

"대본 전달이요."

―그걸 네가 왜 전달해? 그런 건 퀵으로 보내는 거야. 소란

피디가 안 알려 줬어?

왠지 걱정이 잔뜩 묻어 있는 듯한 이 말투는 뭐지?

새봄은 괜히 두근거리는 가슴을 진정시키려 고개를 흔들었다.

—집필실 가지 말고 퀵으로 보내. 그리고 집에 갈 때 택시 타고 가. 밖에서 아무나한테 혼나고 다니지 말고. 넌 누가 그렇게 초면에 반말하면 같이 화를 내야지 '네……'가 뭐야.

"제가 잘못한 거잖아요. 정류장도 아닌데 내려 달라고 한 건. 그리고 보니까 오빠도 초면에 반말 잘하시던데."

—내가 언제.

"저 처음 봤을 때부터 반말하셨잖아요. '왜 째려봐' 이렇게."

새봄은 몇 개월 전 방송국 앞에서 처음 봤던 석경을 떠올렸다.

"오빠 그때 진짜 무서웠어요."

—지금은 안 무섭지? 그니까 이렇게 말을 안 듣지.

"제가 뭘요."

—대본은 퀵으로 보내라고.

"소란 피디님이 첫 대본이니까 작가님한테 직접 가져다주는 게 맞다고……."

—하아…… 앞으로 소란 피디 말 듣지 마. 걔 꼰대 기질 있어. 아주 심해. 그런 건 배우는 거 아니야.

그는 또 뭐가 그렇게 열이 받았는지 한숨을 푹푹 내쉬며 욕을 삼키고 있는 게 스피커 너머로도 느껴졌다.

—됐어. 네 맘대로 해. 끊어.

그렇게 혼자 성질만 내던 그는 전화를 끊어 버렸다.

새봄은 황당한 표정으로 핸드폰을 보며 혼잣말을 중얼거렸다.

"왜 이러는 거야?"

* * *

마트에서 산 선물용 주스 박스를 손에 들고 엘리베이터에서 내린 새봄은 떨리는 마음으로 복도를 걸었다.

존경하는 작가의 집필실은 어떤 분위기일지 너무 기대가 됐다. 그렇게 떨리는 마음으로 모퉁이를 돌았는데.

"……!"

새봄은 너무 놀라 얼른 벽 뒤로 몸을 숨겼다. 집필실 현관 앞에 누군가 무릎을 꿇고 앉아 있었기 때문이었다.

그 누군가는 새봄도 잘 아는 얼굴이었다.

"정해수 씨가 왜……."

새봄은 침을 꼴깍 삼켰다. 그러곤 고개를 살짝 내밀어 해수를 지켜봤다. 그의 안색이 창백했다. 저러고 있은 지 꽤 오랜 시간이 흐른 듯 해수의 몸 상태가 말이 아니었다. 그게 한눈에 느껴질 만큼.

그런데 그때. 현관문이 열리고 수희가 나왔다.

"해수 씨, 이런다고 달라지는 거 없다니까? 돌아가!"

수희가 매몰차게 한마디하고 문을 쾅, 닫아 버렸다. 새봄은 그 순간 며칠 전 석경이 했던 말이 떠올랐다.

'걔 교체할 거야.'

무슨 프린터 토너 교체하듯 쉽게 말하던 그의 말투가 아직도 귓가에 생생했다.

가끔 다른 사람한테 냉정하게 구는 석경을 볼 때면 무섭기도 하고 더 멀게 느껴졌다. 하지만 그가 아무 이유 없이 정해수를 자르진 않았을 거라는 확신은 있었다. 그만큼 새봄은 석경을 신뢰했다.

역시 오빠 말대로 그냥 퀵으로 보낼 걸 그랬다.

아까 보니 작가님 기분도 매우 안 좋아 보이고…… 어떡하지? 망설이던 새봄은 아무래도 오늘은 날이 아닌 것 같다는 생각에 걸음을 옮겨 엘리베이터 앞에 섰다.

그렇게 엘리베이터가 올 때까지 멍하니 서 있었는데, 누군가 옆으로 다가오는 게 느껴졌다. 고개를 돌리니 정해수가 마침 도착한 엘리베이터에 올라타고 있었다.

새봄은 탈까 말까 고민하다가 대놓고 사람을 피하고 무시하는 건 예의가 아니라는 생각에 조심스레 엘리베이터 안으로 걸음을 옮겼다.

하지만 바로 후회했다. 그동안 해수의 연락을 몇 번이고 무시했던 게 떠오른 것이다.

무시한 이유 또한 같이 생각났다.

'암튼 난 분명 경고했다. 앞으로 정해수랑 사적으로 만나거나 전화하는 거 나한테 걸리기만 해 봐. 진짜 쫓아낼 거야.'

집에서 쫓겨나는 게 문제가 아니라 그냥 오빠가 싫어하는 건 하고 싶지 않았다. 그래서 더욱 해수의 연락을 필사적으로 피했는지도 모른다. 그런데 여기서 만나다니.

새봄은 역시 괜히 엘리베이터에 탔다는 생각이 들었다. 물론 여기서 무슨 드라마처럼 오빠가 갑자기 나타나 마주칠 일은 없겠지만 그래도 양심에 찔렸다.

"새봄 씨는 알고 있었죠?"

내내 조용하던 해수가 엘리베이터 문이 열리자마자 도망가려던 새봄을 붙잡았다. 새봄은 제 팔을 잡은 해수의 손을 물끄러미 쳐다봤다. 떨림이 느껴졌기 때문이다.

"나 잘릴 거 미리 알고 내 연락 무시한 거죠?"

"오해예요. 그래서 그런 게 아니라……."

"그럼 내 연락 왜 피했어요? 우리 친구 하기로 했잖아요."

"미안해요. 친구는 할 수 없을 것 같아요. 저한테 사정이 좀 있어서요. 근데…… 어디 아프세요?"

창백한 얼굴과 새파래진 입술.

그는 곧 죽을 사람처럼 생기가 하나도 없어 보였다. 그래서 더더욱 이 손을 뿌리칠 수 없었다. 새봄이 해수를 걱정스레 쳐다봤다.

"병원에 가셔야 할 것 같은데요?"

"괜찮아요. 이제 계속 쉴 거니까……."

"……."

그 순간 새봄은 가슴이 쿵, 하고 내려앉았다.

해수가 한결 편안해진 표정으로 건넨 말의 의미를 알아 버린 것이다. 그리고 해수의 그 공허한 눈동자 속에서 과거 삶을 포기하려고 했었던 자신을 떠올리고 말았다.

"잘 지내요. 먼저 갈게요."

해수가 잡고 있었던 아니 지탱하고 있었던 새봄의 팔을 놓아주며 뒤를 돌았다. 위태로워 보이는 해수의 뒷모습을 멍하니 보던 새봄은 저도 모르게 그의 이름을 크게 부르고 말았다.

"정해수 씨!"

새봄이 달려가 해수의 앞을 가로막았다. 고개를 숙이고 있던 해수가 천천히 얼굴을 들었다.

그의 눈동자가 젖어 있었다.

"지금 우는 거예요?"

"……"

갑자기 감정이 복받쳐 올라왔는지 말을 잇지 못하는 해수에게 새봄은 박스에서 꺼낸 포도 주스 하나를 불쑥 내밀었다.

"드세요."

"……"

"단 거 먹으면 조금 괜찮아질 거예요. 아, 제가 까서 줄게요. 해수 씨는 손에 힘 없으시잖아요."

"하."

"웃었다."

해수가 웃어야 할지 울어야 할지 어쩔 줄 몰라 하는 얼굴로 새봄을 바라봤다. 그러자 새봄이 환하게 웃으며 말했다.

"힘내세요. 아직 끝난 게 아니잖아요."

"아니요. 새봄 씨가 틀렸어요. 전 이제 끝이에요. 이미 교체될 배우까지 제작사에서 미팅 다 끝났대요. 우석경 대표 진짜 피도 눈물도 없는 무서운 사람이더라구요."

아닌데. 그는 그렇게 나쁜 사람이 아니야. 새봄은 다부진 눈빛으로 말했다.

"우 대표님한테도 사정이 있었을 거예요. 그러니까 해수 씨, 지금이라도 대표님한테 가서 솔직하게 어떤 이유 때문에 하차 통보를 받게 됐는지 여쭤보고 해수 씨 진심을 전달한다면 분명 또 다른 기회를 주실…… 해수 씨!"

갑자기 휘청거리던 해수의 몸이 새봄의 품으로 기울어졌다.

"해수 씨, 정신 차려요! 정해수 씨!"

새봄이 해수의 몸을 흔들며 소리쳤다.

* * *

"대표님, 박보윤 씨 지금 주차장에서 올라온대요."

직원이 들어와서 말을 하는데도 석경은 들리지 않는지 핸드폰만 쳐다보고 있었다.

"대표님!"

직원이 좀 더 큰 목소리로 석경을 불렀다. 하지만 석경의 정신은 여전히 딴 데 가 있었다. 그는 아예 의자까지 박차고 일어나 머리카락을 쓸어 넘기며 어이없어했다.

"대, 대표님? 왜 그러세요?"

직원이 당황해하며 물었지만, 석경은 나가라며 손짓하더니 다시 핸드폰을 들어 문자 창을 확인했다.

[KR6653승인 우*경 12,100원 일시불 09/20 17:21 상암 홈 마트]

이건 아까 그 애가 집필실 근처 마트에서 주스를 산다고 했어.

[KR6653승인 우*경 5,300원 일시불 09/20 17:58 개인 택시]

이건 택시. 내가 택시 타고 집에 가라고 했으니까.
그래, 여기까진 내가 아는 동선이야.
그런데 문제는 다음 결제였다.

[KR6653승인 우*경 30,000원 일시불 09/20 18:38 러브 프라자]

대체 이건 뭐야?
다시 봐도 해괴했다. 도저히 답이 나오지 않자 석경은 나가려는 직원을 붙잡았다.
"김 팀장."
"왜, 왜 그러세요?"
"'러브 프라자'가 뭐 하는 데 같냐?"
석경의 물음에 직원이 쑥스러운지 얼굴을 붉히며 말했다.
"글쎄요 꼭 모텔 이름 같네요."

"모텔? 미쳤냐? 무슨 말도 안 되는 소릴 하고 있어. 삼만 원으로 무슨 모텔을."

"대표님은 그런 데 안 가봐서 모르시나 본데 저렴한 곳은 대실 이용료가…… 하하하. 죄송합니다."

석경의 표정이 무섭게 굳어져 있는 것을 발견한 김 팀장이 밖으로 잽싸게 도망을 쳤다.

"아니야. 그럴 리 없어. 모텔은 무슨. ……아니야."

읊조리며 생각에 잠겨 있던 석경은 당장 새봄에게 전화를 걸었다. 하지만 그 애는 전화를 받지 않았다. 석경은 답답한 마음에 넥타이를 풀어 헤친 것도 모자라 앞머리를 쓸어 넘겼다. 정말 미쳐 버릴 것만 같았다.

* * *

작년 천만 관객을 달성한 영화에서 뛰어난 연기력을 보여 주며 주목할 만한 20대 남자 배우로 우뚝 선 박보윤은 지금 좌불안석이었다. 이유는 맞은편에 있는 우석경 대표 때문이었다. 그는 다리를 꼬고 앉아 무섭게 인상을 찡그리고 있었다.

"저기요, 대표님?"

"왜."

석경이 핸드폰을 보며 건성으로 대답했다. 그런 그의 태도에 박보윤은 기분이 약간 언짢아졌다.

"제 얘기 안 들으셨죠?"

"들었고. 그래서 하겠다고 안 하겠다고?"

이제야 석경이 미팅 내용에 집중할 모양인지 핸드폰에서 시선을 떼고 박보윤을 쳐다봤다.

박보윤이 흠칫 놀랐다. 석경과 미팅 때 몇 번 만난 적은 있었지만, 이렇게 가까이에서 그의 얼굴을 마주한 건 오늘이 처음이었다. 박보윤은 저도 모르게 석경의 수려한 외모를 감상하다가 뒤늦게 정신을 차리고 고민을 토로했다.

"물론 하고 싶죠. 다른 사람도 아니고 김수희 작가님 작품인 데다가 대표님이 제작하는 건데. 근데 신인이 캐스팅 확정됐던 자리 잖아요. 리딩까지 했었고. 그런 자리에 제가 어떻게 들어가요. 제 입장도 좀 생각해 주셔야죠."

"나한테 1순위는 너였어."

"네?"

갑자기 어울리지 않게 석경의 입에서 달콤한 말이 나오자 박보윤의 두 눈이 휘둥그레졌다. 하지만 석경은 여유로운 자태로 이제 본격적으로 일을 하기 시작했다.

"시놉 보자마자 나 그거 들고 강 대표 찾아갔었어. 은후 역할은 무조건 박보윤이 해야 되니까 스케줄 비워 놓으라고."

"아……."

"근데 갑자기 네가 영화 찍는다고 고사하더라? 거기다 작가는 대본으로 승부 보겠다고 신인으로 가자는 거야. 근데 솔직히 그때 너만 한다고 했으면 우리 오디션 안 봤어. 내가 어떻게든 작가 설득도 했을 거고. 그러니까 내 말은 너도 이 일에 조금은 책임이 있다는 거야. 그래서 지금 벌 받는 거고. 너 영화 엎어졌다며. 스케줄 꼬였다며. 지금 드라마 하나 못 잡으면 하반기 공백 생긴다며. 그다음은 어떻게 될까?"

"……."

"배우의 인기와 공백기는 반비례한다. 이 말 몰라?"

도무지 말로는 당해 낼 재간이 없었다. 박보윤은 그저 할 말을 잃은 채 아까 덮어 놓았던 계약서를 다시 펼쳤다.

그사이 석경은 마지막 주특기를 발휘했다.

"너도 알다시피 우리가 지금 좀 급한 상황이라 당장 확답을 해 줬음 좋겠는데."

"지금 당장이요? 저희 소속사 대표님한테도 물어봐야 되고……."

"강 대표는 박보윤 씨 의견이 가장 중요하다던데?"

"그래도 지금 당장 확답하기엔……."

"됐고. 할 거야 말 거야?"

양 치는 석경이 아주 무섭도록 어린양 박보윤을 몰아세우기 시작했다.

"빨리 정해. 나 다음 약속 있어서 나가 봐야 돼. 저녁에 이민후 만나기로 했거든."

"이민후요? 걔 군대 갔잖아요."

"몰랐어? 걔 휴가 나왔어. 곧 전역이고. 너 안 된다고 하면 아예 촬영 스케줄 뒤로 미루고 이민후를 기다려 볼까 그런 생각도 하고 있어."

"사인 어디다 하면 돼요?"

라이벌인 이민후에게만은 지고 싶지 않았던 박보윤이 허둥지둥 볼펜을 찾기 시작했다. 석경은 기다렸다는 듯 슈트 안쪽에서 명품 만년필을 꺼내 내밀었다.

그렇게 캐스팅은 완료되었다.

사인을 하고 나니 박보윤은 살짝 허탈해졌다. 이래서 우리 소속사 대표님이 '나무'에 가기 전에 마음 단단히 먹으라고 한 거였구나.

'보윤아, 최대한 버텨. 우 대표 말재간과 협박에 넘어가지 말라고, 급한 건 '나무'고 우린 뭐 하나라도 더 얻어내고 사인해야 돼. 알았지?'

근데 뭘 얻기는커녕.

"그럼 잘 부탁한다. 지금부터 음주, 운전, 연애, 인터뷰 금지. 강 대표한테도 가서 전해. 배우 케어 똑바로 하라고. 괜한 스캔들로 내 드라마에 피해 주면, 나도 그 회사에 아주 막대한 손실과 피해를 줄 거라고."

협박과 압박만 잔뜩 받았다.

바로 태세를 전환한 석경이 박보윤의 어깨를 격려하듯 두드리곤 문 쪽으로 밀었다.

"가라."

"이따 이민후 만나실 거예요?"

"내가 걜 왜 만나."

"이민후가 2순위라면서요."

"농담이지. 내 인생에 2순위 따윈 없어."

하고자 하는 건 반드시 이뤄 낸다. 그게 그의 철칙이었다.

"멋있다……."

석경의 남자다움에 반한 박보윤이 저도 모르게 중얼거리며 존경심이 가득한 눈빛으로 그를 바라봤다.

"안 가나?"

"갑니다. 가요. 그럼 또 올게요."

박보윤이 세상 해맑게 웃으며 꾸벅 인사를 하곤 회의실을 나갔다. 그와 동시에 김 팀장이 뛰어 들어왔다.

"대박!"

김 팀장이 테이블 위에 놓인 계약서에 박보윤의 사인이 새겨져 있는 것을 보더니, 서둘러 직원들을 불러 모았다.

직원들이 우르르 몰려와 웅성거렸다.

"이게 말이 돼요?"

"와, 어떻게 이 자리에 박보윤이 들어와요?"

이건 드라마 역사상 전무후무한 캐스팅 비화였다.

"아무리 김 작가님 작품이라도 신인이 내정됐던 자리에 톱스타가 들어오기 쉽지 않은데 이걸 해내다니……."

직원들의 시선이 일제히 석경에게로 향했다.

"다들 일 안 해?"

박보윤을 쟁취했다는 기쁨도 잠시. 대표의 한마디에 직원들은 순식간에 밖으로 사라졌다. 하지만 남들보다 조금 굼뜬 김 팀장은 석경의 먹잇감이 되었다. 김 팀장의 뒤통수를 보자 석경은 또 떠올랐다.

러브 프라자.

"야, 김 팀장."

김 팀장의 간담이 서늘했다. 고개를 돌리니 역시나 싸늘한 석경의 눈빛이 저를 향하고 있었다.

아까부터 도대체 왜 저러시는 거지?

"제가 대표님한테 무슨 실수라도 했을까요?"

"너 박보윤 관련 기사 준비했어? 초안 달라고 한 게 언젠데 아직도 안 올라와? 그리고 정 기자한테 이민후부터 기사 내라고 해. 박보윤은 맨 마지막에 오픈하고."

갑자기 떨어진 업무 폭탄에 김 팀장이 가만히 생각에 잠겨 있다가 어느 순간 깨달음을 얻은 얼굴로 손뼉을 쳤다.

"설마 이민후로 캐스팅 리셋하는 거예요?"

석경이 그걸 아직도 모르면 어쩌자는 거냐? 하는 눈빛으로 대답했다.

"일단 이민후 확정인 것처럼 기사 내고, 우리 쪽에서 이민후 전역할 때까지 촬영 딜레이하기로 결정했다고 언플도 좀 하고."

"그래도 돼요? 진짜 확정은 박보윤 쪽이잖아요. 그럼 나중에 이민후 하차 기사도 내야 하는데, 그때 뒷감당은 어떻게 하시려고요? 이민후 팬들 화력 장난 아니던데."

"욕은 방송국이 먹을 거야. 이민후 아직 전역도 안 했는데 급하게 편성을 냈거든. 중간에서 제작사는 곤란해진 거고. 그때 구원 투수가 박보윤이고."

"와."

김 팀장은 그저 할 말을 잃었다. 저런 수를 생각해 내는 게 대단한 게 아니라, 저걸 실제로 실행에 옮길 수 있는 능력과 인적 네트워크를 가진 그가 대단한 거였다.

일단 이민후가 소속된 회사의 홍보 대행을 현재 '나무'가 맡고 있었고, HBS 방송국선 시청률 되는 드라마만 제작하는 석경이 예쁠 수밖에 없었다. 그러니 그가 뭘 하든 나라만 안 팔아먹으면 됐지, 그런 마인드로 석경에게 비교적 관대했다.

"아, 맞다. 대표님. 제가 아까 러브 프라자 검색해 봤는데요."

"어. 뭔데. 모텔 아니지?"

석경이 그럴 줄 알았다며 안도의 한숨을 내쉬고 있었는데.

"일단 검색 결과, 장소가 안 나오고요. 그래서 제가 직원들한 테도 다 물어봤는데 다들 백 퍼 모텔이라고…… 근데 그런 건 왜 물으셨어요? 대본에 필요한 겁니까?"

"나가."

김 팀장은 또 서둘러 밖으로 도망치듯 나가야 했다.

사무실에 홀로 남은 석경은 착잡했다. 남들이 보기엔 멀쩡해 보일지 몰라도, 본인 스스로는 너무나 잘 알고 있었다. 자신이 박보윤과의 미팅 내내 제대로 집중도 못 하고, 무슨 말을 하고 있는지도 모를 정도로 정신이 온통 딴 데 가 있었다는 걸.

"아이씨."

석경은 뭔가 잔뜩 괴로운 얼굴로 머리카락을 헝클어뜨렸다. 답답함에 욕이 절로 나왔다.

머릿속엔 그저…… 러브 프라자, 그 다섯 글자뿐.

아니야. 말도 안 돼. 그 애가 그런 델 갈 리가 없잖아.

"근데 얘는 왜 전화를 안 받아?"

혹시 가방을 도난당했나? 그래서 카드랑 핸드폰이랑 다 잃어 버렸나?

"맞네. 그거네!"

드디어 답을 찾은 석경은 확신에 찬 얼굴로 카드 도난 신고를 하기 위해 핸드폰을 들었는데.

쾅. 누군가 노크도 없이 문을 열고 들어왔다.

모자와 선글라스로 얼굴을 가린 수희였다.

"우석경……."

그녀는 다 죽어가는 목소리로 석경을 부르며 소파에 널브러졌다. 그러곤 좀비처럼 양팔을 벌려 파닥거렸다. 석경은 여전히 핸드폰을 손에 쥔 채 건성으로 물었다.

"왜 왔어?"

"답답하니까 왔지 답답하니까. 나 한숨도 못 잤다고."

수희가 선글라스를 살짝 내려 퀭한 눈을 보여줬다. 석경은 이해할 수 없다는 듯 수희를 타일렀다.

"어차피 다 결정 난 거야. 그냥 잊어버려. 이럴 시간에 대본 이나 한 줄 더 쓰라고."

"어떻게 그래? 정해수 걔 어제 하차 통보받자마자 집필실로 와서 무릎까지 꿇었어."

"그래서?"

"뭘 그래서야 모르는 척했지. 근데 세상에 오늘 저녁때까지 그러고 있더라. 겨우 보냈어."

"그럼 됐네. 뭐가 문제야?"

"와, 이 냉혈한. 나도 남기한테 대충 들었어. 정해수가 박 피디 꼬셔서 오디션 대본 유출했다며."

"들었으니 잘 알겠네. 정해수 걔 자기가 원하는 거 있으면 수단과 방법을 가리지 않을 놈이야."

"정해수 목표가 우리 드라마 잘되는 거면? 그럼 목숨 걸고 열심히 할 거 아니야. 그럼 우리한테도 좋은 거 아니야?"

"그런 애송이가 목숨 걸어 봤자 뭐 얼마나 도움이 되겠냐? 우리한테."

"야. 우리도 애송이였던 시절이 다 있었어. 걔가 얼마나 절박하면 그랬겠어? 너도 그 심정 이해 못 하는 건 아니잖아. 내가 혹시나 해서 묻는 건데, 너 걔한테 다른 악감정 있는 거 아니야?"

"다른 거 뭐."

딱 잡아떼는 석경을 바라보는 수희의 눈빛이 날카로워졌다. 짚이는 구석이 하나 있었기 때문이다.

"회식 이후로 유독 더 싫어하는 것 같아. 혹시 회식 때 둘이 무슨 일 있었니?"

"그딴 거 없어. 난 그저 착한 사람이 잘됐으면 좋겠는 사람이야. 그래서 정해수가 싫은 거고."

"그건 나도 동감인데. 우리가 착한 사람으로 만들면 되잖아. 너랑 나 그리고 남기도 정해수처럼 절실할 때가 있었어. 애송이었고 솔직히 착하지도 않았잖아. 인생의 고난과 시련으로 깎이고 깎여서 조금은 봐 줄 만한 평범한 사람이 된 거지."

"그래서 네가 원하는 게 뭔데? 너 지금 나랑 협상하러 온 거잖아."

"역시 이런 건 잘 통해."

"빨리 말해. 나 바빠."

"작은 배역이라도 하나 만들어서 정해수 주자."

수희의 당돌한 요구에 석경이 헛웃음을 지었다.

"왜 웃어?"

"너 이미 대본 다 수정했지?"

"오, 소름. 어떻게 알았어?"

"미쳤네. 넌 미쳤어."

석경이 넌덜머리가 난다는 듯 고개를 흔들었다.

"그럼 허락한 걸로 알고 정해수한테 연락한다? 네가 아까 걔 눈빛을 못 봐서 그래. 죽기 딱 일보 직전이었어. 내가 진짜 걔 어디 가서 뛰어내릴까 봐 얼마나 걱정을 했는데. 우석경, 나 전화한다?"

석경의 대답이 떨어지기도 전에 수희는 해수에게 전화를 걸고 있었다.

"해수 씨, 나 김 작간데 지금 제작사 사무실로 와 줄 수 있어? 어머, 누구세요?"

수희가 석경의 눈치를 보며 스피커 너머 상대를 향해 물었다.

"근데 목소리가 어디서 많이 들어 본 듯…… 너 새봄이 아니니?"

여기서 갑자기 그 애 이름이 왜 나와? 석경의 눈빛이 순식간에 돌변했다. 그는 무섭게 굳어진 얼굴로 수희의 핸드폰을 뺏어 귀에 가져다 댔다.

　—작가님, 저 지금 해수 씨랑 같이 있는데요.

　그 애의 목소리를 듣는 순간 석경은 감정 조절에 실패하고
말았다.

　"네가 그 새끼랑 왜 같이 있는데?"

　—……석경 오빠?

　"너 지금 어디야!"

* * *

　"우석경! 그만 좀 밟아. 천천히 좀 가자."

　수희가 애원했다. 하지만 운전대를 잡은 석경은 속도를 줄일 생
각이 전혀 없어 보였다. 수희는 너무 놀랐다. 이렇게까지 이성을
잃은 석경의 모습은 처음 봤기 때문이었다.

　극적인 예로 수연이 사라졌을 때도 이렇게 미친놈처럼 남의
핸드폰을 뺏는다든가, 소리를 지른다거나 제 감정을 온전히 다
드러낼 법한 행동은 하지 않았었다.

　그는 어떠한 상황에도 포커페이스가 가능한 녀석이었다.

　그게 우석경인데…….

　"너 당장 속도 안 줄이면, 나 네가 새봄이 좋아하는 걸로 오해
할 거야."

　"너 계속 말도 안 되는 소리 할래?"

　"그럼 정해수 좋아하니? 정해수 응급실이라니까 막 열일 제쳐

놓고 달려가는 거야? 아니잖아. 새봄이가 정해수랑 같이 있다니까 질투 나서 이러는 거잖아. 그게 좋아하는 거야. 말도 안 되는 소리가 아니라."

"입 다물어."

"왜 인정을 안 하실까? 네가 새봄이 좋아하면 안 되는 이유라도 있어? 나 남기한테 다 들었어. 둘이 같이 산다며. 친구 오빠로 위장까지 했다며."

"최남기 이 새끼."

석경이 이를 악물었다. 다시는 남기에게 속을 털어놓지 않으리 다짐하면서 운전대를 꽉 잡았다.

"남기한테 뭐라고 하지 마. 걔가 얘기 안 했어도, 네 지금 행동, 표정, 딱 보면 바로 알아차렸을 거야. 바보가 아닌 이상."

수희는 석경에게 직언할 수 있는 몇 안 되는 사람 중 하나였다. 그녀는 수시로 석경의 표정을 살피며 말을 계속했다.

"어머나, 너 그래서 정해수를 싫어했구나? 새봄이 때문에. 대체 뭐야? 둘이 무슨 관계야?"

"여기서 내려 줄까? 너 혼자 걸어갈래?"

그는 정말 차를 세울 기세였다. 수희는 과거 수연이 얘기를 꺼내다 고속도로에 버려졌던 일이 떠올라 조용히 입을 다물 수밖에 없었다.

* * *

한국 대학 병원 응급실.

정신을 잃은 채 베드에 누워 있는 해수 옆에 새봄이 서 있었다. 어딘가 넋이 나간 얼굴이었다. 새봄은 손에 들고 있던 해수의 핸드폰을 물끄러미 내려다봤다.

그러니까 30분 전 해수가 쓰러져서 응급실에 왔고, 그의 가족에게 연락을 해야 해서 핸드폰을 꺼내 주소록을 봤는데 저장된 번호가 딱 하나였다.

'신새봄'

새봄 자신의 번호였다. 황당함도 잠시 어떤 번호로 전화가 왔고, 그의 가족이나 지인이기를 바라며 얼른 전화를 받았는데 그게 이렇게 큰 화를 불러올 줄은 몰랐다.

새봄은 울상을 지었다.

"어떡하지……."

자꾸만 그의 서늘한 목소리가 귓가에 울린다.

'네가 그 새끼랑 왜 같이 있는데?'

같이 지내는 한 달이 넘는 시간 동안 많은 일이 있었지만, 그가 이토록 제게 차갑게 군 것은 처음이었다.

"보호자분! 이쪽으로 오세요."

간호사가 새봄의 어깨를 툭툭 건드리더니 응급실 밖으로 나갔다.

"보호자……."

중얼거리며 간호사를 따라 밖으로 나간 새봄은 얼마 전 제게 보호자가 돼 주겠노라 말하던 석경이 떠올라 괜히 울컥했다.

겨우 마음을 추스르고 간호사가 작성하라고 내민 서류를 읽어 내려가던 새봄은 작게 한숨을 내쉬었다. 지금 제가 이 서류에 적을 수 있는 건 '정해수' 이름 석 자뿐이었다. 그가 어디 사는지 혈액형은 뭔지 지병은 있는지 아는 게 하나도 없었다.

결국, 새봄은 종이를 들고 들어가 해수가 깨어나면 직접 물어야겠다는 생각으로 뒤를 돌았는데.

"새봄 씨!"

수희가 달려오고 있었다.

새봄은 고개 숙여 인사를 하며 저도 모르게 수희 주변을 살폈다. 혹시 석경이 같이 오기라도 했을까 봐서. 하지만 다행인지 불행인지 석경의 모습은 보이지 않았다.

"밖에 있어."

"네?"

"지금 석경이 찾는 거잖아. 걔 밖에 있다고. 얼른 나가 봐. 엄청 화났어."

눈치 빠른 수희가 새봄이 들고 있던 종이를 확 뺏었다.

"이건 내가 알아서 할게. 해수 씨 저렇게 된 거 내 책임도 있으니까. 그럼 가."

수희가 이럴 시간이 없다는 듯 먼저 응급실 안으로 들어가 버렸다. 그렇게 복도에 홀로 남겨진 새봄은 서둘러 밖으로 나갔다. 사실 큰 걱정은 없었다. 그냥 있는 사실 그대로 말하면 석경이 이해해 줄 거라는 믿음 때문이었다.

하지만 병원 앞에 주차한 차에 기대어 서 있는 석경을 발견하자마자 왠지 느낌이 안 좋았다.

그의 표정이 굉장히 차가웠다.

새봄은 용기를 내야만 했다. 심호흡을 크게 한번 하고, 그에게로 달려가며 활짝 웃었다.

"오빠가 어떻게 여기까지 오셨어요? 작가님 데려다주러 온 거예요?"

"……."

"아, 해수 씨는 작가님 집필실 앞에서 우연히 만났다가 갑자기 쓰러져서 제가 같이 병원에 왔어요. 하차 통보받은 것 때문에 스트레스가 상당했나 봐요. 잠도 못 자고 못 먹고…… 과로라고 하더라고요."

새봄은 말이 많아지고, 빨라졌다. 저를 바라보는 석경의 눈빛이 매우 낯설고 날카로웠기 때문이다. 그 눈빛에 할퀴기라도 한 것처럼 얼굴이 뜨거워졌다.

"오빠? 무슨 말이라도 해 봐요. 무서워요."

"핸드폰 어딨어?"

석경의 첫마디에 새봄이 곧장 주머니를 뒤지다가 병원 쪽을 가리켰다.

"가방에……."

"너 내가 경고했을 텐데. 정해수랑 만나다 걸리면 쫓아낸다고."

"그건 사적으로 만났을 때만이잖아요."

"그럼 이게 공적이라는 거야?"

석경이 제 핸드폰을 내밀어 카드 결제 내용을 보여 줬다. '러브 프라자'를 본 새봄이 빠른 사과를 했다.

"죄송해요."

"죄송? 사과를 왜 해? 아니라고 해야지. 네가 그 새끼랑 이런 델 왜 가?"

"해수 씨가 기운 없다고 잠깐 쉬면 될 것 같다고⋯⋯."

"⋯⋯."

석경이 마른침을 삼키며 머리카락을 쓸어 넘겼다. 그러곤 새봄을 노려봤다.

그럴수록 새봄은 더 열심히 변명을 늘어놓았다.

"해수 씨가 오빠를 오해하고 원망하고 있더라고요. 전 그걸 좀 풀어 주고 싶어서 밥 먹으면서 대화 좀 하려고 그래서 갔어요."

"뭔 개소리야. 네가 뭘 풀어 줘? 그리고 밥을 왜 그딴 데서 먹어!"

석경이 환장할 것 같은 표정으로 새봄을 쳐다봤다.

"너 진짜 멍청한 거야? 아님 정해수 좋아하냐?"

석경이 무섭게 다그치자 새봄은 이해할 수 없다는 얼굴로 그를 쳐다봤다. 대체 왜 이렇게까지 화를 내는지 알 수 없었다.

"말이 너무 심한 거 아니에요? 솔직히 오빠가 잘못했잖아요. 정해수 씨한테 갑자기 하차 통보하는 이유 제대로 설명해 줬어요? 그런 거 없었죠?"

"네가 뭔 상관인데."

"오빠 대단한 분인 거 알겠는데요. 아랫사람이라고 함부로 대하는 거 되게 보기 안 좋아요. 정해수 씨가 얼마나 힘들었으면 밥도 제대로 못 먹고 쓰러졌겠어요."

"너 지금 그 새끼 편드는 거야?"

새봄이 입을 꾹 다물어 버렸다. 그런 새봄을 당황스럽게 쳐다보던 석경은 이내 모든 걸 포기한 듯 아무런 감정 없는 어조로 말했다.

"이 정도면 내가 쫓아낸 게 아니라 네 발로 나가는 거야. 안 그래?"

"……."

"짐은 1층 창고에 내려놓을 테니까 가져가."

차갑다 못해 냉혹한 말 한마디.

그는 새봄에겐 눈길도 주지 않은 채 차에 올라탔다. 그리고 그렇게 차는 순식간에 병원을 빠져나가 버렸다.

"……."

무표정한 얼굴로 우두커니 길 한가운데 서 있던 새봄은 자기 최면을 걸었다.

누군가에게 버려지는 일은 전혀 새삼스럽지 않다고. 어차피 언젠가는 나가야 하는 집이었고, 그곳은 내가 계속 있을 수 있는 곳이 아니었다고. 이런 날이 올 거라는 걸 난 알고 있었고. 이건 예정된 이별이었다고. 그러니 난 아무렇지도 않다고.

하지만 왜 이렇게 눈물이 날 것 같지?

그에게 버려졌다는 사실보다 이제 다신 그를 볼 수 없다는 사실이 피부로 와닿았다. 그 순간 주체할 수 없는 감정이 복받쳐 올라왔다. 고개를 숙인 새봄은 입술을 꽉 깨물고 억지로 울음을 참았다.

집이 아닌 사무실로 돌아온 석경은 일부러 더 일에 매달렸다. 하지만 아무리 집중을 하려고 해도, 아까 병원 앞에서 울 것 같던 얼굴로 가는 제 차 뒤꽁무니만 쳐다보던 그 애가 떠올라 미칠 것만 같았다.

'해수 씨가 오빠를 오해하고 원망하고 있더라고요. 전 그걸 좀 풀어 주고 싶어서 밥 먹으면서 대화 좀 하려고 그래서 갔어요.'

그렇다고 남자랑 단둘이 모텔을 가? 내 카드로?

아무리 생각해도 그 애를 이해할 수가 없었다. 석경은 너무 화가 난 나머지 의자를 박차고 자리에서 일어났다.

"됐어. 이번엔 절대 봐주면 안 돼. 혼 좀 나야 돼, 아주."

석경은 그렇게 자꾸만 약해지려는 마음을 다잡았다.

사실 이성적으론 이러면 안 된다는 걸 잘 알고 있었다. 그 애는 엄연한 성인이고, 누굴 만나서 어딜 가든 자신이 상관할 바는 아니었다. 그리고 갈 곳이 없는 그 애에게 나가라고 한 건 굉장히 치사한 방법이었다.

"미친놈. 나쁜 새끼."

석경은 자학하듯 머리카락을 마구 헝클어뜨리며 후회했다. 역시 나가라고 한 건 심한 것 같았다.

그렇게 한참 석경이 괴로워하고 있던 그때 노크 소리와 함께 문이 열리고 김 팀장이 들어왔다.

"대표님, 퇴근 안 하십니까?"

"너 먼저 가."

"네. 그럼 저 먼저 들어가 보겠습니다. 아, 맞다!"

김 팀장이 인사를 하고 나가려다가 다시 들어왔다.

"팀장님 '러브 프라자' 말입니다."

"그 얘긴 또 왜 꺼내. 가라고!"

"아니, 아까부터 계속 물으시길래 중요한 것 같아서 제가 구글링을 좀 해 봤는데요. 서울에 하나 나오더라고요. 한국대 병원 근처. 근데 좀 이상해요."

"왜?"

"업종이 음식점으로 나오던데요?"

"뭐?"

석경이 제 귀를 의심하듯 되물었다. 그러자 김 팀장이 포스트잇에 주소 하나를 적어 내밀었다.

"그게 주소예요. 한번 가 보세요. 전화번호는 없더라구요."

라고 말하며 김 팀장이 퇴근하겠다는 인사를 남기고 사무실을 나갔다. 석경은 멍한 얼굴로 포스트잇을 응시하다가 곧장 밖으로 뛰쳐나갔다.

끼이이익.

도로변에 아무렇게나 정차한 석경은 튕겨 나오듯 차에서 내렸다. 그러곤 빨간 바탕에 '러브 프라자'라고 흰 글자로 새겨진 간판을 올려다봤다. 마침 가게에서 대머리 아저씨 한 분이 밖으로 나왔다.

"총각, 왜 거기 그러고 서 있슈?"

"이 가게 주인이세요?"

"오늘 영업 끝났는디."

"여기가 뭐 하는 뎁니까?"

"죽집인디유."

상상조차 하지 못했던 대답이었다.

"죽집이요? 죽을 판다고요? 여기서?"

석경은 너무 어이가 없어서 간판을 올려다보며 헛웃음을 지었다. 비단 '러브 프라자'라는 상호를 가진 죽집 때문만은 아니었다.

아까 뭐에 씐 듯 그 애의 말은 듣지도 않고 화를 내고 소리 지른 자신이 너무 쪽팔리기도 하고 여러 가지 감정들이 교차했다.

"더위 먹었슈?"

웃다가 화를 내다가 한숨을 쉬다가 정신이 없어 보이는 석경을 향해 주인아저씨가 한마디 내뱉곤 홀연히 사라졌다.

아저씨가 떠나자마자 석경은 가게 안을 들여다봤다. 테이블은 세 개 정도였고, 벽에 걸린 메뉴판을 보니 틀림없는 음식점이었다.

'해수 씨가 오빠를 오해하고 원망하고 있더라고요. 전 그걸 좀 풀어주고 싶어서 밥 먹으면서 대화 좀 하려고 그래서 갔어요.'

진짜 밥 먹으러 온 거였다니. 그래, 그럼 그렇지. 그 애가 그렇게 생각 없이 아무 남자랑 이상한 데 가고 그럴 애가 아닌데. 근데 아까 내가 그 애한테 뭐라고 했더라?

'뭔 개소리야. 네가 뭘 풀어 줘? 그리고 밥을 왜 그딴 데서 먹어!'

개소리는 내가 했구나. 이런 젠장.

"후우……."

허리춤에 손을 올린 석경은 땅이 꺼져라 한숨을 내쉬었다.

자기 자신에게 너무 화가 났다. 아깐 대체 뭐에 그렇게 눈이 뒤집혀 그 애 말을 제대로 듣지도 않고, 갈 데 없는 거 뻔히 알면서 나가라고까지 했는지 이해할 수 없었다.

석경은 서둘러 핸드폰을 꺼내 전화를 걸었다.

"받아라. 제발……."

하지만 통화 연결음만 들릴 뿐 그 애는 전화를 받지 않았다. 석경은 초조해졌다.

설마 나가란다고 진짜 나간 건 아니겠지? 이럴 게 아니라 빨리 집으로 가야겠다.

석경은 차에 올라탔다. 황급히 시동을 걸고 출발하려던 그때. 핸드폰 진동과 함께 액정에 그 애의 이름이 떠올랐다. 석경은 곧장 전화를 받았다.

"어디야?"

—나 병원.

수화기 너머로 익숙한 목소리가 들려왔다. 그 애 목소리는 아니었다.

"김수희? 네가 새봄이 핸드폰을 왜 가지고 있어?"

—너야말로 지금 어디야? 병원으로 좀 와라. 여기가 몇 호냐면…….

"내가 거길 왜 가?"

—해수 씨 방금 깨어났어. 내가 얘기하는 것보단 네가 직접 얘기하는 게 좋을 것 같아서.

"새봄이는?"

—새봄인 아까 집에 갔지.

"걔가 집에 간다고 했어?"

—어. '먼저 집에 가 보겠습니다.' 하고 갔지. 근데 정신을 어디다 놓고 다니는지 가방도 두고 갔어. 네가 와서 가져가.

"몇 호야?"

—1021호.

석경은 곧장 차를 출발시켰다.

* * *

"저기요 선생님."

해수가 겨우 손을 뻗어 링거액을 교체하고 나가려는 간호사를 붙잡고 물었다.

"저랑 병원에 같이 온 여자 못 보셨어요?"

"모자랑 선글라스 쓴 분 말씀하시는 건가? 지금 밖에서 통화하고 계시던데."

"그분 말구요. 청바지 차림에 머리카락은 이 정도 내려오고, 눈 동그래가지고 되게 귀엽게 생긴……."

"잘 모르겠는데요."

간호사가 고개를 갸웃하고 있었는데, 마침 문이 열리고 수희가 들어왔다. 수희가 무슨 일이냐며 호기심 어린 몸짓으로 어슬렁거리며 다가오자 간호사는 인사를 하고 밖으로 나갔다.

"해수 씨, 왜? 어디 불편한 데라도 있어?"

"아뇨……."

해수는 수희가 들고 있는 새봄의 백팩을 유심히 쳐다봤다. 그를 알아차린 수희가 대답했다.

"새봄이 찾는구나? 걔 내가 집에 보냈는데."

"아…… 지금 밤이 늦었죠. 다행이네요. 걱정했는데."

해수는 창문 너머 까만 밤하늘을 보며 아쉬워하면서도 안도했다. 그를 물끄러미 쳐다보던 수희가 말했다.

"해수 씨, 저번에 내가 했던 질문 다시 해도 될까?"

"네. 말씀하세요."

"첫눈에 반해 본 적 있어?"

해수가 천천히 고개를 돌려 수희를 바라봤다. 그는 아까 낮에 죽 한 숟가락이라도 더 먹고 힘내라며 수저를 쥐어 주던 새봄을 떠올리며 미소를 지었다.

"네. 있습니다. 같은 여자한테 두 번이나."

* * *

"우석경!"

병원 밖으로 나온 수희는 흡연 구역에서 담배를 피우고 있는 석경을 발견하곤 소리쳤다. 그러곤 화난 얼굴로 달려갔다.

"올라오라니까. 나 아직 해수 씨한테 얘기 안 했어. 너 오면 네가 직접 얘기해 줄 거라고 했단 말이야."

"내가 왜. 그냥 네가 얘기해. 네가 결정한 거잖아. 그리고 그거 이리 내놔."

석경은 수희가 들고 있는 새봄의 백팩을 뺏어 들었다. 애초에 목적은 이거였다. 그는 볼일 다 봤다는 듯 담배를 껐다.

"간다."

"잠깐!"

수희의 부름에 석경이 고개를 돌렸다.

"내가 보려던 건 아니고 그냥 보여서 봤는데. 새봄이가 너 '보호자'라고 저장했더라?"

"……그래? 근데 그게 왜."

"너 방금 살짝 당황한 거 내가 다 봤어."

"하고 싶은 말이 뭐야."

"말 그대로야. 네가 왜 새봄이 보호자냐고. 너 왜 이렇게 걔한테 잘해 주는 건데?"

"내가 걔한테 잘해 준다고? 뭘 보고?"

정말 아무것도 모르겠다는 얼굴로 석경이 되묻자 수희는 어이가 없었다.

"야, 너 정해수 보러 온 것도 아니라면서. 그럼 순전히 그 가방 하나 가지러 온 건데. 네가 남의 가방 챙기러 바쁜 시간 빼서 여기까지 올 놈이야? 그리고 아까도 새봄이가 정해수랑 같이 있는 거 알고 눈 뒤집혔잖아."

"그건 그럴 만한 이유가 있었어. 네가 생각하는 그런 거 아니야."

"내가 생각하는 그런 게 뭔데?"

"김수희."

석경이 화가 난 얼굴로 수희의 이름을 힘주어 불렀다. 하지만 수희는 멈추지 않았다.

"너 서둘러야 할걸? 해수 씨가 새봄이 좋아하는 것 같아. 반했대. 두 번이나."

"그래서 어쩌라고."

"옆에 있을 때 잘해. 넌 꼭 뒤늦게 후회하더라. 수연이 일도 그렇고."

"……."

"아까 새봄이한테 뭐라고 했지? 안 봐도 뻔해. 얼마나 못되게 말했을까. 애가 얼굴이 하얗게 질려서 정신없이 그냥 가더라. 눈은 빨개 가지고. 분명 울었어, 걔."

울었다고? 석경의 마음이 요동치기 시작했다. 하지만 애써 감정을 억누른 채 일부러 더 냉정한 눈빛으로 수희를 쳐다봤다.

"수연이가 그 애 사진을 갖고 있었어."

처음 듣는 소리에 수희가 놀란 눈으로 되물었다.

"수연이가 새봄이 사진을? 왜?"

"몰라. 난 단지 그것 때문에 그 애가 더 신경 쓰였을 뿐이야. 그러니까 망상 그만하라고."

"새봄이한테 물어봤어? 수연이 아냐고. 지금 어딨냐고."

"아니."

"왜? 그거 알아내려고 집에까지 들인 거 아니었어?"

"아니야."

"그럼 왜?"

"⋯⋯."

석경은 그 애가 옥탑방에서 몹쓸 짓을 당하고 제게로 달려온 그날 밤을 떠올렸다.

"⋯⋯불쌍해서."

"우석경. 사랑의 최소 단위가 뭔지 알아? 연민이야."

"⋯⋯."

"그 사람의 아픔이 내 마음에 들어올 때 우리는 그것을 흔히 연민이라고 한다. 연민은 사랑의 또 다른 말이다, 라고 내가 2회 29씬에 썼는데. 너 대본 안 봤어? 야, 연민도 사랑에서 파생된 감정이라고. 뭐, 내가 백날 말해 봤자. 본인이 아니라면 아닌 거겠지만, 근데 난 그냥 네가 인정하고 편해졌으면 좋겠어. 그거 뭐 어려운 것도 아니잖아."

뼈 때리는 수희의 말에 석경은 그냥 말없이 돌아섰다.

"우석경, 넌 너무 어렵게 살아. 제발 그렇게 좀 살지 마!"

뒤에서 들려오는 수희의 다그침을 무시한 채 석경은 차에 올라탔다.

* * *

현관 앞에 그 애의 신발이 없었다.

석경은 새봄의 가방을 거실 소파에 던지듯 내려놓고 그 애의 방으로 향했다. 다행인지 불행인지 짐은 그대로였다.

"대체 어딜 간 거야……."

당연히 그 애가 집에 있을 거라고 생각했던 석경의 얼굴에 당혹감이 번져 갔다.

거실을 서성이던 석경은 도저히 견딜 수가 없었다. 왠지 제 느낌에 그 애가 집에 못 들어오고 밖에서 배회하고 있을 것만 같았다. 석경은 그 길로 밖으로 나가 골목을 내려갔다.

그 애가 자주 가는 편의점과 혹시 몰라서 PC방까지 가 봤지만 헛수고였다.

아무런 소득 없이 건물 밖으로 나온 석경은 답답함에 마른 세수를 하며 횡단보도 앞에 섰다.

그런데 그때였다. 요란한 사이렌 소리가 도로에 가득 울려 퍼졌다. 석경이 천천히 고개를 들어 도로 위를 달리는 경찰차와 구급차를 응시했다. 차가 경광등을 번쩍거리며 건너편 골목으로 진입하고 있었다.

왠지 느낌이 안 좋았다. 저곳은 그 애가 예전에 살던 옥탑이 있던 곳이었다.

순간 석경은 아무 이유도 모른 채 끌리듯 그곳으로 향하고 있었다. 골목 초입에 들어서자 가로등도 몇 개 없는 깜깜한 동네가 경광등의 빨간 불빛으로 번쩍거리고 있었다.

"……!"

골목을 올라가던 석경이 바닥에 떨어진 뭔가를 발견하곤 우뚝 걸음을 멈췄다.

"이게 왜……."

석경은 허리를 숙여 바닥에 널브러져 있는 신발 한 짝을 주워 들었다. 그 애의 운동화였다. 제가 사 준 거라 똑똑히 기억한다.

'괜찮아요. 저 원래 신발 살 때 크게 사거든요.'

제 발보다 훨씬 큰 운동화를 신고도 신발을 사 온 사람이 무안할까 봐 그 애는 그렇게 말하며 웃어 줬다. 받는 게 어색한지 수줍어하며 웃던 그 애의 미소가 떠올라 석경은 가슴이 쥐어짜듯 아팠다.

대체 이게 어떻게 된 일이지? 이 신발이 왜 여기에 이렇게 굴러다니는 건데. 게다가 이 동네에 무슨 일이 생겼길래 경찰차까지 온 걸까?

석경은 뭐에 홀리듯 신발을 손에 쥔 채 사람들이 모여 있는 곳으로 달려갔다.

불행히도 그곳은 그 애가 살던 옥탑 집이었다.

"무슨 일입니까?"

다급해진 석경이 아무나 붙잡고 물었다. 그러자 아주머니 한 분이 대답했다.

"이 집 아들내미가 성폭행하고 도망가려다 잡혔대요."

"누굴요?"

"여기 옥탑에서 자취하던 애라던데."

아주머니의 말이 끝나기도 전에 석경은 사람들을 밀치고 집 안으로 달려 들어갔다.

"들어가시면 안 됩니다!"

폴리스 라인을 치던 경찰이 석경을 막아섰다. 하지만 그는 머리로는 그러면 안 된다는 걸 알면서도 몸은 계속 경찰을 뿌리치고 안으로 들어가려고 하고 있었다.

그런데 그때 사람들의 웅성거림이 더욱 심해졌다. 옥탑에서 경찰이 수갑을 찬 남자를 끌고 내려왔기 때문이다.

한동안 그 애를 매일 밤 악몽으로 몰아넣었던 그놈이었다.

그놈은 석경과 눈이 마주치자 마치 제가 승자라도 된 것처럼 비웃음을 흘리고 있었다.

그 순간 석경의 이성이 완전히 무너져 버렸다.

그 애를 그렇게 병원 앞에 버리고 오는 게 아니었다. 어떻게든 차에 태워 집까지 데려다줬어야 했다. 소리 지르고 화를 낼 게 아니라 차분히 얘기를 나눴어야 했는데…….

그는 머릿속으로 드는 수천수만 가지의 생각들이 뒤엉켜 괴로웠다.

"자자, 다들 비키세요!"

그사이 덩치 큰 형사들이 놈을 데리고 대문 밖으로 나와 경찰차로 향했다.

석경을 막아서고 있던 경찰들도 놈의 주변으로 걸음을 옮겼고, 덕분에 자유로워진 석경은 놈의 뒤통수에 시선을 고정한 채 넥타이를 풀어 헤쳤다. 그러곤 넥타이를 양손에 꽉 쥐고 성큼성큼 놈에게로 향했다.

"윽!"

석경은 올가미처럼 넥타이로 놈의 목을 낚아챘다. 갑자기 뒤에서 목을 졸리자 놈이 괴성을 지르며 바닥으로 넘어졌다.

넘어진 놈의 몸이 뒤로 질질 끌려갔다. 석경이 넥타이를 끌어 당긴 것이다.

"으악, 악!"

눈알이 당장이라도 튀어나올 것 같은 얼굴로 놈이 살려 달라고 발버둥 쳤지만, 석경은 눈 하나 깜짝하지 않고 손에서 힘을 놓지 않았다.

"까악!"

주변에 몰려 있던 사람들이 비명을 지르며 도망쳤다. 그 바람에 석경과 사람들과의 반경이 넓어졌다. 석경을 막으려고 달려들던 형사들은 갑자기 구토를 하는 놈 때문에 주춤했다.

"누구십니까. 누구신데 이러세요? 당장 멈추세요!"

퍽! 퍽퍽퍽!

경찰의 말이 들리지 않는지 그가 이번엔 아예 놈의 얼굴을 마구 밟았다. 구둣발에 짓이겨진 놈의 얼굴이 피떡이 되었다.

무슨 영화에서나 볼 법한 장면에 사람들은 경악하면서도 마음속으론 통쾌해했다.

"선생님! 이제 그만하세요, 그만! 혹시 피해자 가족이세요?"

피해자라는 단어에 석경은 발길질을 멈출 수밖에 없었다.

피해자라니. 어째서 그 애가 이런 끔찍한 일을 당하게 된 걸까……. 나 때문이야. 내가 그 애를 버리고 오지만 않았어도.

"여기 구급차!"

석경이 넋을 잃고 있자 그제야 경찰들이 그의 양팔을 세게 붙들어 맸다. 그리고 기절한 놈은 경찰차가 아니라 구급차에 실려 먼저 떠났다.

"아무리 피해자 가족분이라고 해도 이러시면 안 되죠."

경찰은 그를 피해자의 가족이라고 단정 지었다. 그게 아니면 이렇게까지 사람을 죽어라 패는 건 말이 안 됐으니까.

"선생님도 같이 서로 가셔야겠습니다."

"어딨습니까?"

"누구 말입니까. 피해자분이요?"

"……."

자꾸만 사람들이 그 애를 피해자라고 지칭했다. 석경은 그게 너무도 고통스러웠다. 그가 마른세수를 하며 애써 마음을 진정시키려 노력했다. 하지만 쉽지 않았다. 미칠 것만 같았다.

"어딨냐니까!"

어떤 상황에도 특유의 덤덤한 성격과 정확한 판단력으로 위기 관리 능력이 매우 뛰어나던 석경이 무너지고 말았다.

그가 엉망으로 구겨진 얼굴로 옆에 있던 경찰의 멱살을 잡고 소리 질렀다.

"그 애 지금 어딨냐고!"

"많이 놀라신 모양인데 진정하세요. 동생분은 아까 먼저 병원으로 이송했습니다. 근데 피해자분 형님 맞으시죠?"

"……그게 무슨 소립니까?"

형님이라니.

석경이 황당한 얼굴로 경찰을 쳐다봤다. 그러자 경찰이 사무적인 말투로 대답했다.

"동성 간 성폭행 사건은 흔하지 않죠. 그래서 더욱 놀라신 거 이해합니다. 일단 자세한 건 서에서 다 말씀드리겠습니다. 가시죠."

"잠깐. 잠깐만요."

이게 대체 무슨 일이야. 동성 간 성폭행이라니. 새봄이가 왜 그놈과 동성이냐고.

석경은 태어나 처음으로 사고가 멈추는 경험을 했다. 머릿속이 하얘졌다.

"타세요."

얼떨결에 경찰 손에 끌려 경찰차에 올라탄 석경은 망연자실한 얼굴로 운전석을 향해 물었다.

"피해자는 한 명 맞죠? 남자. 다른 피해자는 없는 거죠?"

"네. 옆에 계신 분이 신고해 주셔서 그나마 큰 화는 피했어요. 저놈 흉기까지 지니고 있었더라고요. 옆에 분도 많이 놀라셨나 보네. 괜찮으세요?"

옆에 사람이 있는 줄도 몰랐던 석경은 경찰의 말에 그제야 고개를 돌려 먼저 차에 타고 있던 사람을 쳐다봤는데.

"네가 왜 여깄어?"

석경의 두 눈이 커다래졌다.

제 옆엔 오늘 그토록 찾아 헤매던 그 애가 두 눈을 동그랗게 뜨고 쳐다보고 있었다.

"내가 널 얼마나 찾았는지 알아!"

아까까지 소리 지른 거 그렇게 후회해 놓고 또 소릴 지르고 말았다.

"저, 저, 저를 왜⋯⋯."

새봄은 말을 더듬었다. 차 안에서 석경이 폭주하는 모습을 다 본 것이다. 너무 놀라서 나갈 엄두조차 못 내고 있었는데, 하필 그가 딱 이 차에 올라탔다.

"두 분 아는 사이세요?"

형사가 차를 출발시키며 물었다. 그러자 새봄이 작게 '네'라고 대답했고, 석경은 그저 한숨과 함께 머리카락을 쓸어 넘기며 새 봄을 쳐다봤다. 그 애는 어딘지 모르게 잔뜩 주눅이 든 얼굴로 고개를 숙이더니, 두 눈을 축 내리깔고 있었다.

* * *

경찰서 앞.

비교적 일찍 조사가 끝난 새봄은 밖으로 나왔다.

택시 타고 먼저 집에 가 있으라는 석경의 당부에도 불구하고 새봄은 경찰서 주변을 서성이다가 계단 끝에 쪼그리고 앉았다.

석경이 언제 나오나 계속 뒤를 돌아보던 새봄은 어딘가를 보고 놀라 황급히 구석으로 몸을 숨겼다.

정문에 정차한 경찰차에서 그놈이 내렸다. 놈은 붕대로 얼굴을 꽁꽁 싸맨 채 형사들의 부축을 받아 절뚝이며 건물 안으로 들어가 고 있었다.

새봄은 덜덜 떨리는 손을 맞잡으며 생각을 떨쳐 내려 노력했다. 하지만 자꾸 아까 있었던 일이 떠올라 괴로웠다.

집 근처 편의점에 있다가 놈이 저보다 작고 왜소한 남학생을 억지로 끌고 가는 것을 목격한 새봄은 처음엔 그냥 무시하고 피하는 쪽으로 마음을 먹었었다.

하지만 혹시나 하는 마음에 근처에 숨어서 남학생이 무사히 나오는 것만 확인하고 가려고 했는데, 옥탑에서 저를 내려다보고 있던 놈과 눈이 딱 마주치고 말았다. 그 길로 새봄은 신발이 벗겨진 줄도 모르고 미친 듯이 달려 그곳을 도망쳤다. 그리고 경찰서에 신고했지만, 이미 늦어 버렸다.

놈에게 농락을 당하다 죽으려고 혀를 깨물었는지 남학생이 피투성이 얼굴로 구급차에 실려 간 것이다.

그 모습이 다시금 떠오르자 새봄은 자책했다.

"나 때문에……."

고개를 떨군 채 괴로워하던 새봄의 머리 위로 그림자가 졌다. 새봄이 천천히 고개를 들었다. 가로등 불빛을 등진 누군가의 얼굴이 서서히 시야에 들어왔다.

석경이었다. 늘 단정하게 빗어 올린 머리카락이 헝클어져 있었고, 셔츠는 구겨지고 더럽혀져 있었다. 게다가 손등엔 상처까지.

"오빠……."

새봄은 저도 모르게 그를 부르며 자리에서 일어났다. 그러자 석경이 당황한 얼굴로 쳐다봤다.

"너 우냐?"

"아뇨. 안 우는데요."

새봄이 코를 훌쩍이며 고개를 흔들었다.

풀이 죽은 새봄을 가만히 응시하던 석경은 한숨을 크게 내쉬었다.

"진짜 환장하겠다."

"왜요? 합의금 많이 나왔어요?"

"합의금 같은 소리 하고 있네. 너 때문이잖아. 너 진짜 왜 이렇게 말을 안 듣나? 내가 그 동네 절대 혼자 가지 말라고 하지 않았나?"

형사에게서 새봄의 진술을 대신 전해 들은 석경은 속이 탔다. 하마터면 새봄이 남학생 다음 타깃이 될 뻔한 거였다. 생각만으로도 아찔했다. 그런데 갑자기 새봄의 울먹이는 목소리가 들렸다.

"오빠 말 들을 걸 그랬어요. 저번에 그냥 신고할걸. 그랬으면 그 학생 그런 일 안 당했을 텐데 나 때문에……."

"그러니까 앞으로라도 내 말 좀 들어. 내가 뭐랬어? 이럴 땐 남 탓 하라고 했잖아. 너 잘못한 거 없어. 그러니까 자책 그만해."

"……."

하지만 여전히 그건 쉽지 않은 듯 새봄은 괴로운 얼굴로 서 있었다. 석경은 어디 다친 데는 없나 새봄의 머리부터 발끝까지 살펴보다가 운동화 한쪽을 잃어버린 그 애의 왼쪽 발에 시선을 고정했다.

상처가 난 맨발을 물끄러미 보던 석경은 등을 내밀었다.

"업혀."

새봄이 놀란 눈으로 쳐다봤다. 그러자 멋쩍은 듯 석경이 더 퉁명스레 말했다.

"집에 안 갈 거야?"

"집이요? 저…… 가도 돼요?"

새봄이 눈치를 보며 묻자 석경은 아예 새봄의 팔을 당겨 목에 둘러메더니 단숨에 등에 업었다.

"더럽게 가볍네."

"더럽게 가벼운 건 안 좋은 거죠?"

"당연하지."

"이상하네…… 나 오늘 죽 두 그릇이나 먹었는데."

새봄의 중얼거림을 들은 석경은 '죽' 소리에 괜히 뜨끔했다.

'러브 프라자'에서 삼만 원이 왜 나왔나 했더니, 이 녀석이 두 그릇, 정해수가 한 그릇, 죽이 한 그릇에 만 원이었으니까. 합이 삼만 원.

낮에 '러브 프라자'에서의 삼만 원은 대실이 아니냐는, 합리적 의심을 하던 김 팀장의 말에 넘어갔던 석경은 새봄을 볼 면목이 없었다. 어쩌면 등에 업고 있는 게 다행이었다.

"근데 아까 그 동네엔 어쩌다 오신 거예요? 혹시 저 찾으러……."

"어. 맞아."

아니라고 할 줄 알았는데 석경이 순순히 인정하자 새봄은 괜히 긴장돼서 침을 꼴깍 삼켰다.

곧 나지막한 그의 목소리가 들렸다.

"앞으론 내가 나가라고 해도 그냥 뻔뻔하게 있어. 괜히 밖에 돌아다니다가 오늘처럼 사람 놀라게 하지 말고. 내 말 듣고 있지?"

"네……."

"근데 너 어디 아프냐? 목소리에 왜 이렇게 힘이 없어?"

"아닌데요! 저 힘 많은데요!"

"누가 소리 지르래? 귀 아프니까 작게 말해."

새봄이 석경의 뒤통수를 흘겨봤다. 그러다 그가 일부러 긴장을 풀어 주려 농담을 건넨다는 사실을 깨닫곤 입가에 미소가 번졌다.

"맞다. 저요. 앞으론 정해수 씨 절대 안 만날 거예요. 오늘은 진짜 어쩔 수 없이……."

"상관없어. 만나. 네 맘대로 해. 대신……."

"……."

"나한테 말하고 만나."

"왜요?"

"……."

갑자기 정적이 흘렀다. 새봄은 괜히 긴장해서 심박 수가 마구 올라가고 있었는데.

뒤늦게 정적을 깨고 그의 목소리가 들려왔다.

"보호자니까. 원래 그런 거잖아. 부모님한테 친구 누구 만난다고 보고하고 나가고 그러잖아."

새봄의 표정이 떨떠름해졌다. 처음 석경이 보호자가 돼 주겠다고 했던 그날은 너무나도 기뻤는데, 지금은 왠지 뭐랄까 굉장히 서운한 기분이 들었다.

오빠 내가 다른 남자를 만나도 아무렇지 않은 걸까? 어째서? 날 이성적으론 생각하지 않으니까?

"아…… 네. 앞으론 그럴게요. 해수 씨 만날 때마다 오빠한테 다 말할게요. 보호자시니까."

"만날 때마다? 너 뭐 앞으론 걔 되게 열심히 만날 생각인가
보다?"

석경이 살짝 고개를 돌려 새봄을 째려봤다. 갑자기 그의 얼굴이
가깝게 다가오자 새봄은 놀라서 피하다가 하마터면 뒤로 자빠질
뻔했다. 그 바람에 새봄은 얼떨결에 석경의 목을 꽉 껴안고 말았다.

"죄, 죄송해요."

"됐고. 똑바로 잡아."

태연한 목소리와 달리 그의 귀가 빨갛게 달아올라 있었다. 새
봄은 갑자기 전류가 흐르듯 찌릿한 기분이 들었다. 그를 의식하
는 순간 그와 닿은 제 몸의 세포 하나하나가 불에 덴 듯 뜨거워
지는 것을 느꼈다.

분명 아까까진 아늑하고 편안한 등이었는데, 지금은 불편하기
짝이 없었다. 이러다 심장이 터질 것만 같았다.

새봄은 괜히 딴 곳을 보며 시선을 분산시켰다. 하지만 낙엽으
로 물들기 시작한 예쁜 가로수 길도 지금 당장은 눈에 들어오지
않았다.

새봄의 정신은 온통 석경에게로 향해 있었다. 그때 가을이 익어
가는 따스한 냄새와 함께 그의 목소리가 불어왔다.

"아까 병원에서……."

그가 말을 할 때마다 자신이 잡은 그의 너른 어깨를 통해
진동이 느껴진다. 그 진동은 마음에까지 퍼져 진한 떨림으로
남았다. 그 여운이 굉장히 짜릿하고 간질간질했다.

나 왜 이러지? 변태인가?

새봄은 고개를 마구 흔들며 몸에서 느껴지는 이상한 감정을 떨쳐내기 위해 노력했다. 그사이 석경은 뭔가 말을 꺼낼까 말까 고민하더니 대뜸.

"미안했다."

그와 어울리지 않는 단어였다.

당황해하던 새봄은 석경의 옆얼굴을 살짝 훔쳐봤다. 이렇게 가까이에서 그를 보는 건 처음이라 두근두근했다.

짙은 눈썹과 높은 코는 보면 볼수록 감탄을 일으켰다. 심지어 귓바퀴마저도 잘생겨 보였다.

"신새봄, 내 말 듣고 있어?"

"네?"

석경의 얼굴을 감상하던 새봄이 뒤늦게 정신을 차렸다.

"네. 듣고 있었어요. 미안하다고 하셨잖아요. 근데 뭐가요?"

"아까 갈 데도 없는 너한테 집에서 나가라고 했잖아. 그거 미안했다고."

쑥스러운 모양인지 석경의 목소리가 점점 작아졌다. 새봄이 미소를 지으며 능청을 떨었다.

"안 들렸어요. 뭐라고요?"

"다 들은 거 알거든?"

"역시 못 속인다니까. 근데 오빠도 미안하다고 할 줄 아네요?"

"야, 너 이제 그만 말해. 말하니까 점점 무거워진다."

"무, 무거워요? 이럴 줄 알았어. 저 그냥 여기서 내려 주세요."

"이미 다 왔거든?"

석경이 괜히 투덜거리며 골목을 올라가 집으로 향했다.

뒤통수만 보고 있는데도 그가 무슨 표정을 짓고 있는지 알 것 같았던 새봄은 웃음을 터뜨리고 말았다. 그렇게 정신없이 웃던 새봄의 표정이 돌연 진지해졌다.

"오빠, 저 뭐 하나만 물어봐도 돼요?"

"말 그만하라고, 무겁다니까."

"하나만."

"뭔데."

"이성적으로 좋아하는 건 어떻게 좋아하는 거예요?"

새봄은 지금 제가 느끼고 있는 이 감정이 뭔지 확실히 알고 싶었다. 정말 그를 단순히 친구 오빠로서 좋아하는 건지 아니면 그 이상인 건지.

아직도 가슴에 여운이 남아 있는 이 떨림은 대체 뭘까?

새봄은 조용히 그의 대답을 기다렸다. 하지만 그는 묵묵부답이었다.

"안 알려 주실 거예요?"

새봄이 재촉했다. 그러자 곧 석경의 목소리가 들려왔다.

"정해수 얘기하는 거야?"

말투가 아까완 다르게 굉장히 적대적이었다.

대체 해수 씨를 왜 이렇게 싫어하는 걸까? 새봄은 물어보려다가 또 석경이 화를 낼 것 같아서 조용히 입을 다물었다.

"정해수 맞네. 맞지?"

그랬더니 오해가 깊어졌다.

"넌 사람 보는 눈 좀 길러라. 걔가 왜 좋나?"

"해수 씨 아닌데요."

"그럼 누군데?"

제 마음이 들킬세라 새봄이 얼른 대답했다.

"그건 비밀이에요!"

"비밀은 무슨, 너 다 들켰거든? 얼마나 좋아하면 내 카드로 죽도 사 먹이고, 병원에도 데려다주고, 네가 걔 매니저냐?"

"오빠 카드로 죽 사 먹은 건 죄송하구요. 그건 제가 갚을게요. 그리고 사람이 쓰러졌는데 그냥 버리고 가요? 해수 씨는 매니저도 없대요."

"스톱. 이제 걔 얘기하지 마."

새봄은 어이가 없었다. 정해수 얘긴 본인이 먼저 꺼냈으면서.

"제가 그냥 넘어가려고 했는데요. 오빤 해수 씨를 왜 그렇게 싫어하세요?"

"싫은데 꼭 이유가 있어야 하나."

세상 쿨하게 대답해 놓고 석경은 하필 그 순간 수희의 말이 제일 먼저 떠올랐다.

'새봄이가 정해수랑 같이 있다니까 질투 나서 이러는 거잖아. 그게 좋아하는 거야.'

'어머나, 너 그래서 정해수를 싫어했구나? 새봄이 때문에.'

헛웃음이 절로 나왔다.

내가 공과 사도 구분 못 할 정도로 얘를 좋아한다고? 그게 말이 돼? 더구나 얜 나한테 이성적인 감정이라곤 전혀 없다잖아.

그저 고마운 친구 오빠일 뿐이라고 남기한테도 말했다잖아. 나도 그거야. 그냥 내 동생 같아서…… 아니지, 난 동생은 없지만, 아무튼 그거 비슷한 감정일 뿐이야.

"근데 해수 씨 진짜 교체되는 거예요?"

"지금 나랑 일 얘기하자는 거야?"

"아뇨! 안 할래요."

"왜?"

"일로 만나는 오빠 나랑 너무 먼 사람같이 느껴져요. 이렇게 둘이 있을 땐 너무 편하고 좋은데……."

"아…… 그래? 넌 내가 편하구나. 몰랐네."

빈정거리는 말투가 절로 튀어나왔다. 석경은 묘하게 자존심이 구겨졌다.

편하다는 건 내가 이성적으론 느껴지지 않는다는 거니까. 역시 난 얘한테 그저 그런 친구 오빠인가 보다. 이미 알고 있었던 사실인데 왜 이렇게 마음이 불편한지 모르겠다.

그나마 불어오는 선선한 가을바람으로 쓰린 마음을 달래고 있던 석경은 사륵, 하고 흘러내려 온 그 애의 머리카락이 뺨을 스치자 심장이 찌릿했다.

샴푸 향과 함께 그 애에게서 나는 달콤한 살 냄새도 코끝으로 전해졌다. 그러자 깊숙이 접어 두었던 감정이 소용돌이치듯 휩쓸려 올라왔다.

등에 닿은 따뜻하고 폭신한 감촉 때문에 몸의 온 신경 세포들이 곤두서는 느낌이 들었다.

쿵쿵. 석경의 심장이 비정상적으로 빨리 뛰기 시작했다. 그리고 그보다 더 빠르게 피가 배꼽 아래로 몰렸다.

"오빠, 제가 아까 물은 거 왜 대답 안 해 줘요? 이성적으로 좋아하는 건 어떤 감정인지…….."

"그런 걸 왜 나한테 물어?"

석경은 정해수를 향한 새봄의 마음이 뻔히 보여 속에서 천불이 났다. 그래서 말이 곱게 나오지 않았다.

"연애사는 네가 알아서 해. 그런 거 구구절절 나한테 다 얘기하지 말라고. 내려."

어느새 현관 앞에 도착한 석경은 팔을 확 풀어 버렸다. 그 바람에 새봄이 비틀거리며 넘어질 뻔하자 얼른 팔을 낚아채 바로 세워 주었다.

"자라."

그렇게 그는 무뚝뚝하게 한마디 내뱉곤 방으로 들어가 버렸다.

20분 만에 바닥에 두 발로 서게 된 새봄은 곧장 심장 부근에 손을 가져다 댔다. 비록 그에게 답은 듣지 못했지만, 가슴이 아직도 이렇게 뛰는 걸 보니 답은 뻔했다.

자신에게 그는 친구의 오빠, 고마운 사람, 은인, 그 이상이라는 걸.

* * *

샤워기 아래에 선 석경은 고개를 숙여 제 몸을 확인했다.

"미친 새끼."

작게 욕을 읊조리던 그는 밸브를 확 돌려 찬물을 틀었다.

쏟아지는 찬물 아래에서도 그의 몸에서 뿜어져 나오는 열기는 쉽게 가라앉지 않았다. 그 바람에 샤워 시간이 평소보다 세 배는 더 길어졌다.

기진맥진한 상태로 침실로 나온 석경은 곧장 핸드폰을 들어 수희에게 전화를 걸었다. 그리고 대뜸.

"나 궁금한 게 있는데."

―좋아하는 거라니까.

개떡같이 말해도 찰떡같이 알아듣는 걸 보니 작가는 작가인가 보다. 숨 쉴 틈도 없이 들려온 수희의 대답에 석경은 머리카락을 헝클어뜨렸다.

"그게 아니고 내 말 좀 들어 봐."

―인정해.

"아니라고."

―뭔데. 그럼 뭐가 궁금한데?

"하아…… 됐다. 끊어. 끊자."

―우석경.

수희의 진지한 목소리에 전화를 끊으려던 석경이 멈칫했다.

―이거 되게 고전인데, 네 마음 제대로 알고 싶으면 걔가 다른 남자랑 스킨십하는 걸 떠올려 봐.

석경은 수희의 말이 끝나기도 전에 그 애가 정해수와 키스하는 장면을 떠올려 버렸다.

"……!"

―기분 더럽지? 화나고 미칠 것 같지? 당장 네 마음 고백해서 걔 네 여자로 만들어 버리고 싶지?

"……."

―그게 본능이야. 그럼 이만 끊는다. 나 대본 써야 돼.

수희와 통화를 마친 석경은 뭐에 홀린 듯 자리를 박차고 일어나 거실로 나갔다. 그리고 새봄의 방 앞에서 서성이고 있었는데.

철컥.

"악. 깜짝이야."

갑자기 문이 열리고 새봄이 나오자 석경이 소스라치듯 놀랐다. 새봄이 어리둥절한 눈으로 그를 쳐다봤다.

"여기서 뭐 하세요? 저한테 무슨 할 말 있으세요?"

"너."

석경이 무섭게 쳐다보자 새봄이 흠칫했다.

"왜, 왜요? 제가 또 뭘 잘못했나요?"

"너……."

"……."

"정해수 만나지 마."

일단 뱉긴 뱉었는데, 새봄이 저를 되게 이상한 눈으로 쳐다보자 석경은 자신감이 확 떨어졌다.

"아깐 맘대로 하라면서요."

"맘대로 해."

왜 저래? 새봄은 어딘가 불안해 보이는 석경을 어리둥절한 눈으로 바라봤다. 그 눈빛이 부담스러워진 석경은 서둘러 말을 돌렸다.

"너 왜 나왔어?"

"배고파서요. 라면이라도 끓여 먹으려구요."

"죽을 두 그릇이나 먹고 배고프다고?"

"죽은 죽이지 밥은 될 수 없다는 걸 오늘 깨달았어요. 근데 오빠는 왜 나와 있었어요?"

"나도 라면 먹으러."

석경이 몸을 휙 돌려 주방 싱크대 쪽으로 향했다.

"너 몇 개 먹을 거야?"

인덕션에 냄비를 올려놓으며 석경이 묻자 새봄이 신이 난 얼굴로 선반에서 라면 세 개를 꺼내 왔다.

"저 두 개, 오빠 한 개. 제가 끓일게요. 앉아 계세요."

"너나 앉아 있어."

"그럼 제가 세팅할게요."

새봄이 콧노래를 부르며 식탁에 앉아 젓가락을 꺼냈다. 그러곤 라면을 끓이는 석경의 뒷모습을 물끄러미 쳐다봤다. 그러다 문득 낮에 방송국에서 남기가 했던 말이 떠올랐다. 그가 아직 첫사랑을 잊지 못했다는 말.

"오빠 근데요……."

"계란 넣어?"

"네! 아니, 그게 아니라…… 저 궁금한 게 있는데요."

"또 뭔데."

"……좋아하는 여자가 있는 남자는 좋아하면 안 되는 거겠죠?"

보글보글 끓는 물을 응시하던 석경의 미간이 구겨졌다. 하지만 애써 태연한 척.

"정해수한테 여자 있대?"

"그건 모르겠고요. 암튼…… 역시 안 되겠죠? 그 여잘 되게 오래 좋아했다고 하던데……."

쓸쓸한 그 애의 목소리에 석경이 고개를 돌렸다. 풀이 죽은 그 애를 보자 석경은 마음이 무너져 내렸다.

"당연히 안 되지."

"……."

"그런 놈은 좋아해서도 안 되고 만나지도 마. 가능성 없으니까. 일찌감치 포기하라고."

새봄은 세상이 무너진 듯한 표정으로 고개를 떨구었다.

아니야. 아직 포기하기엔 일러.

새봄이 다시 고개를 번쩍 들었다.

"날 좋아하게 만들면 되잖아요!"

"뭐?"

석경이 라면 수프를 신경질적으로 탈탈 털며 헛웃음을 지었다.

"네가 뭘 몰라서 그러는데 그게 쉬운 줄 알아? 남잔 한번 여자로 안 보이면 평생 여자로 안 보여. 너 정해수랑 친구하기로 했다며. 그럼 그냥 친구나 해."

한번 아니면 평생 여자로 안 보인다고? 정말 난 가능성이 없는 건가. 새봄이 충격받은 얼굴로 석경을 쳐다봤다.

"근데 네가 지금 연애할 때냐?"

"왜요? 안 돼요?"

"당연하지! 일이나 열심히 해."

"저 일 열심히 하고 있거든요?"

"언론 고시는? 내가 너 공부하는 걸 못 봤는데. 이래 놓고 무슨 연애야."

"그럼 언론 고시 붙으면요?"

"뭐?"

오늘따라 어울리지 않게 삐딱해진 새봄을 마주한 석경은 말문이 막혔다.

"언론 고시 붙으면 연애해도 되냐구요."

"그걸 왜 나한테 물어?"

"오빠가 저번에 중국집에서 잘 안 되는 거 있음 다 물어보라면서요."

"이런 거 물어보라곤 안 했는데?"

"저도 이런 것까지 오빠한테 물어보고 싶진 않았어요. 근데 어떡해요. 전 친구도 없고, 가족도 없고…… 대화할 상대가 없는걸요."

새봄은 저도 답답하다는 듯 속내를 털어놓았다.

어느새 라면을 다 끓인 석경은 냄비를 식탁 위에 내려놓으며 덤덤하게 말했다.

"일단 먹어. 먹고 얘기해. 들어 줄게."

석경은 오늘도 또 지고 말았다. 하지만 그 사실을 승자는 전혀 알지 못한 듯 시무룩한 얼굴로 라면을 먹기 시작했다.

Chapter 5

어제 밤늦게 라면을 먹은 탓인지 아침부터 갈증이 심하게 났다.
운동을 마치고 돌아오자마자 물을 입 안에 들이붓고 있었는데.

철컥.

경첩 소리와 함께 그 애가 방에서 나왔다. 짧은 치마를 입고.
석경은 하마터면 물을 뿜을 뻔했다. 아니, 사실 살짝 흘렸다.

"너 어디 가?"

손등으로 턱에 주룩 흐른 물을 닦으며 석경이 새봄의 차림을
흘깃거렸다. 맨날 그놈의 두꺼운 티셔츠에 청바지만 입던 그 애가
무슨 일에선지 블라우스에 짧은 치마를 입고 서 있었다.

"처음 보는 옷이네?"

일부러 티 나지 않게 넌지시 물었다. 그러자 그 애는 부끄러운지
짧은 치마를 자꾸만 무릎 밑으로 끌어 내리며 멋쩍게 웃었다.

"이상해요?"

"옷 샀나? 근데 뭐 그런 걸 샀어. 안 어울리게."

"안 어울려요? 예지가 입었을 땐 예뻤는데……."

"걔 옷을 네가 왜 입어?"

"버린다고 창고에 둔 거 주워 왔어요."

"버린 걸 왜 주워."

"치마 입어 보고 싶어서……."

"갑자기 왜? 어쭈? 너……."

석경이 새봄에게로 성큼성큼 다가가더니 핑크빛 입술을 뚫어 져라 쳐다봤다.

"너 화장도 했나?"

"……."

석경의 시선이 제 얼굴에 머물러 있자 새봄의 두 뺨이 발그레 해졌다.

"볼때기엔 또 뭘 바른 거야? 가서 지워. 이상해."

"이상하다고요? 여자 같지 않구요?"

"너 설마 정해수 만나러 가냐?"

새봄은 석경이 뭐라고 하는지 들리지 않았다. 그저 저보고 이상하다고 한 것만 귓가에 맴돌았다.

"진짜 이상해요?"

"어. 완전. 너 치마 진짜 안 어울린다."

새봄은 제 맘도 모르고 독설만 내뱉는 석경에게 야속한 눈빛을 보냈다. 그리고 옆에서 계속 밤엔 춥다느니 어쨌네 저쨌네 하면서 옷 갈아입으라고 잔소리를 늘어놓는 석경을 무시한 채 현관으로 갔다.

석경에겐 인사도 안 하고 서둘러 신발을 신고 나가려던 새봄이 멈칫했다.

"어?"

새봄이 신고 있는 운동화를 내려다봤다.

자신이 신던 운동화가 맞는데 그 운동화가 아니었다. 모양만 같을 뿐 크기가 달랐다. 게다가 새하얀 게 누가 봐도 새 제품이 었고, 발에 딱 맞았다.

원래 신던 운동화는 오빠가 잘못 사다 주는 바람에 되게 컸었 는데……. 게다가 어제 신발 한 짝을 잃어버렸잖아. 그래서 오 빠한테 업혀 온 거고. 근데 이게 어떻게 된 거지?

"그 옷 되게 안 어울려."

석경의 투덜거리는 목소리에 새봄이 고개를 돌렸다. 그가 홱 방으로 들어가더니 문을 닫아 버렸다. 하지만 문이 닫히기 전에 똑똑히 보았다. 그의 침대 위에 놓여 있던 운동화 박스를.

"뭐야……."

포기하라면서. 근데 내가 어떻게 포기를 해. 어떻게 안 좋아 하냐고.

"나 포기 안 할 거야."

발에 딱 맞는 새 운동화를 응시하던 새봄의 입가에 미소가 번 졌다.

　　　　　　　　　　＊　＊　＊

　한편 방으로 들어온 석경은 밖에서 현관문 닫히는 소리가 들리자마자 창문으로 달려가 밑을 내려다봤다. 곧 그 애가 건물 밖으로 나와 골목을 내려가고 있는 모습이 보였다.

　"대체 어딜 가는 거야?"

　석경은 궁금증을 견디지 못하고 핸드폰을 들어 전화를 걸었다.

　―아침부터 무슨 일이야? 혹시 제작에 차질 생겼어? 협찬이 안 들어와?

　"그럴 리가 없잖아. 행여 그런 일이 있어도 그런 걸로 너한테 전화 안 해."

　―그럼 왜 전화했는데?

　스피커 너머로 남기의 걱정스러운 목소리가 들리자, 석경은 이마를 긁적이며 망설이다가.

　"너네 오늘도 회의 있나?"

　다짜고짜 이상한 데 관심을 가지는 석경의 의도를 파악 중인지 남기가 잠시 말이 없다가 뒤늦게 대답했다.

　―어. 회의 있지. 한 시간 후에.

　"아…… 그래?"

　석경의 입가에 저도 모르게 미소가 번졌다.

　"다 모이는 거지? 막내까지."

　―막내? 당연하지. 새봄이 걔 일 엄청 잘해. 역시 잘 뽑았어. 근데 우리 회의하는 건 왜?

"김 팀장 보낼 테니까 점심 법카로 먹으라고."

—오 땡큐! 그럼 소고기 좀 썰어도 되나?

"맘대로 해. 수고해라."

석경은 바로 전화를 끊으며 골목을 내려가는 새봄을 눈으로 따라갔다. 그 애가 향한 버스 정류장은 방송국 방면으로 가는 버스가 정차하는 곳이었다.

그는 아주 흡족한 얼굴로 고개를 끄덕였다.

"그래. 제발 일이나 열심히 해라."

석경이 피식 웃으며 그제야 창문을 닫았다. 그리고 출근 준비를 하러 욕실로 들어가려는데, 손에 들고 있던 핸드폰이 진동했다. 발신인을 보니 또 그 전화였다. 석경은 고민할 새도 없이 바로 전화를 받았다.

"여보세요."

—…….

"야, 전활 했으면 말을 해. 대체 뭐가 겁나서 이러는 건데?"

—…….

석경의 성난 목소리에도 수화기 너머에선 아무 소리도 들리지 않았다.

"앞으론 나 이 전화 안 받을 거야. 그러니까 할 얘기 있으면 지금……."

—경아…… 지금 나 보러 와 줄 수 있어?

10년 만에 듣는 그녀의 목소리였다.

아무렇지도 않을 줄 알았는데, 그녀의 목소리를 듣자마자 석경의 눈동자가 작게 흔들렸다.

* * *

"대박. 박보윤이라니."

회의실에 캐스팅 교체 소식이 전해졌다.

소란 피디가 호들갑을 떨며 의자를 끌어다 남기에게로 향했다. 그 바람에 의자 바퀴가 새봄의 운동화를 밟고 지나갔는데, 소란 피디는 그런 줄도 모르고 남기와 수다를 떨었다.

"선배, 우 대표님 정체가 뭐예요? 일 너무 잘하는 거 아니에요?"

"우리 소란인 정체가 뭐지? 일 너무 안 하는 거 아니야?"

"전 성공에 별 관심 없거든요."

"그럼 뭐에 관심 있니?"

"우 대표님이요."

소란이 두 눈을 반짝거렸다. 반면 쪼그리고 앉아 운동화에 새겨진 바퀴 자국을 휴지로 박박 문지르고 있던 새봄은 가늘게 뜬 눈으로 소란 피디를 남몰래 흘겨봤다. 그러다 남기와 눈이 딱 마주치고 말았다.

"……!"

놀란 새봄이 허둥지둥하며 노트북 앞에 앉아 괜히 열심히 타이핑을 했다.

남기는 새봄의 속이 뻔히 보이는 행동이 귀여워 웃음을 터뜨렸다. 그러곤 장난기 가득한 얼굴로 이렇게 말했다.

"소란아. 꿈 깨. 우 대표 좋아하는 여자 있거든."

"누구요?"

대놓고 관심을 보이는 소란과 달리 새봄은 타이핑 속도가 점점 느려지는 것으로 티 나지 않게 관심을 보였다.

"자, 10분만 쉽시다."

"갑자기 왜요? 얘기 마저 해 줘요. 우 대표님이 좋아하는 여자가 누군데요?"

"10분 후 계속······."

"무슨 광고 타임이에요? 아우, 진짜. 저 나갔다 올 테니까 이따 꼭 얘기해 줘요."

소란 피디가 담배를 들고 스태프들과 우르르 나갔다. 또 이곳 회의실엔 담배를 피우지 않는 남기와 새봄만 남았다.

"새봄이는 뭐 하니?"

"대본 보고 있어요. 수정고 올라왔더라고요."

"근데 넌 안 궁금해? 석경이가 좋아하는 여자는 어떤 사람인지."

남기가 억지로 웃음을 참으며 물었다. 그러자 새봄이 눈치를 보며 작게 대답했다.

"궁금······해요."

"그래? 친구 오빠가 좋아하는 여자가 왜 궁금할까? 새봄이한테 그 오빠는 단지 고마운 사람이라며. 은인."

"그게 사실은······."

"사실은?"

"제가 어제 밤새 생각을 해 봤는데요."

"그래. 생각을 해 봤는데. 왜? 뭔데. 나한테 다 털어놔 봐."

남기가 책상에 바짝 붙어 앉아 기대감 가득한 눈빛으로 새봄을 바라봤다.

새봄이 말을 할까 말까 고민하고 있었는데, 테이블 위에 올려놓은 핸드폰이 진동하며 움직이다가 바닥으로 툭 떨어졌다.

"죄송해요. 잠깐만요."

얼른 허리를 숙여 떨어진 핸드폰을 주워 들었는데.

[국제 전화입니다]

발신인을 확인한 새봄이 놀라 두 눈을 크게 떴다.

"……!"

"새봄아, 왜 그래? 누구 전환데 그렇게 놀라?"

"치, 친구요……. 감독님, 저 전화 좀 받고 와도 돼요?"

"어. 그래. 천천히 와도 돼."

걱정하는 남기를 뒤로하고 새봄은 핸드폰을 들고 복도로 나갔다.

분명 예지일 텐데, 난 뭐라고 하면 좋을까? 사실대로 다 말해야겠지? 그래. 다 말하자. 내가 지금 누구와 같이 살고 있는지. 언제까지 피하기만 할 순 없잖아.

새봄이 애써 씩씩한 척하며 전화를 받았다.

"여보세요."

―…….

뚝.

그런데 예지는 내 목소리를 듣자마자 전화를 끊어 버렸다.

새봄은 그 순간에야 문득 그런 생각이 들었다.

어쩌면 예지가 아닐 수도……. 근데 해외에서 나한테 전화할 사람이 누가 있지?

곰곰 생각에 잠겨 있던 새봄은 핸드폰 액정에 뜬 낯선 번호를 응시하다가 통화 버튼을 눌렀지만, 모처럼 낸 용기가 무색하게도 전화 너머에선 신호음만 들릴 뿐이었다.

새봄은 그 뒤로도 여러 번 전화를 걸었다. 하지만 상대는 받지 않았다. 그녀의 표정이 심각해졌다.

예지여도 문제고 아니어도 문제였다. 전자라면 혹시 예지에게 무슨 일이 생겼을까 걱정됐고, 후자라면 알 수 없는 해외 번호로 두 번이나 제게 전화가 왔다는 게 께름칙했다.

설마 보이스 피싱 그런 건가?

새봄은 찝찝한 마음을 뒤로하고 회의실로 들어갔다.

* * *

점심은 구내식당이 아니라 길 건너 백화점에서 먹기로 했다. 매일같이 먹는 회사 밥이 지겨웠던 연출팀 사람들의 표정에 기대감이 한껏 차올랐다. 반면 새봄은 조금 아쉬웠다. 오늘 메뉴는 카레였는데…….

"새봄이는 별로 안 좋아 보이네? 뷔페 별로야?"

"아뇨. 너무 좋아요."

"그래? 그럼 오늘 맘껏 먹어. 우 대표가 법카 줬거든. 들어가자."

남기와 새봄이 북적이는 패밀리 레스토랑 안으로 나란히 들어갔다. 그 사이를 소란이 끼어들었다.

"같이 가요!"

뒤늦게 합류한 소란의 복장이 바뀌어 있었다. 작정이라도 한 듯 고무줄 치마로 갈아입고 온 것이다.

"세상에 여기 뷔페 진짜 오고 싶었는데. 우 대표님은 어떻게 아시고."

"소란아 여기 내가 골랐거든? 우 대표는 우리가 어디서 밥 먹는지도 모르거든?"

"안 들려요. 그럼 전 시작합니다."

자리에 앉지도 않고 소란은 바로 접시를 들고 해산물 코너로 달려갔다.

다른 건 몰라도 먹는 거라면 어디에서도 뒤지지 않을 자신이 있던 새봄은 소란에게 경쟁의식을 느꼈다. 아니, 솔직히 말해서 먹는 것보단 석경을 향한 소란의 마음이 더 신경 쓰였다. 대놓고 그를 좋아하는 그녀의 자신감이 마냥 부럽기도 하고, 괜한 자격지심이 들었다.

그래, 먹는 거라도 이기자.

새봄은 다부진 눈빛으로 자리에서 벌떡 일어났다.

"감독님, 저 화장실 좀 다녀올게요."

새봄은 치마 단추 하나를 풀고 올 요량으로 서둘러 테이블을 벗어났다.

화장실은 레스토랑 밖에 있었다. 복도 모퉁이를 돌아 화장실로 향하던 새봄은 순간 경직된 표정으로 정면을 쳐다봤다.

예지가 에스컬레이터를 타고 올라오고 있었다. 양손엔 명품 로고가 박힌 쇼핑백을 들고서.

"예지가 왜……."

새봄은 제 눈을 의심했다. 행여 잘못 본 건 아닌지 눈을 크게 뜨고, 예지로 추정되는 여자가 완전히 올라오기를 기다리고 있었는데.

"봄!"

그 소리를 듣는 순간 새봄은 바로 의심을 거두었다. 그녀는 예지가 맞았다.

"대박, 어떻게 여기서 만나?"

새봄을 발견한 예지가 손을 흔들며 다가오고 있었다.

"아오, 무거워. 일단 이것 좀 들어 봐."

예지는 아주 당연하다는 듯 새봄의 품에 쇼핑백을 안기곤, 핸드백에서 파우더를 꺼내 얼굴에 찍어 발랐다.

"네 주제에 백화점에서 뭐 사러 온 것 같진 않고. 여기서 알바 하니?"

변한 게 하나 없는 예지의 말투와 태도 때문에 새봄은 헛웃음을 지었다. 이렇게 멀쩡한데 아깐 누가 누굴 걱정한 건지. 역시 해외에서 걸려 온 전화는 보이스 피싱이었나 보다.

"왜 웃어? 기분 나쁘게."

"반가워서. 무사한 거 보니까 다행이다. 여행은 어땠어?"

"여행? 무슨 여행? 아아. 너 설마 그 말을 믿었니?"

"……."

"여행 간다는 거 그거 개구라야. 너 쫓아내려고 지어낸 말이라고. 네가 눈치도 없이 계속 내 집에 있으니까 짜증 나잖아."

예지가 파우더를 핸드백에 집어넣곤 씨익 웃었다. 이런 것도 여전했다. 상대방 가슴에 비수 꽂는 말을 웃으면서 아무렇지 않게 하는 거.

새봄은 저도 모르게 말아 쥔 손에 힘을 주었다. 평소처럼 한마디 받아치고 싶었지만 그래도 예지가 아니었으면 오빠를 만나지 못했을 거고, 어쨌든 예지는 내가 좋아하는 사람의 진짜 동생이니까. 그래, 참자. 참아야 돼.

"근데 그거 내 옷 아니니?"

예지가 새봄의 복장을 보더니 비웃음 쳤다.

"내가 안 입는 옷 창고에 다 버리고 왔는데. 너 설마 창고 뒤진 거야?"

새봄은 너무 비참해서 얼굴이 후끈거릴 정도였다.

같이 살면서 단 한 번도 예지의 것을 탐낸 적 없었다. 버거울 정도로 감당하기 힘든 예지의 생활비도 반반씩 꼭 보탰고, 없는 형편이지만 그래도 최소한의 자존심은 지키며 살았었는데.

지금 그게 무너졌다. 석경에게 여자로 보이고 싶다는 욕망에 사로잡혀 어제 창고에서 예지의 옷을 뒤지던 자신이, 새봄은 너무 한심하고 초라하게 느껴졌다.

'그 옷 되게 안 어울려.'

그의 말대로 내겐 맞지 않는 옷이었다.

"버리기 아까워서 내가 그냥 입었어. 미안해."

새봄은 애써 태연한 척 말했다. 그게 예지는 너무 꼴 보기 싫었다. 가진 것도 개뿔 없는 주제에 당당한 척은.

"얘, 너 그러다 잡혀가. 거기 이제 네 맘대로 가면 안 돼. 집주인 바뀐 거 몰라?"

"알아. 지금 그 집에 너희 오빠 살고 있잖아."

"뭔 소리야. 우리 오빠가 거기 왜 살아?"

"……."

"너 설마 그 말도 믿은 거야? 그거 너 쫓아내려고 그냥 한 말인데. 나 그 집 팔았어. 너 나가자마자 이 근처로 이사 왔다고."

"아…… 그래? 그럼 집을 오빠한테 판 거야?"

"아까부터 계속 뭔 헛소리야. 나 그 오빠들이랑 연락 안 하거든?"

새봄은 자신이 방금 무슨 소리를 들었는지 하나도 기억이 나지 않았다. 정신이 멍해져서 제대로 된 사고를 할 수 없었다.

"봄!"

"……어?"

새봄이 뒤늦게 대답을 하며 고개를 들었다.

"너 정신이 좀 어떻게 된 거 아니야?"

예지가 새봄의 흐리멍덩한 눈빛을 보더니 얼른 쇼핑백을 뺏어 들었다.

"나 갈게. 다신 마주치지 말자."

"잠깐, 잠깐만!"

새봄이 황급히 예지의 팔을 붙들었다. 그리고 간절한 표정으로 물었다.

"나 하나만 묻자. 너희 오빠 중에 이름이 우석경……이라고 있지?"

"그게 누군데? 몰라. 이거나 놓고 말해! 옷 구겨지잖아!"

예지가 새봄을 벌레 보듯 쳐다보며 팔을 뿌리쳤다. 그 바람에 새봄이 중심을 잃고 콰당 넘어지고 말았다. 하지만 새봄은 일어날 생각조차 할 수 없을 정도로 정신이 딴 데 가 있었다.

"어머, 얘 진짜 제대로 미쳤네."

예지가 소름 끼친다는 듯 바닥에 주저앉아 있는 새봄을 보곤 서둘러 도망가려고 뒤를 돌았다. 그런데 누가 앞을 막고 서 있었다. 남자의 잘생긴 외모에 예지가 살짝 위축된 표정으로 물었다.

"누구세요?"

"새봄 씨 남자 친군데요."

"네?"

예지와 마찬가지로 넘어져 있던 새봄도 놀라 뒤늦게 정신을 차리고 고개를 들었다.

"새봄 씨, 일어날 수 있겠어요?"

해수가 다가와 손을 내밀고 있었다.

새봄이 제 손을 잡지 않자 해수가 그녀의 손을 덥석 잡고 일으켜 세웠다. 그러다 새봄의 무릎에 난 상처를 발견하곤 해수가 예지를 향해 서늘한 표정으로 말했다.

"이봐요. 당장 우리 새봄 씨한테 사과해 주셔야겠는데요."

* * *

"새봄 씨, 이거 마셔요."

해수는 백화점 휴게 의자에 힘없이 앉아 있는 새봄에게 음료수를 건넸다. 새봄은 애써 미소를 지으며 음료수를 받았다.

"고마워요. 근데 해수 씨는 여길 어떻게……."

"감독님이 부르셨어요. 어제 아팠단 소릴 들으셨는지 맛있는 거 사 주신다고 오라고 해서 왔다가 새봄 씨가 있더라고요. 아까 그분이랑 대화 다 끝나면 같이 들어가려고 했는데, 이렇게 됐네요. 혹시 나 때문에 더 곤란해진 건 아니죠?"

"그런 건 아닌데……."

설마 아까 내가 예지한테 한 얘기 다 들은 건 아니겠지? 오빠 이름도 말했는데 어떡해.

새봄이 해수의 눈치를 흘끔 보며 음료수를 마셨다.

"아무것도 못 들었어요."

"네?"

"지금 그거 걱정하고 있잖아요. 새봄 씨 얼굴에 다 쓰여 있어요. 천천히 마셔요."

해수가 빙긋 웃었다. 아무래도 다 들었나 보다. 새봄의 머릿속이 복잡해졌다. 한숨이 절로 나왔다.

정말 미치겠다. 도대체 이게 무슨 일인지 모르겠네. 자, 천천히 생각해 보자. 그러니까 오빠가 예지 오빠가 아니라는 거잖아. 예지는 집을 팔았고, 그 집을 오빠가 산 거야. 난 그것도 모르고 그날 그 집에 간 거고. 오빠는 생판 남인 나를 재워 주고, 밥도 주고, 취직도 시켜 주고, 어려울 때 도와주고, 위험할 때 구해 주고, 힘들 때 위로해 주고…….

왜? 대체 나한테 왜 그렇게까지 잘해 준 걸까?

"새봄 씨."

"네?"

해수의 부름에 상념에 빠져 있던 새봄이 뒤늦게 대답했다.

"무슨 생각을 그렇게 해요?"

"아무것도 아니에요. 이제 들어가요."

"아, 내가 감독님한테 연락했어요."

"무슨 연락이요?"

"새봄 씨 안색도 안 좋고 좀 쉬어야 할 것 같다고요. 그랬더니 감독님이 바로 퇴근하래요."

"전 괜찮은데."

"괜찮긴요. 일어나요. 집에 데려다줄게요."

"아니요. 혼자 갈게요."

새봄이 고개를 흔들며 거절했다. 그리고 자리에서 일어났다.

"음료수 잘 마셨습니다."

"새봄 씨."

뒤돌아 가려던 새봄이 고개를 돌려 해수를 쳐다봤다. 그러자 해수가 진지한 표정으로 말했다.

"어젠 고마웠어요. 저 새봄 씨 덕분에 살았어요. 그래서 말인데……."

"……."

"나한테도 은혜 갚을 기회를 줘요."

새봄이 무슨 말을 하는 건지 모르겠다는 눈빛을 보내자 해수가 빙긋 웃으며 새봄의 손을 덥석 잡았다.

"우리 맛있는 거 먹으러 가요."

* * *

남기가 평소 석경과 자주 가는 바에 도착한 시간은 4시였다. 술을 마시기엔 조금은 이른 시간. 게다가 저렇게 엉망으로 취하기엔 많이 이른 시간.

"저 자식 왜 저래?"

남기가 바 테이블에 엎어져 있는 석경을 심각한 얼굴로 쳐다봤다.

"야, 우석경. 일어나. 야!"

남기가 그를 흔들어 깨웠다. 그러자 석경이 고개를 들었다. 취해서 몸도 제대로 가누지 못하는 녀석이 눈빛은 멀쩡했다. 마치 술 한 잔도 안 한 사람처럼.

"밥 먹었나?"

"먹었지. 아직도 배가 불러. 엄청 먹었거든."

"너 말고."

"그럼 누구?"

"새봄이. 걔 밥 먹었냐고."

"네가 새봄이 엄마냐?"

"걔 엄마 없어. 나도 없고."

"동병상련 뭐 그런 거야? 그래서 그렇게 새봄이를 챙기는 거냐고."

"그게 다는 아니겠지."

흥미로운 대답에 남기가 귀를 쫑긋 세웠다. 그러자 녀석은 마른세수를 하며 제 속내를 드러내고야 말았다.

"연민도 사랑이래. 김수희가."

"……."

지나치게 솔직한 석경을 보며 남기는 깨달았다. 녀석이 눈빛만 멀쩡하지 확실히 취했음을.

"난 그 애가 불쌍해. ……어떨 땐 확 안아 버리고 싶어."

취중 고백은 계속되었다.

"그럼 집에 가서 안아 주면 되겠네. 새봄이랑 찐하게 포옹 한번 해. 자, 갑시다. 너 많이 취했다."

남기가 석경의 어깨를 잡아끌어 억지로 일으켜 세웠다. 하지만 석경은 다시 의자에 주저앉으며 술잔을 들었다.

"안 가. 오늘 집에 가면 사고 칠 것 같아."

"뭔 사고?"

"진짜 안아 버릴 것 같다고."

석경이 술을 마셨다. 옆에서 불안하게 지켜보던 남기가 조심스레 말했다.

"새봄이도 너 좋아하는 것 같던데."

"알아."

"알아?"

"나 걔 친구 오빠잖아."

"그거 아니던데. 이성적으로 좋아하는 것 같던데. 너 좋아하는 여자 있다니까 막 질투하던데. 소란 피디랑 경쟁도 하던데."

솔깃하던 석경이 이내 아니라는 듯 고개를 흔들었다.

"아니야. 걔 정해수 좋아해."

"갑자기? 아! 잠깐, 그런 거였어? 그래서 아까 정해수가 새봄이 데려간 거구나. 안색이 안 좋다더니 그건 핑계였고, 아이고, 쏘리."

석경의 날카로운 눈빛이 날아오자 남기가 해선 안 되는 말을 한 사람처럼 제 입을 틀어막았다.

"자, 이럴 땐 건배!"

잔을 부딪친 남기가 석경의 시선을 피해 술을 마시다가 화들짝 놀랐다. 석경이 어디론가 전화를 걸고 있었기 때문이다.

"너 설마 새봄이한테 전화하는 건 아니지? 그만두는 게 좋을 텐데. 내일 후회할 텐데."

"안 받네."

"당연히 안 받겠지. 걔 정해수랑 같이 있다니까. 핸드폰 이리 내놔."

남기가 석경의 핸드폰을 뺏어 버렸다.

"술 다 마실 동안 압수야. 너 괜히 전화했다가 정해수가 너랑 새봄이랑 같이 사는 거 알게 되면 어쩌려고 그래. 다른 사람 알아 봤자 너한테도 새봄이한테도 별 도움 안 되는 거 알지? 야, 내 말 듣고 있어?"

남기는 의문스러운 표정으로 석경을 쳐다봤다. 녀석이 제 말은 듣지도 않고 그저 빈 잔만 만지작거리며 생각에 잠겨 있었다. 남기가 술을 따라주며 넌지시 물었다.

"새봄이 때문에 이렇게 술을 진탕 마신 건 아닌 것 같고, 너 설마……."

"전화 왔어."

석경이 한숨과 함께 말을 꺼냈다. 남기는 이럴 줄 알았다는 표정이었다.

"수연이가 전화를 했어? 10년 만에? 걔 뭐래? 갑자기 왜 없어진 거래?"

남기가 약간 화가 난 듯한 얼굴로 따져 물었고, 석경은 말없이 술을 들이켰다. 그러곤 수연과의 통화를 떠올렸다.

─경아…… 지금 나 보러 와 줄 수 있어?

석경이 기가 차서 헛웃음을 지었다.

"왜? 뭐라고 했는데? 걔 지금 어디 있대?"

남기가 재차 묻자 석경이 대답했다.

"안 물어봤어. 근데 한국은 아니야."

"역시 해외에 있었네. 그래서 못 찾은 거였어. 근데 왜 연락한 거래?"

"자기한테 오래."

"갑자기?"

"만나서 다 얘기해 준대."

"그래서 갈 거야?"

남기의 물음에 석경은 아직도 믿기지 않았다.

"안 간다고 했어."

"넌 또 왜? 가서 들어야지. 수연이가 왜 그랬는지. 10년을 기다렸잖아."

지금 남기가 뱉은 말들은 석경도 아까 수없이 자문했던 거였다. 남기의 말대로 자신은 10년 동안 그 힘으로 살았었다. 그녀를 다시 만나기 위해. 꼭 다시 만나서 대체 날 왜 떠났는지 물어보기 위해. 버티고 또 버텼다. 그리고…….

"그냥 어딘가에 살아 있기만 바랬어. 근데 이제 확인했으니까 됐어."

"너 후회 안 할 자신 있어?"

"무슨 후회?"

"수연이랑 너 그렇게 단순한 관계 아니잖아. 가족보다 더 각별했잖아."

"……."

"흔들릴까 봐 그러지? 수연이 얼굴 다시 보면 네 마음 흔들릴까 봐."

"아니야."

"그럼 왜 안 만나는데?"

"그 애 혼자 집에 있어야 되잖아."

"뭐?"

남기는 제 귀를 의심했다. 그러니까 지금 이 녀석이 새봄이 혼자 집에 있는 거 걱정돼서, 10년 만에 연락 온 수연이를 만나러 안 간다고? 미친 거 아니야?

남기는 당장 수희에게 전화를 걸어 우석경의 상태를 진단받고 싶어 입이 근질근질했다. 그런데 하필 이 무슨 거지 같은 타이밍인 건지, 가게 문이 열리고 낯익은 얼굴들이 들어왔다. 정해수와 새봄 이었다.

출입구와 등을 지고 앉아 있어서 아직 석경은 두 사람을 보지 못했다. 남기의 두뇌가 그 어느 때보다도 더 빠르게 회전했다.

"감독님!"

하지만 불행히도 정해수가 더 빨랐다. 멀리서 남기를 발견한 해수가 달려와 인사했다.

"또 뵙네요. 근데 여긴 어쩐 일이세요?"

"어쩐 일이긴 술 마시러 왔지."

아직 기회는 있다. 남기가 필사적으로 새봄을 향해 도로 나가 라고 손짓했다. 그를 본 새봄은 어리둥절한 표정으로 문 앞에 서 있다가 익숙한 등을 보곤 반가움을 느꼈다. 그러나 곧장 석경이 자신을 속이고 있다는 것이 떠올라 표정을 굳혔다.

"어? 대표님도 계셨네요? 안녕하세요."

해수가 인사를 하는데도 석경은 들은 척도 하지 않고 그저 술만 마셨다. 해수가 무안한지 어색한 웃음을 내비치자 남기가 나섰다.

"우 대표가 오늘 과음을 좀 했어. 해수 씨가 이해하고 웬만하면 딴 가게 갔으면 좋겠는데."

"죄송하지만 여기 제가 알바하는 곳이라서요."

"그래? 여기서 알바를 해? 근데 난 왜 한 번도 못 봤을까? 이

가게 나랑 우 대표 단골이거든."

말을 하면서도 남기는 계속 새봄에게 가라고 손짓했다. 하지만 오늘따라 새봄이 이 녀석이 말을 안 듣고 그 자리 그대로 서서 꼼짝도 안 한다. 결국, 석경이 술을 마시며 고개를 돌리다가 새봄을 발견함으로써 남기의 노력은 모두 헛수고로 돌아갔다.

그 순간 남기는 보았다. 석경이 해수와 새봄을 쳐다보며 힘줄이 드러나도록 주먹을 꽉 움켜쥐고 있는 것을.

* * *

정해수가 당돌하게 먼저 합석을 제안했다. 남기와 새봄은 중립이었고, 석경은 거부하지 않았다. 그렇게 네 사람은 같은 테이블에 둘러앉았다.

석경과 해수가 숨도 안 쉬고 술을 들이켰다. 알게 모르게 두 사람이 경쟁 중인 것이 남기의 눈엔 뻔히 보였다.

으, 이 어색한 공기와 숨 막히는 정적 어쩔 거야.

남기가 속으로 중얼거리며 그나마 편한 새봄이 있는 방향으로 몸을 돌렸다. 근데 얜 또 왜 이래? 남기가 당황한 기색으로 굳은 표정의 새봄을 쳐다봤다.

"새봄, 아까 몸 안 좋다더니 어디 아파? 표정이 안 좋네?"

새봄은 남기의 말이 들리지 않았다. 그저 제겐 눈길도 주지 않고 술만 마시는 석경을 흘끔 훔쳐보다가 고개를 푹 숙여 버렸다.

"헐, 씹혔다. 그래. 말 안 시킬게. 안 시키면 되잖아."

남기는 중얼거리며 술을 들이켰다. 빨리 집에 가고 싶었다. 술 맛도 없고, 우석경은 이상하고, 새봄이는 낯설고, 정해수는 불편하고. 죽을 맛이었다.

"자자, 우리 이러지 말자고. 이왕 이렇게 만난 거 서로 오해 좀 풀자. 일단 해수 씨!"

"네. 감독님."

해수가 그제야 술잔을 내려놓고 남기를 바라보며 빙긋 웃었다. 남기는 사뭇 진지해진 표정으로 말했다.

"캐스팅 번복한 거 미안해."

"괜찮습니다. 저도 크게 잘한 거 없고, 이것도 배우가 되는 과정이라고 생각합니다."

"그렇게 생각해 주니까 고맙고 앞으로 잘해 보자."

남기가 해수의 잔에 술을 따라 줬다.

"근데 우리 새봄이랑은 원래부터 아는 사이였어?"

"아뇨. 이 작품 하면서 알게 됐어요."

"그렇구나. 근데 꽤 친해졌네?"

"더 친해지려고 제가 노력 중이에요. 새봄 씨 아니었으면 아마 저 이 자리에 없었을 거예요. 새봄 씨가 저 살려 줬어요."

해수가 말하며 새봄을 바라봤다. 그러곤 미소 지으며 말했다.

"새봄 씨, 어제 일은 정말 고마웠어요."

"제가 뭘 했다고요…….."

"내 손 잡아 줬잖아요."

"네? 아니에요! 저 손 안 잡았어요!"

새봄은 저도 모르게 석경을 똑바로 쳐다보며 변명하고 있었다. 하지만 석경은 여전히 새봄에겐 눈길도 주지 않았다.

새봄은 홧김에 술을 들이켰다. 그런 두 사람을 해수가 흥미롭게 지켜봤고, 남기는 일부러 해수의 시선을 빼앗기 위해 아무 말이나 던졌는데.

"해수 씨는 여자 친구 없어?"

"여자 친구 하고 싶은 여잔 있습니다."

해수가 노골적으로 새봄을 쳐다봤다. 아차, 실수다. 남기는 질문이 잘못됐다는 걸 석경의 서늘해진 눈빛을 보며 깨달았다.

"정해수 씨."

"네. 대표님."

"여자 타령 그만하고 연기 연습이나 똑바로 해. 내가 저번에도 말하지 않았나? 얼굴만 믿고 까불지 말라고."

"대표님은 여전히 저를 오해하고 계시네요."

"오해? 미친 새끼. 너 김 작가만 아니었어도 내가 가만 안 뒀어."

석경의 모욕적인 언행에도 해수는 그저 쓸쓸한 미소를 지으며 작게 한숨을 내쉴 뿐이었다. 그를 옆에서 지켜보던 새봄이 저도 모르게 목소리를 냈다.

"대표님, 말씀이 너무 심하신 것 같은데요."

"……."

석경은 술이 확 깨는 기분이 들었다. 그 애가 나한테 대든다. 다른 남자 편을 들면서.

"어쩌라고. 지금 뭐 하는 건데. 신새봄 씨가 정해수 씨 대변인이야 뭐야."

"······친구데요!"

"하."

석경이 헛웃음을 지었다. 그러곤 정해수를 노려보며 물었다.

"친구 맞아?"

"아뇨."

해수가 당당하게 대답했다. 그리고 새봄을 애틋하게 바라보며 말했다.

"전 새봄 씨랑 친구 할 생각 없어요. 친구 하자는 건 핑계였어요."

"······."

"제가 새봄 씨 좋아하거든요."

그럴 줄 알았다는 표정을 한 석경과 달리 새봄은 놀란 눈으로 해수를 쳐다봤다. 어째서 이런 상황이 벌어진 건지 새봄은 너무 당황스러웠다. 아무래도 지금 가장 신경 쓰이는 건 석경이었다. 하지만 그는 내가 누구와 사귀든 말든 관심도 없어 보였다. 그런 그를 보며 새봄은 마음 한구석이 허전하고 답답했다.

순간, 확인하고 싶어졌다. 그가 여전히 자신의 인생에 간섭해 줄까 하는 가능성을.

새봄은 술 한 잔을 원샷하고 석경을 똑바로 쳐다보며 말했다.

"제 친구 오빠가 저한테 그러더라구요. 네가 지금 연애할 때 냐고, 언론 고시도 얼마 안 남았는데 공부나 하라고. 대표님은 어떻게 생각하세요?"

"개소리."

"······!"

"연애를 하든 말든 친구 오빠 따위가 왜 상관을 해? 미친 새끼네. 그 새끼 말 듣지 말고 신새봄 씨 하고 싶은 대로 해. 둘이 아주 잘 어울리네. 사귀든지 말든지."

새봄은 실망한 표정으로 석경을 바라봤다. 그런데 그때 해수가 새봄의 어깨를 잡아 시선을 돌려 저를 보게 했다.

"새봄 씨, 대표님께서도 우리 둘 아주 잘 어울린다는데, 나랑 사귈래요?"

해수의 물음에 새봄은 석경의 옆모습을 흘끔 쳐다보다가, 홧김에 대답했다.

"네. 우리 만나요."

전혀 예상하지 못했던 새봄의 대답에 석경은 마시던 술잔을 쾅, 소리가 나게 내려놓았다. 저도 모르고 무의식중에 한 행동이었다.

감정을 있는 그대로 다 드러내고 있는 석경을 옆에서 지켜보던 남기가 일부러 크게 웃으며 새봄과 해수의 시선을 끌어모았다. 그러곤 황급히 중재에 나섰다.

"하하하. 새봄아, 무슨 그런 농담을 해. 사귀는 건 신중하게 생각하고 결정해야지."

"······."

새봄의 표정에 후회가 얼룩져 있었다. 하지만 엎질러진 물을 어떻게 담아야 하는지 전혀 모르겠다는 얼굴이었다. 난처해하는 새봄을 향해 남기가 도와주겠다는 눈빛을 보낸 후 이번엔 해수를 타일렀다.

"해수 씨, 이렇게 공개적으로 고백하면 여자가 불편하지. 게다가 여기 직장 상사들도 있는데 말이야. 그런 중요한 말은 다음에 둘이 있을 때 정식으로 하고, 오늘 건 무효!"

남기는 석경의 눈치를 보며 해수를 설득하기 시작했다. 지금 매우 불안했다. 옆에서 살벌한 기운을 뿜어내고 있는 우석경이 당장이라도 여길 뒤집어엎을 기세였다.

"저는 무효 안 할래요."

그런데 해수가 불난 집에 부채질도 모자라 기름을 끼얹었다.

"새봄 씨, 너무 신중하지 않아도 돼요. 그냥 가벼운 마음으로 나 한번 만나 봐요. 재밌게 해 드릴……."

"해수 씨!"

남기가 더는 안 되겠는지 해수의 팔을 잡아끌어 일으켰다.

"감독님?"

"나랑 잠깐 나가서 얘기 좀 하자. 대본 얘기야 대본."

남기가 서둘러 해수를 끌고 갔다. 해수는 계속 뒤를 돌아보며 새봄을 쳐다봤고, 그마저도 남기가 가로막으며 밖으로 나가 버렸다. 그렇게 테이블엔 석경과 새봄만 남았다.

두 사람은 싸우기라도 한 것처럼 온갖 감정이 범벅된 얼굴로 서로를 바라봤다. 하지만 먼저 시선을 피한 건 새봄이었다.

술잔을 잡은 새봄의 손이 가느다랗게 떨렸다. 석경의 무관심한 태도는 마음 깊숙한 곳에 내재된 불안을 잡아당겨 수면 위로 올라오게 했다. 아까 낮의 일 때문일까? 그가 예지의 오빠가 아니라는 사실을 알고 난 후부터 불안은 더욱 가중되었다.

"아까 낮에…….."

예지를 만났다고 말하고 싶었지만, 입이 떨어지지 않았다. 새봄은 술의 힘을 빌리기로 했다. 벌컥벌컥.

"야."

갑자기 새봄이 양주를 병째 들고 마시자 석경이 꼬았던 다리를 풀고 몸을 앞으로 숙였다.

'애 오늘 왜 이래?'

석경이 황당한 눈으로 그 애를 바라봤다. 그 애는 두 눈을 질끈 감은 채 독한 술을 마셨다. 입가를 타고 술이 흘러내려 블라우스가 다 젖은 것도 모른 채.

"닦아."

석경이 손수건을 꺼내 내밀었지만, 새봄은 그걸 받을 정신이 없었다.

"캑캑."

술병을 내려놓으며 기침을 해 대던 새봄은 오만상을 쓰며 입을 벌렸다. 저번 날 마셨던 소주는 달았는데, 이건 진짜 화학 약품 맛이 났다. 이걸 절반 이상이나 혼자 다 마시고도 멀쩡해 보이는 석경이 새삼 독한 놈처럼 보였다.

"얼굴 들어."

그런데 그 독한 놈이 갑자기 손을 뻗었다. 새봄이 움찔 놀라자, 석경은 새봄의 턱을 잡고 입술에 묻은 술을 닦아 줬다. 무뚝뚝한 말투와 달리 아주 섬세하고 부드러운 손길이었다. 마치 소중한 것을 다루듯 조심스럽게.

그 순간 새봄은, 이유는 모르겠지만 뭔가 자신이라는 존재가 아주 귀한 사람이 된 것 같았다.

"제, 제가 할게요."

어색해진 새봄이 손을 뻗어 손수건을 잡으려다 모르고 석경의 손을 살짝 터치하고 말았다. 그게 뭐라고. 살짝 닿았을 뿐인데. 새봄이 동공 지진을 일으키며 얼굴이 새빨개졌다.

"다 했으니까 가만있어."

사실 석경도 그 애의 손끝이 닿자 움찔했었다. 다행히 티는 안 났지만. 그때부터였다. 그 애의 얼굴을 닦아 주는 손에 속도가 붙은 것은. 석경은 당황한 게 들킬까 봐서 일부러 더 표정을 굳히고 그 애의 얼굴에 묻은 술을 닦아 줬다.

입술, 턱, 그리고 투명한 술은 하얀 목선을 타고 그 아래에까지 흘러…….

"……!"

술의 이동 경로를 눈으로 따라가던 석경은 재빨리 고개를 돌려 동작을 멈췄다. 그러곤 손수건을 테이블 위에 던지듯 내려놓았다.

"나머진 네가 닦아."

누가 닦아 달랬나? 갑자기 또 왜 저래? 이럴 때 보면 예지랑 닮았…… 아니지, 닮을 수가 없잖아. 두 사람은 남매가 아니니까.

새봄은 또다시 커다란 벽 앞에 가로막힌 느낌이 들었다. 낮에 백화점에서 있었던 일이 떠오른 것이다.

'나 하나만 묻자. 너희 오빠 중에 이름이 우석경……이라고 있지?'

'그게 누군데?'

아무것도 모른다는 예지의 얼굴. 그건 분명 거짓이 아니었다. 정말 석경의 이름을 처음 듣는 눈치였다.

새봄은 천천히 고개를 들어 석경을 바라봤다. 그러다 그와 눈이 마주쳤다.

이상하다. 오늘따라 그가 낯설어 보인다. 아침마다 같이 밥을 먹고, 출근하고, 저녁엔 중국집에 들러 짬뽕도 먹고, 술 한잔하며 이런저런 얘기도 나누고, 그렇게 조금은 가까워졌다고 생각했는데. 그게 다 착각이었던 것 같다. 생각해 보면 그에 대해 아는 게 별로 없었다.

"신새봄."

이상하다. 그가 부르는 이름마저 생경하게 들렸다.

"너 취했냐?"

정말 취한 걸까? 그의 목소리가 잘 들리지 않는다. 이렇게 가까이 있는데도 그와의 거리는 아득히 멀게만 느껴졌다.

새봄이 고개를 흔들며 정신을 차리려 노력했다. 그리고 뒤늦게 대답했다.

"안 취했어요."

"그럼 똑바로 들어."

"뭘요?"

"아까 남기가 했던 말이 맞아."

아까 감독님이 뭐라고 했더라? 곰곰 생각에 잠겨 있는 새봄을 대신해 석경이 남기의 말을 되짚어 줬다.

"사귀는 건 신중하게 생각하고 결정해야 된다고. 야, 내 말 듣고 있어?"

"듣고 있구요. 그리고 저도 다 생각이 있어요."

아깐 사귀든지 말든지 뭐 관심도 없는 것처럼 생판 남처럼 굴더니. 새봄은 그게 너무 속이 상해 석경을 흘겨봤다.

"하."

석경이 헛웃음을 지었다.

"왜 웃으세요?"

"그러니까 너도 다 생각하고 결정했다는 거지? 정말 정해수가 좋아서 걔가 사귀자고 한 거에 응한 거고?"

"……."

"왜 대답을 못 해? 너 진짜 정해수 좋아하냐니까."

석경은 확실히 하고 싶었다. 그 애가 정말 다른 사람을 좋아하고 있다면 여기서 이만 멈추기로. 난 이성적인 어른이니까. 당장이라도 멈출 수 있어.

그런데.

"……안 좋아해요."

새봄이 금방이라도 울 것 같은 얼굴로 석경을 바라봤다.

"나 어떡해요?"

새봄은 이제야 아까 제가 엎지른 물을 어떻게 수습해야 할지 걱정이 앞섰다.

"안 좋아한다고? 그럼 아깐 왜 그랬는데? 정해수한테 왜 만나 자고 했냐고."

"그게……."

그 이유를 다른 사람한테 다 말해도 당신한텐 말 못 해.

새봄이 입을 꾹 다물었다.

"신새봄."

석경이 새봄의 이름을 힘주어 불렀다. 그러자 이번엔 새봄이 고개를 흔들며 거부 의사를 당차게 밝혔다. 석경은 속에서 천불이 나고, 자꾸만 마음이 조급해졌다. 새봄의 마음속에 누가 있는지 확인하고 싶어서 안달이 났다.

"너 어제 나한테 좋아하는 여자 있는 남자 좋아하면 안 되냐고 물어봤었잖아. 그건 누군데? 그거 정해수 아니야?"

새봄이 고개를 끄덕였다.

"그건 또 딴 놈이라고?"

끄덕끄덕.

"누군데?"

새봄이 일시 정지 상태로 석경의 얼굴을 흘끔 보다가 다시 고개를 절레절레 흔들었다.

큰일 났다. 이러다 들키는 거 아니야?

새봄의 가슴이 콩닥거렸다.

"나도 아는 사람이지?"

점점 포위망을 좁혀 오는 석경 때문에 새봄은 일부러 하지 않아도 될 말까지 하고 말았다.

"아뇨! 오빠 몰라요. 대학교 동기예요. 같은 과."

오해를 불러일으키기 딱 좋은 말이었다.

"미치겠네, 진짜."

갑자기 술을 들이켜는 석경을 의아한 눈으로 쳐다보던 새봄은 그저 제 마음이 들키지 않았다는 것에 안도했다.

"같은 대학? 같은 과?"

"네……."

"그래서 어떻게 할 거야? 내가 어제 그런 남자는 좋아하면 안 된다고 가능성 없으니 포기하라고 하지 않았나?"

"근데요…… 그게 말처럼 쉬운 게 아니에요. 포기가 안 돼요."

이렇게 얼굴을 마주하고 있는 게 너무 좋아서 당신이 날 기만한 것에 대한 얘긴 한마디 말조차 꺼내지 못할 정도로.

"인마, 넌 남자 보는 눈이 왜 이렇게 없어?"

새봄이 술잔을 만지작거리며 대답했다.

"그러게요. 전 왜 이 모양일까요."

새봄은 자책했다. 정말 왜 이러는 걸까? 대체 뭐가 두려워서 그에게 예지를 만났다는 이야기를 솔직하게 털어놓지 못하는 걸까? 왜 이대로 아무것도 모른 채 그와 쭉 같이 있고만 싶은 걸까?

답답함에 술을 마시려는데 석경이 잔을 뺏었다.

"그만 마셔."

석경이 자리에서 일어나자 새봄의 눈동자가 흔들렸다.

"가려고요?"

석경이 지갑에서 카드 한 장을 꺼내 테이블 위에 내려놓았다.

"택시 타고 와."

카드를 멀뚱히 응시하던 새봄은 테이블을 벗어나려는 석경을 향해 다급히 외쳤다.

"나한테 왜 이렇게 잘해 주는 거예요? 솔이 씨 닮아서? 정말 그게 다예요?"

석경이 걸음을 멈추고 고개를 돌렸다. 정말 아무것도 모르겠다는 표정의 그 애를 보니 이제라도 더 늦기 전에 포기해야 할 때라고 생각했다.

"왜 잘해 주냐고?"

"네. 대체 왜……."

"나 네 친구 오빠잖아."

진짜 답은 아주 깊숙한 곳에 숨긴 채, 석경은 포기를 위한 답을 내놓았다.

"친구 오빠. 그 이상 이하도 아니야. 다른 감정은 없어."

그렇게 그는 자신에게 다짐이라도 하듯 힘주어 말하곤 가게를 나가 버렸다.

홀로 테이블에 남은 새봄은 그가 친구의 오빠라고 정체를 속이고 자신을 기만하고 있다는 사실보다, 저를 친구의 동생 그 이상 이하도 아니라고 한 말이 더 충격으로 다가왔다.

* * *

"벌써 가려고?"

가게 밖으로 나온 석경을 남기가 붙잡았다. 석경은 대꾸도 하지 않고 그냥 가려다 다시 돌아왔다. 그러곤 남기 옆에 서 있는 해수를 갈잖게 여기며 쳐다봤다.

"난 내 작품에 출연하는 배우들 사생활에 간섭 많이 하는 편이야."

"네?"

"정해수 씨, 지금부터 음주, 운전, 연, 애, 금지라고."

석경은 특히 '연애'라는 단어에 힘을 주어 말했다. 그러자 해수가 피식 웃었다. 짧은 순간이었지만 그 미소에서 뒤틀린 욕망이 드러났다. 그를 본 석경의 표정이 싸늘하게 변했다.

"웃어?"

"대표님, 저 이제 주연 아니에요. 방금 말한 금지 항목은 주연 배우들한테나 적용되는 거 아닌가요?"

"뭐라고?"

재밌다는 듯 비웃음 치는 석경의 태도에 이번엔 해수의 눈빛이 돌변했다.

"단역이나 마찬가지인 저한테도 계속 무리한 요구를 하시면, 드라마 하차하겠습니다. 이번엔 제 쪽에서 먼저 그만두겠다고요."

드디어 발톱을 드러내는구나. 하긴, 참기도 많이 참았겠지. 두 사람을 옆에서 지켜보던 남기가 언제 말리면 좋을지 타이밍을 찾고 있었는데.

퍼억!

"어어! 우석경! 주먹질은 안 돼!"

석경이 해수의 멱살을 잡아끌자 남기가 기겁을 하고 석경의 팔을 잡아당겼다. 하지만 석경은 해수의 멱살을 놓을 생각이 없는지 손에 더욱 힘을 주며 윽박질렀다.

"야, 이 새끼야. 그만둔다고? 네가 그럴 권리가 있다고 생각해?"

"나 같은 건 그럴 권리도 없다는 겁니까?"

"제작사에서 반대하는 신인 배우 하나 위해서 어디 흠 잡을데 하나 없는 대본을 다 뜯어고쳤어. 김수희 작가가. 왜? 너한테미안하다고. 주인공은 아니지만 좋은 역할 주고 싶다고."

"……."

"난 네가 이러니까 싫다는 거야. 머리 빈 새끼."

석경이 더는 말도 섞고 싶지 않다는 표정으로 해수를 패대기치듯 손을 놓아 버렸다. 뒤로 밀려난 해수가 수치심에 얼굴을 붉히고 있자 남기가 그를 부축했다.

"해수 씨, 우리 들어가자. 들어가서 나랑 얘기해."

남기가 건물 안으로 해수를 억지로 밀어 넣었다. 그러곤 석경을향해 '이따 통화해'라고 입 모양으로 말한 뒤 해수를 따라 얼른안으로 들어갔다.

밖에 홀로 남은 석경은 주머니에서 담배를 꺼내 입에 물었다.그리고 고민했다. 들어가서 그 애를 데리고 나와야 하는지 마는지.

'나한테 왜 이렇게 잘해 주는 거예요? 솔이 씨 닮아서? 정말그게 다예요?'

그 애의 질문을 다시금 떠올려 보던 석경은 후회했다.

그게 다가 아닌데. 그냥 솔직하게 말할걸.

아무래도 내가 널 좋아하는 것 같다고. 그러니까 다른 남자만날 생각은 접으라고.

"후우……."

한숨과 함께 담배 연기를 내뱉은 석경은 다시 담배를 깊게 들이마시며 터져 나올 것 같은 속마음을 억지로 삼켰다.

* * *

욕실에서 씻고 나온 석경은 머리를 말리며 거실로 나갔다. 아닌 척 슬그머니 현관 앞을 확인했는데. 그 애의 신발이 없었다. 아직 안 들어온 모양이다.

핸드폰을 들고 전화를 할까 말까 고민하던 석경은 스스로 자기 암시를 걸었다.

"친구 오빠가 이 정도는 할 수 있잖아. 동생 같은 애가 늦게 들어오는 거 걱정할 수도 있지. 요즘 세상이 얼마나 위험한데."

궁색한 변명이었다. 사실 지금 가장 걱정되는 건 정해수였다. 그 애가 그 새끼랑 무슨 일 있는 건 아닌지 마음이 조마조마했다. 그런데 그때 남기에게서 문자가 왔다.

[새봄이 지금 택시 태워서 보냈다.]

택시 번호까지 친절히 사진으로 첨부한 남기를 석경이 속으로 칭찬하며 테라스로 나갔다. 여기 이렇게 서서 밑을 내려다보면 골목 입구가 잘 보였기 때문이다.

아예 의자까지 끌고 와 밖에 앉아 느긋하게 기다리던 석경은 얼굴에 차가운 물방울이 떨어지자 하늘을 올려다봤다.

쏴아— 갑자기 비가 쏟아졌다.

후다닥 안으로 들어간 석경은 어느 순간 정신을 차리고 보니 우산을 쓰고 밖으로 나가고 있었다.

보안이 철저한 이곳은 정문 안으로 택시가 출입하지 못하는 구조였다. 행여 그 애가 비라도 맞을까 봐 정문으로 향하는 석경의 걸음이 빨라졌다.

"기사님, 감사합니다!"

그 애의 목소리다. 석경이 고개를 들었다.

그 애는 예상대로 택시에서 내리자마자 비를 맞으며 달려오고 있었다. 석경이 성큼성큼 걸어가 그 애의 머리 위에 우산을 씌웠다.

"어? 우 대표님이시네?"

그 애는 아까랑은 비교도 할 수 없게 취해 있었다. 대체 얼마나 마신 건지 몸을 휘청이며 발그레한 얼굴로 고개를 들더니 배시시 웃는다. 그리고 뭔가 잔뜩 기대감에 부푼 얼굴로.

"어머, 설마 나 기다린 거예요?"

두 뺨을 감싸며 부끄러워하는 그 애를 무뚝뚝하게 쳐다보던 석경은 저도 모르게 웃음을 터뜨리고 말았다. 그 애의 손가락에 뻥튀기가 반지처럼 끼워져 있었기 때문이다.

"이제 하다 하다 안주까지 훔쳐 오는 거냐?"

석경이 황당하다는 듯 그 애의 손가락에서 뻥튀기를 떼어 보여 줬다.

"이거 내일 먹을 거냐고. 인마, 식탐 좀 버려."

석경이 새봄을 혼내며 뻥튀기를 주머니에 쑤셔 넣었다. 그사이 새봄은 석경이 뻥튀기를 빼느라 닿았던 손가락을 만지작거리며 중얼거렸다.

"나 기다린 거 아니겠지……."

"뭐? 뭐라고? 안 들려."

빗소리에 묻혀 새봄의 목소리를 듣지 못한 석경이 크게 되물었다. 그러자 새봄이 더 큰 목소리로 대답했다.

"왜 나와 있냐구요!"

"편의점 가려고 나왔다, 왜."

석경의 거짓말에 새봄은 그럴 줄 알았다는 듯 떨떠름한 표정을 지었다.

"편의점은 또 왜요? 음료수 없어요? 내가 주말에 다 사 놨는데."

"라면이 없어. 네가 어제 다 먹었잖아."

"같이 먹었잖아요."

"나 한 젓가락밖에 안 먹었거든?"

"……."

새봄은 어제 라면 한 젓가락을 먹자마자 젓가락을 내려놓던 석경을 떠올리곤 괜히 우산 밖 하늘을 올려다봤다.

"그럼 제가 라면 사 올게요. 오빠 들어가세요."

새봄이 우산 밖으로 달려 나가려고 하자 석경이 팔을 붙들었다.

"야. 비 오거든?"

"이 정돈 맞아도 돼요."

"되긴 뭐가 돼. 너나 들어가. 내가 사 올 테니까."

"나도 편의점 가고 싶은데……."

"왜? 뭐 필요한 거 있어?"

"먹고 싶은 게 있긴 한데…… 아니에요. 괜찮아요."

"뭐야. 뭔데?"

"술을 마셔서 그런가. 아까부터 계속 그게 먹고 싶더라구요."

"그게 뭐냐니까?"

"……아이스크림이요."

저번 날 새봄에게서 엄마 얘기를 들었던 석경은 약간 놀란 눈치로 그 애를 쳐다봤다. 그러자 새봄이 쓸쓸한 눈빛으로 말했다.

"그동안 엄마 생각날까 봐 일부러 안 먹었거든요. 근데 오늘따라 엄마가 되게 보고 싶고…… 그래서 먹고 싶어요. 먹으면서 엄마 생각도 하고…… 앗, 그런 눈으로 보지 마세요. 저 진짜 아무렇지도 않아요. 10년이나 지났는걸요."

"아무렇지 않을 리가 없잖아."

석경이 무심하게 한 마디 툭 내뱉으며 먼저 걸음을 옮겼다.

"가자."

"저도 편의점 가는 거예요?"

"따라와. 10년 동안 못 먹은 아이스크림 다 먹게 해 줄 테니까. 오늘 배 터지게 한번 먹어 봐."

아이스크림 사 준다는 말을 뭐 저렇게 살벌하게 할까? 새봄은 속으로 생각하며 석경의 뒤를 따라갔다.

우산 안에서 그의 보폭에 맞춰 걷느라 새봄은 종종걸음으로 걷다 그의 구두를 한 번씩 밟곤 했다. 그때마다 그가 뭐라고 할 줄 알았는데 그는 타박대신 천천히 걸으며 새봄의 속도에 맞춰

줬다. 그러다 보니 어느새 그와 나란히 걷게 되었다.

새봄은 살짝살짝 그의 몸에 닿는 제 어깨가 불에 덴 듯 뜨거워지고 있음을 느꼈다. 그걸 의식하다 보니 그가 서 있는 왼쪽 귀와 얼굴이 마비가 된 것처럼 달아올랐다.

"여기서 기다려."

파라솔 밑에 새봄을 앉힌 석경은 우산을 접고 안으로 들어갔다. 새봄은 편의점 안에서 아이스크림을 고르는 석경을 바라보다가 주머니에서 핸드폰이 진동하자 문자를 확인했다.

[잘 들어갔어요? 오늘 못 데려다줘서 미안해요.]

해수였다. 한참을 망설이던 새봄은 문자 창을 띄웠다.

[해수 씨, 오늘 백화점에서 도와준 거 정말 고마웠어요. 그리고 아깐 제가 실수했어요. 사실은 저 좋아하는 사람 있.]

새봄은 고개를 흔들며 어렵게 쓴 문자를 다 지워 버렸다. 그리고 다시 문자를 적었다.

[해수 씨, 내일 시간 돼요? 할 얘기가 있어요.]

새봄은 해수를 만나 오늘 있었던 일을 제대로 사과할 생각이었다. 아까는 남기도 있고, 해수가 기분이 너무 안 좋아 보여서 말을 꺼내기 쉽지 않았지만, 내일은 꼭 얘기하기로 마음을 먹고 문자를 보내고 있었는데.

"정해수냐?"

석경이 옆에 앉으며 넌지시 물었다. 그는 테이블 위에 봉지를 내팽개치듯 내려놓았다. 편의점 아이스크림을 다 쓸어 담았는지 봉지에서 아이스크림이 넘쳐 테이블에 쏟아졌다. 새봄의 두 눈이 휘둥그레졌다.

"뭘 이렇게 많이 샀어요?"

석경이 시큰둥한 얼굴로 새봄이 손에 쥐고 있는 핸드폰을 쳐다봤다.

"말 돌리지 말고. 정해수냐고. 문자."

"네. 내일 만나기로 했어요."

"왜?"

"오늘 실수한 거 사과하려고요."

"실수……."

그 애는 정해수가 사귀자고 한 말에 응한 자신을 실수했다고 표현했다. 그게 썩 나쁘지 않았던 석경은 턱 끝으로 아이스크림을 가리켰다.

"먹어. 먹고 싶다며."

"네. 고맙습니다."

새봄은 무슨 아이스크림을 먹을까 고민하다가 새콤달콤 딸기 아이스크림을 집어 들었다. 껍질을 까서 한입 베어 물자 입 안 가득 달콤함이 번졌다.

'아이스크림이 원래 이렇게 달고 맛있었나?'

너무 오래돼서 기억이 안 나지만 확실한 건 지금 누구와 함께 있기 때문에 더 맛있다는 거였다. 새봄은 오늘부로 아이스크림에 얽힌 죄책감이라든지 안 좋았던 기억들은 지금의 이 달콤한 추억으로 덮기로 했다. 그만큼 그와 함께한 이 시간이 너무도 행복했다. 죄책감 따위 말끔히 사라질 만큼.

'그래, 아무렴 어때. 이 사람이 예지 오빠가 아니면 어떻고, 날 속이고 있으면 어때. 이렇게 좋은데…….'

새봄은 바로 옆에서 캔 맥주 하나를 까서 마시는 석경을 흘끔 훔쳐봤다.

'나 네 친구 오빠잖아. 그 이상 이하도 아니야.'

상관없어. 그냥 이렇게 같이 있을 수만 있다면. 난 바라는 거 아무것도 없어. 절대 욕심내지 않을 거야. 그러기 위해선, 이 관계를 유지하기 위해선, 내가 그를 좋아한다는 사실을 그에게만은 절대 들켜선 안 된다는 거였다.

"신새봄, 하나만 물어보자."

그런데 갑자기 그가 예리한 눈초리로 쳐다보며 입을 열었다.

"너 언제부터 좋아한 거야?"

설마 들킨 걸까? 긴장한 새봄의 눈동자가 작게 떨리고 있었다.

"좋아하다니 누, 누굴요?"

새봄이 두 눈을 동그랗게 뜨고 시치미를 뚝 뗐다.

"너 좋아하는 사람 있다며. 언제부터 좋아했냐고."

"아……."

새봄은 아직 들키지 않았다는 생각에 안도의 한숨을 내쉬며 뭐라고 거짓말을 하면 좋을지 머리를 짜냈다.

"얼마 안 됐어요. 올해 봄에 처음 만났으니까……."

새봄은 말을 하다 말고 입을 틀어막았다. 거짓말이 아니라 진실을 술술 털어놓고 있었기 때문이었다. 망할. 난 왜 이렇게 거짓말을 못 할까? 새봄은 입술을 꾹 깨물었다.

뭔가 이상함을 느꼈는지 석경이 미간을 찌푸리며 맥주를 마셨다. 다 마신 맥주 캔을 구기며 그가 의심의 눈초리로 쳐다봤다.

"너 봄에 휴학 중이지 않았어? 근데 같은 과 대학 동기를 왜 올해 봄에 처음 봐?"

"대학 동기요? 아아, 맞다. 대학 동기가 아니라 선배요. 저희 연출팀에 선배……를 좋아하고 있어요."

이건 꽤 그럴듯한 거짓말이었다. 이젠 넘어가겠지? 스스로 꽤 흡족한 미소를 지으며 새봄은 안심하고 있었다. 그것도 잠시 또 다시 석경의 예리한 눈빛이 날아왔다.

"좋아하는 사람이 선배인지 동기인지 헷갈릴 수가 있나? 너 나한테 숨기는 거 있지? 혹시 너 좋아하는 사람이 내가 아는 사람이야? 그래서 나한테 들킬까 봐 계속 거짓말하는 거 아니야?"

새봄이 침을 꼴깍 삼켰다.

"너 딱 걸렸어. 지금 얼굴 빨개졌어."

"……."

"너 혹시……."

어떡해. 나 들켰나 봐. 새봄이 동공 지진을 일으키며 안절부절 못하고 있었는데.

"너 남기 좋아하냐?"

"아뇨!"

새봄이 팔짝 뛰며 강하게 부정했다.

"이거 봐 더 수상해. 남기 맞지?"

"아니라니까요."

"맞잖아. 봄에 면접 볼 때 만났고, 연출팀 선배에, 남기도 한국대 나왔거든? 근데 남기 좋아하는 여자 있어? 누군데?"

"모르죠. 아니에요. 감독님은 진짜 아니에요."

"아니야?"

정말 아니라는 듯 고개를 끄덕이는 새봄의 반응을 보니 확실히 남기는 아닌 듯했다. 석경은 은근히 속으로 안도하며 그럼 누굴까 생각에 잠겼다.

일단 연출팀은 확실한 것 같고. 거기서 그 애와 같은 학교 출신인 놈을 찾으면……. 잠깐. 근데 내가 그놈을 왜 찾고 있지?

"아오."

석경은 답답한 마음에 봉지 안을 뒤져 아이스크림 속에 파묻힌 맥주 하나를 찾아 꺼냈다.

꿀꺽꿀꺽. 아무리 마셔도 갈증은 가시지 않았다.

"근데 넌 연출팀 합류한 지 얼마나 됐다고 그새 좋아하는 사람이 생기냐?"

"어떤 드라마에서 봤는데요. 반하는 건 순간이고, 순간은 사소함으로부터 온대요. 누군가를 좋아하는 데 오래 알고 짧게 알고 그런 건 중요하지 않은 것 같아요."

석경은 순간 할 말이 없어졌다. 맞는 말이었으니까.

"뭐야. 너 갑자기 왜 이렇게 말을 잘해?"

"저 원래 말 잘해요. 오빠 앞에서만 맨날 상황이 좀 이상하게 돼서 바보같이 울고 뭐 그래서 그렇지."

"그래서 넌 그 순간이 언제였는데? 그 사람이 왜 좋냐고."

"그건 너무 많아서 말로 다 못 해요."

"아…… 그러세요? 나도 별로 안 궁금했어."

"취하셨어요?"

"넌 깼나?"

"어? 진짜. 저 술 좀 깬 거 같아요. 아이스크림 먹어서 그런가 봐요. 저 하나 더 먹어도 돼요?"

"먹으라고 산 거잖아."

"잘 먹겠습니다."

또 신이 나서 어떤 아이스크림을 먹을지 고민하던 새봄이 이번엔 초콜릿 아이스크림을 꺼내 입에 넣었는데.

지이잉 지이잉.

테이블 위에서 새봄의 핸드폰이 진동했다. 석경은 핸드폰 액정에 뜬 '정해수'라는 문구를 보더니 미간을 찌푸렸다.

"왜 안 받아?"

새봄이 받지 않고 주머니에 바로 넣어 버리자 석경이 물었다. 그러자 새봄이 민망한 웃음을 흘리며 대답했다.

"아이스크림 먹고 있잖아요. 이거 녹기 전에 빨리 먹어야 되니까요."

석경은 새봄이 왜 그러는지 알겠다는 눈치로 말했다.

"내일은 피하지 말고 꼭 정리해."

"당연하죠. 내일 꼭 사과하고 없던 일로 할 거예요."

석경이 한숨을 쉬며 아이스크림을 먹는 새봄을 쳐다봤다. 얼굴에 근심이 가득해 보였다. 석경은 괜히 정해수 때문에 곤란해하는 새봄을 보는 게 화가 났다.

"그러게 넌 왜 일을 이 지경으로 만들어? 걔가 고백했을 때 싫다고 했어야지. 좋아하는 남자도 있는 주제에."

갑자기 비난하는 말투가 날아오자 새봄은 당황스러운 한편 울컥했다. 안 그래도 너무 후회하는 중이었기 때문이다.

"근데 오빠 아깐 왜 그런 거예요? 평소엔 그렇게 해수 씨 만나지 말라더니, 아깐 왜 잘 어울린다고 사귀라고……."

"야. 내가 언제 사귀라고 했어? 너 하고 싶은 대로 하라고 했지."

"그러니까 왜 하고 싶은 대로 하라고 하냐구요. 원래 안 그랬으면서……."

새봄이 웅얼거리며 속상한 마음을 내비쳤다. 석경은 얘가 참 이상한 투정을 부린다는 생각을 하며 맥주를 마셨다.

"그럼 넌 내가 하라는 대로 다 할 거야?"

"네! 오빠 제 보호자잖아요."

전부터 느낀 거지만 얘 보호자라는 말 되게 좋아한다. 석경은 문득 그 애 핸드폰에 자신이 '보호자'라고 저장되어 있다는 수희의 말이 떠올랐다. 확실히 새봄에게 자신은 이성은 아닌 것 같아 괜히 씁쓸해졌다.

"암튼 내일 정해수 정리하는지 안 하는지 내가 지켜볼 거야. 그거 제대로 못 하면 나 너 보호자 안 해."

"네?"

"농담이야."

보호자 안 한다는 소리에 새봄이 하늘이 무너진 것 같은 표정을 짓자 석경이 황급히 말을 돌렸다.

"맞다. 너 아까 무슨 일 있었어? 백화점에서 점심 먹다 말고 정해수랑 사라진 거라며."

새봄이 못 들은 척하며 아이스크림을 먹었다.

새봄의 안색이 급격하게 나빠지자, 석경은 뭔진 모르겠지만 오늘은 그냥 넘어가 줘야 할 것 같아 말을 아꼈다. 그러곤 자연스럽게 고개를 돌려 파라솔 너머 하늘을 바라봤다.

어느새 비가 그쳐 있었다. 둘레길 근처라 그런지 비에 젖은 풀잎 냄새가 은은하게 퍼져 코끝에 전해졌다.

"일어나. 가자."

석경이 봉지와 우산을 챙겨 들고 자리에서 일어났다. 그리고 먼저 앞서 집으로 향했다. 그런데 뒤에서 웬 요상한 소리가 났다. 고개를 돌려 뒤를 보니, 새봄이 빗물이 고인 웅덩이를 피한다고 폴짝폴짝 뛰고 있었다.

"너 뭐 하나?"

"운동화 젖을까 봐요."

"그거 방수되는 거거든?"

"아, 그래요?"

새봄이 민망해하면서도 여전히 웅덩이를 피해 걸었다. 그러곤 석경과 나란히 걸으며 운동화를 뿌듯하게 응시했다.

"이거 되게 편하고 예뻐요. 고마워요. 제가 월급 타면 다 갚을 게요."

"너 네 월급이 얼만지는 알고 맨날 갚는다 소리 하는 거야?"

"저도 알아요. 오빠가 저한테 베푼 것들 평생 갚아도 못 갚을 거라는 거."

"월급 뜯어내려고 베푼 거 아니니까 걱정 말고 똑바로 걸어. 그러다 넘어지면 병원비도 내가 내야 되잖아. 그리고 정해수 같은 이상한 길로 빠지지도 말고. 제발 부탁이다. 제발."

또 정해수. 새봄은 이쯤 되니 석경이 정해수한테 무슨 원한이라도 있는 건가 걱정이 됐다.

"해수 씨 너무 미워하지 마세요. 아까도 막 얼굴 믿고 까불지 말라고 막말하고."

"그게 왜 막말이야? 아주 정곡을 찔렀지. 걔 연기 형편없어. 너도 봤잖아."

"리딩 땐 잘하던데."

"너 내일 김 작가 집필실로 와."

"왜요?"

"박보윤 연기하는 거 보여 주게. 잘하는 게 뭔지 네 눈으로 똑똑히 보라고."

"박보윤이요? 그럼 저 내일 집필실 가면 박보윤 배우 실제로 볼 수 있는 거예요?"

새봄이 눈을 반짝거리며 두 손까지 모아 물었다. 석경은 왠지 기분이 매우 나빠졌다.

"뭐지? 너 좋아하는 남자 있다며."

"그건 그거고 이건 이거죠. 제가 제일 좋아하는 남자 배우가 박보윤이거든요. 집필실 내일 몇 시까지 가면 돼요?"

"오지 마."

석경이 딱 잘라 말하곤 앞으로 성큼성큼 걸어갔다. 그 뒤를 바짝 뒤쫓아 가며 새봄이 애원했다.

"아, 왜요? 저 가면 안 돼요? 저 가고 싶어요. 가고 싶은데."

"박보윤이 그렇게 보고 싶어?"

"네!"

걸음을 멈춘 석경이 허리를 숙여 새봄과 눈을 마주쳤다.

"박보윤 보여 줄게. 대신 네가 좋아하는 놈이 누군지 말해 줘. 어때?"

이건 마치 악마의 속삭임. 새봄은 고민도 없이 고개를 흔들었다.

"싫어요."

"왜?"

"그건 제 프라이버시구요. 근데 아까부터 그건 왜 자꾸 물어요? 내가 누굴 좋아하는지 그게 왜 궁금한데요?"

"너 또 정해수처럼 이상한 놈 좋아할까 봐 그래. 근데 얘 왜 자꾸 말을 못 하지? 진짜 남기는 아니지?"

"아니라니까요! 왜 자꾸 감독님이냐고 그래요."

대체 왜 본인일 거라고는 생각을 안 하는 건지. 새봄은 석경이

야속하기만 했다.

"그래, 말하지 마라. 내가 못 알아낼 줄 알고?"

"평생 못 알아낼걸요?"

내가 꼭꼭 숨길 거니까. 새봄은 제 맘을 감추기라도 하듯 팔짱을 낀 채 후다닥 건물 안으로 먼저 들어가 버렸다. 그런 그애의 뒷모습을 보며 석경은 어이가 없었다.

* * *

방송국 로비에 있는 카페에 석경이 왔다는 연락에 남기가 달려왔다.

"네가 여긴 어쩐 일이야?"

"카드."

남기가 주머니에서 냉큼 카드를 꺼내 내밀었다.

"잘 썼어. 덕분에 어제 포식했어. 근데 진짜 카드 받으러 온 거야? 아니지? 새봄이 불러 줄까?"

"됐어."

"또 왜 저기압이야? 인마. 그냥 남자답게 고백해. 아, 맞다. 그전에 너 친구 오빠 아닌 것도 사실대로 얘기해야 되는 거 아니야?"

남기의 뼈 때리는 말에 석경의 표정이 굳어졌다.

"해야지. 해야 되는데 그게 쉬운 일이 아니야."

"왜?"

"너 생각을 해 봐. 내가 친구 오빠도 아닌데 같이 지내는 거이상하잖아. 그치?"

"대박 이상하지."

"그니까. 그럼 걔 분명 집 나가려고 할 거야. 근데 걔 갈 데없단 말이야. 내가 그거 잘 아는데 어떻게 말해. 말하는 순간 나가라는 거나 마찬가진데."

"아…… 하긴. 근데 너도 대단하다. 새봄이 착한 거 지금은나도 알고 다 아는데, 넌 솔직히 어떤 앤지도 모르고 집에 들인거잖아. 걔 여기서 처음 본 거 맞지? 이 자리."

남기가 테이블을 가리키자 석경은 지난봄에 만났던 그 애를떠올렸다.

핸드폰 하나 줍겠다고 제가 앉은 의자를 번쩍 들어 올리느라얼굴이 새빨개졌던 새봄의 모습이 떠오르자 석경은 저도 모르게웃음을 터뜨렸다.

"뭐야. 우석경 너 지금 웃은 거야?"

"내가 언제."

"방금 웃었거든?"

"아, 이따 박보윤 4시에 집필실로 온다니까 너도 와."

석경이 당황해하며 말을 돌렸다.

"말 돌리지 말고 자세히 얘기 좀 해 줘라."

남기가 애걸복걸하자 석경이 딱 잘라 말했다.

"뭐가 궁금한데?"

"둘이 어떻게 해서 같이 살게 된 거냐니까. 네 성격에 새봄

이가 아무리 아는 얼굴이라고 해도 집까지 들인 건 납득이 안
된단 말이지."

"그날⋯⋯."

석경은 새봄이 엉망인 꼴로 제집 앞에 나타난 그날 밤을 떠올
렸다.

"부모님 기일이었어."

"⋯⋯."

주접을 떨던 남기가 입을 꾹 다물었다. 석경이 부모님 얘기를
꺼낸 건 처음 있는 일이었기 때문이다. 하지만 남기는 과거 수연의
입을 통해 그의 부모님이 어떻게 돌아가셨고, 이 녀석이 어떤 트라
우마를 지니고 있는지 잘 알고 있었다.

"부모님 생각해서 그냥 착한 일 한 번 해 보고 싶었어. 아는
얼굴이기도 했고. 근데 너 그거 알아?"

"뭘?"

"베푸는 거 말이야. 그거 남을 위해서가 아니라 나 자신을 위
해서 하는 거야."

"그게 무슨 소리야?"

"그러면서 좋은 어른인 척 괜찮은 사람인 척하고 싶었던 거지.
내가 그랬던 것 같아."

"넌 왜 스스로 좋은 사람이 아니라고 생각해?"

"수연이가 그 얘긴 안 해 줬나 보네."

"무슨 얘기?"

"남기야, 잘 들어."

석경이 남기에게 가까이 오라고 손짓하고선 허리를 약간 숙였다. 남기도 테이블에 바짝 붙어 석경 쪽으로 귀를 가깝게 가져다 댔다. 곧 석경의 나지막한 목소리가 들려왔다.

"우리 할아버지한텐 자식이 두 명 있어. 근데 둘 다 지금은 이 세상에 없어. 우리 엄만 삼촌이 죽였고…… 여기까진 아는 얘기지?"

남기가 고개를 끄덕였다. 그러자 석경이 다시 허리를 펴고 의자에 등을 기댔다. 그러곤 커피를 마시며 권태로운 눈빛으로 남기를 쳐다봤다.

"삼촌은 누가 죽였을까?"

서늘한 기운이 감도는 목소리에 남기가 두 눈을 동그랗게 뜨며 경악했다.

"그, 그게 뭔 소리야? 인마!"

"농담이야."

"농담이라고? 아닌 거 같은데."

"그럼 뭐 내가 사람이라도 죽였을까 봐?"

"난 왜 아니라고 못 하겠지?"

"장난 그만치고 그거나 좀 알아봐."

"나 손 떨려서 못 알아보겠는데."

남기가 손을 덜덜 떨며 물을 마시다가 석경의 눈초리가 점점 더 가늘어지자 금세 말을 바꿨다.

"뭘 알아보면 되는데?"

"일용직 스태프는 사택 못 들어가나?"

"경우에 따라서 다르지. 왜? 새봄이 보내려고?"

"언제까지 속이고 있을 순 없으니까. 미리 대비는 해야지. 사택에 자리 없어?"

"자리가 하나 있긴 한데⋯⋯."

"근데?"

"소란이. 지금 걔 혼자 4인실 쓰고 있거든. 후배들이 다 나갔어. 걔랑 못 살겠다고."

석경은 그 애가 오늘 아침에도 소란에게서 걸려 온 전화를 받고 기합이 잔뜩 든 채로 황급히 출근하던 모습을 떠올렸다.

"거긴 안 되겠네. 걔 소란이 되게 무서워해."

"소란인 나도 무서워."

남기가 넌덜머리가 난다는 듯 어깨를 부르르 떨었다.

"이게 다 너 때문이야."

남기가 석경을 째려봤다. 제작 단계에서 팀을 꾸릴 때 소란을 추천한 건 바로 석경이었기 때문이다.

"그렇게 보지 마. 다 계획이 있었으니까."

"무슨 계획?"

"국장님이 그러더라. 소란 피디 신입 때부터 또라이라고 소문 났다고."

"야, 넌 그걸 다 알면서도 소란이랑 같이 하라고 한 거야?"

"어. 네가 못하는 걸 소란 피디가 하니까."

"아하 그러셔? 그럼 네 발등 네가 찍었네. 소란이가 새봄이 겁나 갈궈. 너 모르지?"

남기가 약을 올리며 말했지만, 무슨 일인지 석경의 시선은 방송국 로비 쪽을 향해 있었다. 그는 남녀가 찰싹 붙어 사이좋게 걸어가는 모습을 보더니.

"새봄이 말인데, 연출팀에 친한 남자애 없지? 같은 학교 출신이라든지."

"있지."

"있어?"

태연한 척하려고 했지만 실패했다. 석경이 저도 모르게 목소리를 크게 냈다.

"누군데?"

"나."

남기가 자신만만하게 자신을 가리키며 씨익 웃었다. 석경이 떨떠름한 표정을 지었다.

"확실히 넌 아니야."

"뭐가 아닌데?"

"연출팀에 좋아하는 사람 있대."

어제 얼굴까지 붉히며 말하던 새봄이 떠오른 석경은 괜히 기분이 나빠졌다.

"새봄이? 걔 정해수 좋아한다며. 갑자기 웬 연출팀?"

"내 말이. 아무리 봐도 여기 좋아할 만한 놈이 없는데……."

"나. 나 있잖아. 나도 새봄이랑 같은 한국대 출신이라구."

석경은 남기를 무시한 채 주변을 둘러보며 새봄과 같은 또래 남자 직원들을 의심의 눈초리로 살펴봤다.

"맞다. 우리 첫 촬영 들어가기 전에 회식 한번 해야지. 박보윤도 합류한 기념으로. 어디서 할까?"

"너 가고 싶은 데로 가."

여전히 시선을 로비에 둔 채 석경이 건성으로 대답했다. 그런데 불현듯 석경이 황급히 커피 잔을 내려놓고 자리에서 일어났다.

"야, 말하다 말고 어디 가?"

갑자기 자리를 떠나는 석경의 뒷모습을 황당하게 보던 남기가 이마를 긁적이고 있었는데.

"선배!"

소란이 무슨 조직의 두목처럼 양옆으로 애들을 끌고 카페 안으로 들어왔다. 무리 중 맨 끝엔 새봄도 있었다.

새봄은 고개를 갸웃하며 멀리 로비를 벗어나고 있는 석경의 뒷모습을 보고 있었다. 석경인지 아닌지 긴가민가하는 모양이다. 남기는 석경을 도와준답시고 큰소리로 말했다.

"다들 커피 한 잔씩들 해. 내가 쏠게."

"케이크도 먹어도 되죠?"

"어? 으응. 그래. 소란이 먹고 싶은 거 다 먹어."

말이 끝나기가 무섭게 소란이 주문대로 향했다. 당장 지갑이 거덜 나게 생긴 남기는 저를 안타깝게 바라보는 새봄과 눈이 마주치자 씁쓸한 미소를 날렸다.

* * *

새봄은 아이스 초코라테를 빨대로 쭉 들이켜며 카페를 둘러

봤다. 지난봄에 있었던 기억이 새록새록 피어났다.

처음 이곳에 면접을 보러 왔을 때만 해도, 자신이 과연 이곳에서 일을 할 수 있는 날이 올까? 하는 막연한 기대뿐이었다. 그런데 지금은 일용직이긴 하지만 한 작품의 스태프가 되어 이렇게 동료들과 이곳에 앉아 있다. 더구나 방송국 하반기 기대작 김수희 작가님 작품의 일원.

뭔가 감정이 복받쳐 올랐다. 어쩌다 내게 이런 행운이 왔을까 곰곰 생각해 보니 그 끝엔 석경이 있었다.

아, 맞다. 여기서 처음 만났었는데.

새봄은 석경과의 첫 만남을 떠올렸다. 사실 그때 티는 내지 않았지만 너무 놀랐었다. 잘생겨서. 그러다 밖에서 두 번째 마주쳤을 때, 그땐 정말 더 놀랐었다.

'왜 째려봐?'

'사람을 왜 그런 눈으로 쳐다보냐고.'

'나 바쁜 사람이야. 빨리 말해.'

얼굴과 달리 너무 싸가지가 없어서. 아마 태어나서 그렇게 무례한 인간은 처음이었을 거다.

"풉!"

새봄은 저도 모르게 웃고 말았다. 그때나 지금이나 한결같은 석경의 모습에 웃음이 터진 것이다.

"새봄, 갑자기 왜 웃어? 뭐 재밌는 일 있어? 같이 좀 웃자."

"아무것도 아니에요."

남기의 물음에 새봄이 손사래를 치며 억지로 웃음을 참았다.

그러고 보니 그 사람은 한결같은데 제 마음은 그때와 비교하면 완전 딴판이었다. 그땐 그의 말들이 다 상처였다. 무뚝뚝한 말투와 표정 때문에 울컥할 때도 많았다. 그런데 어느 순간부턴 그게 그 사람의 표현 방식이라는 걸 알았고…… 아마 그때부터였을까?

'화를 내는 게 아니라…… 인마, 너 걱정돼서 그러는 거잖아!'

이 세상에 나를 걱정해 주는 유일한 사람.

새봄은 그날 온 우주를 다 얻은 듯했다.

흔히 반하는 건 순간이라고들 한다. 하지만 사랑에 빠지는 건 사소함이 아닌 엄청난 사건이 필요하다는 걸 그때 알았다. 그 사람은 새봄의 인생을 뒤흔들 만한 엄청난 사건 속에 늘 함께 있었다. 그리고 묵묵히 옆을 내어 줬고, 감싸 주었다. 근데 어떻게 사랑하지 않을 수 있을까.

"선배, 그거 진짜예요?"

"뭐가 또."

소란이 의자를 바짝 당겨 남기 옆에 붙었다.

"우 대표님 말이에요."

우 대표라는 말에 상념에 빠져 있던 새봄의 정신이 번쩍 돌아왔다. 그러곤 귀를 쫑긋 세웠다. 맞은편에 앉은 남기가 그런 새봄의 모습을 흘끔 보며 생각했다.

연출팀은 개뿔, 아무리 봐도 우석경 좋아하는 것 같은데.

"어어. 소란이 뭐. 우 대표 뭐. 내가 다 얘기해 줄게 궁금한 거 다 물어봐."

남기가 일부러 새봄이 들으라는 듯 크게 말했다. 하지만 새봄보다 더욱 큰 관심을 보이는 건 소란이었다.

"제가 아는 선배가 나무에 근무하는데요. 그 선배 말로는 우 대표님 어디 대단한 집 아들이라던데요? 가족 관계가 어떻게 돼요? 누나가 막 넷이고 그러진 않겠죠? 그러면 좀 곤란한데."

김칫국을 사발째 원샷 때리는 소란 때문에 남기가 기가 차다는 듯 웃음을 터뜨렸다.

"소란아, 너 진짜 골 때린다. 벌써부터 시집살이 걱정이야? 걱정 마셔. 우 대표 외동이니까."

남기는 말을 내뱉고 나서 뭔가 뒤늦게 찜찜함이 몰려왔다. 그 이유가 뭔지는 정확히 알지 못하다가 불현듯 얼마 전 석경이 신신당부했던 것이 떠올랐다.

'그거 어디 가서 얘기하지 마라. 특히 스태프들한테.'

'뭘?'

'나 외동인 거.'

뒤늦게 그 말이 떠오른 남기가 입을 틀어막았다. 새봄이가 들었으려나? 남기는 제일 먼저 새봄의 상태를 체크했다. 다행히도 듣지 못했는지 새봄이 초코라테를 빨대로 쪽쪽 빨며 맛있게 먹고 있었다. 남기가 가슴에 손을 얹고 다행이라며 안도의 한숨을 내쉬고 있었는데.

"감독님, 저요."

갑자기 새봄이 손을 번쩍 들었다.

"어어. 우리 새봄이 왜?"

"저도 궁금한 게 있습니다!"

"뭔데?"

"우 대표님은 연애 몇 번이나 해 봤을까요?"

남기는 속으로 '나이스'를 외쳤다. 역시 새봄의 원 픽은 석경이었다. 이 쉬운 문제를 우석경은 왜 못 풀었는지 남기는 도저히 이해할 수 없었다.

"오! 나도 그거 궁금했는데. 빨리 대답해 줘요. 선배."

질문을 던진 새봄보다 소란이 더 신이 나서 남기의 대답을 재촉했다. 소란의 반응에 새봄은 곧장 후회했다. 그냥 아무도 없을 때 남기에게 가서 살짝 물어볼걸. 오빠의 사생활은 나만 알고 싶은데. 새봄은 제 앞을 머리로 가린 소란을 뾰루퉁한 눈빛으로 쳐다보며 괜히 빨대만 휘저었다.

"연애한 횟수라……."

남기가 손가락을 오므렸다 폈다 쇼맨십을 발휘하기 시작하자 사람들의 관심이 모아졌다. 새봄도 침을 꼴깍 삼키며 긴장되는 눈빛으로 남기의 손가락만 주시했다. 그런데 그때. 남기의 손가락 하나가 조심스레 쑥 올라왔다. 반응은 둘로 나뉘지 않았다. 정확하게 하나였다.

다들 말도 안 된다는 표정으로 남기를 쳐다봤다.

"에? 한 번이요?"

소란 피디가 오만상을 찡그리며 몸서리쳤다.

"어. 한 번. 근데 그게 왜?"

"진짜예요? 이상하네. 여자 겁나 많았을 것 같은데. 그 얼굴로 고작 한번 했다고요?"

"순정파거든."

"설마 저번에 그 좋아하는 여자 있다더니 그 여자가 처음이자 마지막 사랑?"

"아마 마지막은 아닐 수도?"

남기가 새봄을 쳐다보며 씨익 웃었다. 하지만 지금 새봄은 머릿속이 복잡해서 남기의 시선을 느낄 새도 없었다.

'그럼 그 액자 속 여자가 오빠의 유일한 사랑?'

이름이 솔이 씨랬지? 진짜 누군진 몰라도 되게 부럽다. 뭐 하는 여자일까? 엄청 예쁘겠지?

"새봄, 무슨 생각을 그렇게 심각하게 해?"

"아무것도 아니에요."

"아닌 게 아닌데?"

남기가 걱정스레 묻자 새봄은 시무룩한 얼굴로 고개를 푹 숙여 버렸다.

"새봄, 화장실 갈래?"

이제 석경을 향한 궁금증이 다 풀렸는지 소란이 자리에서 일어났다. 하지만 새봄은 고개를 흔들며 같이 가자는 소란의 요구를 거절했다.

그렇게 사람들은 하나둘 자리에서 일어나 카페를 나갔고, 새봄이 연신 주변을 둘러보며 기회를 엿보다가 남기 옆에 아무도 없자 자리에서 벌떡 일어났다. 그러곤 후다닥 달려 남기 옆자리를 차지했다.

"어이쿠, 깜짝이야. 왜?"

남기가 화들짝 놀랐다. 갑자기 제 옆에 앉은 새봄 때문이었다.

순간 소란인 줄.

"왜 그래? 나한테 무슨 할 말 있어?"

"네!"

새봄이 초롱초롱한 눈으로 물었다.

"감독님, 우 대표님 진짜 외동이에요?"

"어?"

얘 뭐지? 다 들었나?

남기가 재빨리 상황 파악에 나서려던 그때.

"저 다 들었어요. 아까 그러셨잖아요. 외동이라고."

"내가? 아니야. 말이 헛나온 거야. 걔 외동 아니야. 너도 알잖아. 여동생 하나 있는 거. 네 친구."

"감독님도 오빠랑 한패세요?"

"……!"

남기의 두 눈이 휘둥그레졌다. 그러곤 실망스러운 눈초리로 저를 바라보는 새봄을 향해 애써 미소 지었다.

"너 다 알고 있었구나?"

새봄이 고개를 끄덕이며 시무룩한 얼굴로 속내를 털어놓았다.

"사실…… 어제 그 친구를 만났어요. 그 친구가 그러더라구요. 자긴 우석경이라는 사람 모른다고."

"많이 놀랐겠네. 그래서 어제 밥 먹다 말고 사라진 거였구나? 그리고 석경이한테 화나서 술 마시다 정해수랑 사귄다고 한 거고?"

남기는 이제야 어제 새봄이가 조금 이상하게 굴었던 것들이 다 이해가 됐다.

"놀랐지? 친구 오빠 줄 알았는데 생판 남이었으니."

"사실 놀란 것보다는 무서웠어요."

"무서워? 어떤 점이?"

"……."

새봄은 솔직하게 다 털어놓고 싶었지만, 이 말을 하게 되면 남기에게 자신이 석경을 좋아하고 있다는 사실을 들킬 것만 같아 말을 아꼈다.

새봄이 어제 가장 두렵고 무서웠던 이유는 하나였다.

예지라는 연결 고리가 끊어져 석경의 얼굴을 다신 못 보게 될까 봐.

"……."

그건 상상만으로도 너무 끔찍했다. 그만큼 그를 향한 제 마음이 꽤 커진 모양이다.

새봄이 고민이 많은 듯 말을 잇지 못하자 남기가 사뭇 진지한 조언을 건넸다.

"나한테라도 털어놓는 건 어때? 난 석경이 친구이기 전에 새봄이 네 사수잖아."

새봄이 갈등하는 얼굴로 손가락을 만지작거렸다.

"새봄, 그럼 내가 너한테 뭐 하나만 물어봐도 될까? 진짜 궁금한 게 하나 있는데 그 녀석이 얘길 안 해 줘서 말이야."

"뭔데요?"

"그 집엔 어떻게 들어가게 된 거야? 그 녀석 말론 부모님 기일에 널 만났다던데?"

"부모님 기일이요?"

새봄은 하필 그 순간 그가 처음으로 차려 준 아침 밥상이 떠올랐다. 각종 나물 반찬들과 전과 생선구이.

남자 혼자 아침부터 뭘 이렇게 많이 차려 놓고 먹나 했더니. 그게 제사상에 올라갔던 음식이었구나. 난 그것도 모르고 맛있다고 주접을 떨었네. 게다가 부모님 기일에 내가 불쑥 찾아가서 그 난리를 쳤으니, 오빠 속도 말이 아니었겠구나.

저도 모르게 석경에게 굉장한 민폐를 끼치고 있었다는 생각에 새봄은 미안한 마음이 들었다.

"그래도 그날 새봄이 네가 같이 있었다고 해서 한편으론 다행이라는 생각이 들더라. 그 녀석 그날만 되면 많이 힘들어했었거든. 부모님이 아주 안 좋은 사고로 돌아가셔서."

남기가 차분히 얘기를 하자 새봄의 마음도 서서히 열리기 시작했다.

"저한테는 예지라는 친구가 있는데요……."

새봄은 예지 이름부터 꺼내며 옥탑에서 있었던 일과 석경을 만나서 겪었던 일련의 일들을 허심탄회하게 털어놓았다.

얘기를 다 들은 남기도 그렇고 털어놓은 새봄도 그렇고, 두 사람은 한결 가벼워진 표정으로 대화를 나누었다.

"아…… 그래서 그 녀석이 얘길 안 한 거구나. 그건 새봄이 네 상처니까. 하여튼 쓸데없이 그런 건 또 멋있어."

새봄이 저도 모르게 고개를 끄덕이다가 남기의 눈치를 흘끔 보더니 아닌 척 딴 곳을 쳐다봤다.

"근데 넌 어때? 지금은 좀 괜찮아?"

"오빠 덕분에 잘 이겨 낼 수 있었던 것 같아요. 며칠은 악몽도 꾸고 그랬는데 요샌 괜찮아요."

"씩씩하네. 아, 맞다. 석경이한테는 계속 모른 척할 거야?"

새봄이 생각에 잠겨 있다 어렵게 입을 열었다.

"사실 어제 나 왜 속였냐고 따지고 싶었는데 제가 그럴 처지가 아니더라구요. 그 집에 살면서 오빠한테 받은 게 너무 많아서…… 딱히 내가 손해 본 것도 없고. 오히려 오빠가 손해를 많이 봤죠."

"그 녀석이 손해 볼 장사는 안 하는데. 지도 좋으니까 같이 있었던 거지."

"설마요. 그냥 제가 갈 데 없으니까 나가라고 말 못 하는 거겠죠. 겉으로만 틱틱대지 오빤 너무 착해요. 내가 해 달라는 거 다 해 주고, 먹고 싶은 것도 다 사 주고."

"캑캑. 누가 착하다고?"

남기가 사레가 들려 기침을 해댔다. 착하다는 새봄의 말에 어제 저녁 정해수의 멱살을 잡아끌던 녀석이 오버랩된 것이다.

"새봄, 우리 말은 바로 하자. 그건 착한 게 아니라 너를……."

"저를 왜요?"

"아니다. 암튼 뭐 그래서 계속 이렇게 말 안 하고 있게?"

"네. 당분간은요. 사실 그렇잖아요. 친구 오빠 집에 얹혀사는 것도 이상한데, 이젠 완전 생판 모르는 사이라니까 그 집에 있을 이유도 없는 거고. 그럼 나가야 하고, 나가면 오빠랑도 끝이잖아요. 아마 평생 얼굴도 못 보겠죠."

"왜 그렇게 생각해?"

"그럴 이유가 없잖아요. 지금이야 같은 집에 사니까 어쩔 수 없이 챙겨 주는 거지…… 집 나가면 아마 오빠 나 아는 척도 안 할 거예요."

새봄이 쓸쓸한 표정으로 말했다. 저러다 어디 땅굴 파고 들어갈 기세였다. 남기는 턱을 매만지며 생각에 잠겼다. 두 사람을 어떡하면 좋을지 얼굴엔 수심이 가득했다. 그러다 좋은 수가 떠올랐는지 회심에 찬 미소와 함께 입을 열었다.

"새봄, 그 녀석이 아무나 쉽게 집에 들이고 그럴 사람이 아닌 건 알지? 근데 왜 너일까? 유독 너한테만 왜 이렇게 잘해 주는 걸까? 그런 건 생각 안 해 봤어?"

대놓고 힌트를 투척해도. 땅굴 팔 준비를 하고 있는 새봄은 이상한 말만 한다.

"당연히 생각해 봤죠. 물어도 봤어요. 왜 나한테 잘해 주냐고. 그랬더니 처음엔 제가 그분을 닮아서라고 하더라구요."

"닮아? 누굴?"

"오빠가 좋아하는 여자분이요. 서로 목숨까지 빚진 사이래요. 성함도 알아요. 솔이 씨……."

"풉!"

남기가 마시던 커피를 뿜고 말았다. 새봄은 얼굴에 살짝 튄 커피 방울을 손등으로 박박 닦으며 남기를 당황스럽게 쳐다봤다.

"푸하하하."

남기가 배를 잡고 웃었다. 지나가는 사람들도 다 볼 정도로.

새봄은 어안이 벙벙한 눈빛으로 물었다.

"왜 그러세요?"

"인마."

"네?"

"솔이는 개야. 멍멍. 강아지."

"……"

계속 개 소리를 내는 남기를 보는 새봄의 얼굴이 약간 일그러졌다.

"그게 무슨 소리예요?"

"지금 그 녀석 할아버지가 키우고 있을걸? 석경이 걘 누구 보살피고 그런 거 딱 질색하는 놈이라서. 강아지 절대 못 키우지."

"강아지라구요? 솔이 씨, 아니 솔이가요?"

"어. 그리고 보니까 너 솔이 닮긴 닮았네."

"그거 좋은 거예요?"

"글쎄……. 이걸 좋다고 해야 하나 말아야 하나. 사실 솔이가 사연 있는 강아지거든."

"무슨 사연이요?"

"그 녀석 첫사랑이 버리고 간 강아지야. 석경이랑 솔이 공통점도 그거야. 그녀한테 버림당한 거. 아까 서로 목숨을 빚진 사이라고 했지? 버려진 솔이를 석경이가 데려왔고, 그 녀석이 만신창이가 돼서 쓰러져 있는 걸 솔이가 살렸고."

만신창이가 돼서 쓰러졌었다고? 새봄은 순간 저번 날 석경이 제게 했던 위로의 말들이 떠올랐다.

'차라리 남을 원망해. 이런 환경에 널 몰아넣은 부모님이나 친구를 미워하라고.'

'너 자신을 미워하고 괴롭히는 짓 그만하고.'

뭐야 본인도 자신을 미워했던 적이 있었던 거야?

그게 다 경험에서 나온 말이었다니. 새봄은 약간 충격을 받았다. 사실 그는 아무 걱정도 고민도 없는 사람인 줄 알았다. 과거의 상처 따위에 얽매여 있지도 않을 것 같았고, 늘 여유와 자신감 넘치는 행동은 그런 환경으로부터 온 거라고 생각했다.

그런데 그게 다 내 착각이었다니. 새봄은 자꾸만 마음이 조급하고 욕심이 났다. 자신이 모르는 그의 과거와 그의 아픔까지 속속들이 다 알고 싶은 욕심.

"새봄! 우리 이제 일어나자."

"아, 네. 시간 너무 많이 뺏어서 죄송해요."

"내가 뺏은 건데? 몰랐구나? 그거 줘 내가 버릴게."

남기가 다 먹은 새봄의 컵을 카운터에 반납하고 돌아왔다. 그러다 갑자기 뭔가 떠올랐는지 새봄을 붙잡았다.

"근데 새봄아."

"네?"

남기가 비장한 표정으로 물었다.

"너 혹시 연출팀에 좋아하는 사람 있어?"

새봄이 1초의 고민도 없이 고개를 흔들었다.

"그치? 없지?"

"네. 근데 그런 건 왜 물어보세요?"

"술이 씨 친구가 궁금해하너라고."

놀리듯 말하는 남기를 새봄이 밉지 않게 흘겨보더니 물었다.

"석경 오빠가 물어봤어요?"

"걔 되게 궁금해하더라. 왤까?"

"모르겠어요. 그게 대체 왜 궁금한지."

"모른다고?"

남기가 황당한 표정을 짓자 새봄이 호기심 어린 얼굴로 쳐다봤다.

"감독님은 아세요? 오빠가 왜 자꾸 저한테 좋아하는 사람 누구냐고 묻는지."

"아, 아니. 나도 모르지."

그걸 어떻게 내 입으로 말하냐고. 남기가 목까지 차오른 말을 꿀꺽 삼켰다.

"새봄이 너 먼저 올라갈래? 나 볼일이 있어 가지고."

"네. 그럼 가 볼게요."

새봄이 인사를 하고 엘리베이터를 향해 걸어갔다. 그 모습을 보며 남기는 곧장 누군가에게 전화를 걸었다.

"수희야, 우리 의논할 게 좀 많을 것 같은데 지금 통화 좀 할 수 있나?"

Chapter 6

"새봄 씨, 해장국 싫어해요?"

해수의 물음에 새봄이 애써 웃으며 국밥 한 숟가락을 크게 떠서 입에 넣었다.

"오, 맛있다. 제가 원래 국밥 종류는 다 좋아하거든요."

"국밥을 좋아해요?"

"네. 빨리 먹을 수 있잖아요. 먹으면 든든하고, 가격도 저렴하고."

맛있게 먹는 새봄을 보며 해수는 안도의 미소를 내비쳤다.

"다행이다. 여기서 보자고 해 놓고 조금 후회했거든요. 이런 데 싫어할 수도 있으니까."

허름한 국밥집 내부를 아무렇지 않게 보던 새봄이 의아한 표정을 지었다.

"이런 데가 어떤 곳인데요? 음식만 맛있으면 됐죠. 해수 씨도

어서 먹어요. 어제 술 많이 드셨잖아요."

새봄은 어제 많이 취해서 남기에게 거의 실려 가다시피 한 해수가 떠올랐다.

그렇게 취한 와중에도 문자로 저를 챙겨 준 해수가 고맙기도 하고 미안하기도 한 새봄은 김치를 해수 쪽으로 밀어 주었다.

"김치 잘 익었어요. 같이 먹어요."

"고마워요."

어제의 숙취가 아직도 남아 있는지 해수가 수저로 국물만 겨우 떠서 먹었다. 새봄은 밥을 먹으면서도 언제 말을 꺼내면 좋을까 눈치만 살피고 있었는데.

"새봄 씨, 나 궁금한 게 있는데요."

"뭔데요?"

"대본 얘기예요."

"대본이요?"

새봄이 호기심 가득한 눈빛을 보내자 해수가 웃으며 말했다.

"지금 해도 돼요?"

"네. 지금 해 주세요."

"새봄 씨가 봤을 때 우리 드라마 남자 주인공 두 명 중 어떤 캐릭터가 더 매력 있어요?"

해수의 물음에 새봄은 아예 수저까지 내려놓으며 곰곰 생각에 잠겼다. 그러다 곧 결심이 섰는지 입을 열었다.

"제 개인적으론 아픈 과거가 있는 은후 쪽인데요."

"그래요?"

"네. 아무래도 마음이 더 가더라고요. 대본에 그런 대사도 있잖아요. 연민은 사랑의 최소 단위라고. 그래서 제가 여자 주인공이라면 은후한테 마음이 더 쏠릴 것 같아요. 근데……."

계속 말하라는 듯 해수가 고개를 끄덕이며 그녀의 말에 집중했다.

"요즘 시청자들은 다를 수도 있다는 생각이 들었어요."

"도훈이를 더 매력적으로 볼 수도 있다는 거죠?"

"네. 최근 흥행한 드라마 속 주인공들만 봐도 그래요. 도훈이가 거기에 딱 부합한 캐릭터이긴 해요. 일단 부자고요, 자신감 넘치고, 사랑하는 여자에게 직진하고, 능글맞으면서도 진지할 땐 진지하고."

"음…… 그렇구나."

"은후를 좋아하는 시청자들은 진짜 심각할 정도로 좋아할 것 같구요."

"하하. 심각할 정도요?"

열변을 토하며 자신이 분석한 캐릭터를 말해 주는 새봄의 모습에 해수가 작게 웃음을 터뜨렸다.

"도훈이는 확실히 대중적으로 인기를 얻을 수밖에 없는 캐릭터 같아요. 김 작가님 전작들을 보면 도훈이랑 비슷한 캐릭터들이 진짜 엄청난 인기를 끌었잖아요. 그런 걸 보면 이번에도 아마……?"

"그렇구나……."

"근데 그건 왜 물으세요?"

새봄이 궁금한 눈빛을 보냈다. 그러자 해수가 갑자기 물을 마시더니 대답했다.

"작가님이 저번 회식 때 아직 남자 주인공을 안 정했다고 하셨거든요. 근데 결국은 정해야 하잖아요. 드라마라는 게 엔딩은 반드시 오니까. 그래서 김 작가님이라면 어떤 선택을 할지 궁금했어요."

"아…… 그래서 그때 회식날 술을 많이 드셨구나? 주인공 놓고 신수현 씨랑 경쟁하느라."

"맞아요. 그날 좀 많이 마셨죠. 어차피 이렇게 될 줄 알았으면 살살 마실걸. 아니다. 그 덕에 취했고 새봄 씨도 만났고, 또 이렇게 사귀게 됐으니까 더 잘 된 건가?"

해수가 아픔을 뒤로하고 일부러 더 호탕하게 웃었다.

그게 새봄의 눈에 훤히 보였다. 새봄은 그저 뭐라 할 말을 잃은 채 그를 안쓰럽게 쳐다봤다.

"그렇게 불쌍한 눈으로 안 봐도 돼요. 저 괜찮아요."

"진짜요?"

"그럼요."

하지만 말끝에 물기가 젖어 있었다. 그는 하루아침에 주인공에서 단역으로 전락했다. 그 기분을 내가 어떻게 헤아릴 수 있을까? 새봄은 해수의 상황을 생각하니 그가 너무 안타까웠다.

그러다 문득 궁금해졌다.

'이미 하차한 남자 주인공 캐릭터를 왜 연구하는 걸까? 아직 미련이 남은 걸까? 아니면 단순히 대본이 재밌어서? 그것도 아니면 다음 작품을 위해 드라마 공부를 하는 건가?'

새봄은 이런저런 생각을 하다가 지금 이럴 때가 아니라는 판단이

섰다. 이렇게 웃고 떠들 때가 아니었다. 자신에게는 오늘 아주 중요한 미션이 있었다.

"저기 해수 씨, 지금 이런 말 하는 거 진짜 죄송한데요. 어제 일 말이에요, 우리 만나기로 한 거……."

"일단 먹고 얘기해요. 배고프다."

갑자기 해수가 밥을 먹기 시작했다. 아깐 국물만 겨우 떠먹고 잘 먹지도 못하던 사람이 맛있게 밥을 먹자 새봄은 어쩔 수 없이 입을 다물어야 했다.

'그래, 일단 다 먹고 얘기하자.'

그렇게 마음을 먹고 새봄은 서둘러 밥을 먹었다. 그런데 문제는 밥을 다 먹자 이번엔 해수가 급한 일이 있다고 그냥 가려는 거였다.

"잠깐만요!"

국밥집 앞에서 새봄은 해수를 황급히 붙잡았다.

"저 할 얘기 있는데……."

"새봄 씨, 내가 급하게 가야 할 곳이 있어서요. 오늘은 이만 헤어져야 할 것 같아요."

"혹시 무슨 일 있어요?"

"그런 건 아니고 예약을 했거든요."

"예약이요? 병원? 또 어디 아파요?"

"같이 갈래요?"

뭔지는 모르겠지만 일단 같이 가야 할 것 같았다. 새봄은 저도 모르게 고개를 끄덕이고 있었다.

그렇게 해수와 나란히 택시를 탄 새봄이 지금 얘기해도 되나 망설이고 있었는데.

"근데 전 새봄 씨 말이 틀린 것 같아요."

"틀려요? 제가 뭘요?"

"캐릭터 분석한 거요. 은후보다 도훈이 더 대중적 인기를 끌 거라는 말이요."

"그럼 해수 씨는 어떻게 생각하는데요?"

"당연히 은후죠."

"어째서요?"

"비밀이에요."

"알려 줘요."

"도착하면 알려 줄게요."

자신의 분석이 틀렸다는 해수의 말에 새봄은 내가 뭘 놓친 게 있나? 그 고민을 하느라 어제 일은 까맣게 잊고 말았다.

그리고 어느새 목적지에 도착했다. 택시에서 내린 새봄은 놀란 눈으로 주변 풍경을 보다가 해수를 쳐다봤다.

도착한 곳은 바로 바이크 연습장이었다.

"여긴 왜?"

"대본에 오프로드 모터사이클 경주 씬이 있다고 해서 배우려고 등록해 놨었거든요. 일이 이렇게 될 줄 모르고."

"그럼 취소를 하시지. 이거 위험하잖아요."

"이왕 등록한 거니까 배워 보려구요. 아, 은후가 더 인기를 끌 수밖에 없는 이유 알려 줄게요."

바이크를 한 대 골라 그 위에 올라타며 해수가 말했다.

"작가님이 이미 은후 캐릭터에 감정 이입이 많이 되어 있으세요."

"……."

"드라마는 작가 놀음이니까요."

해수가 나른한 눈빛으로 말했다. 하지만 새봄은 그와 반대 의견이었다.

"아니요. 드라마는 협업이에요."

"그럼 우리 내기할까요? 누구 말이 맞는지. 이긴 사람 소원 들어주기."

"네! 좋아요."

새봄은 자신 있게 대답했다. 그러자 해수가 피식 웃더니 바이크에 시동을 걸었다. 그는 능숙하게 바이크를 타며 서킷 위를 달렸다. 새봄은 놀란 눈으로 서킷 위를 위험하게 질주하는 해수를 바라봤다.

"뭐야…… 탈 줄 모른다더니……."

* * *

"어머! 우리 보윤 씨 바이크도 탈 줄 알아?"

리딩을 끝낸 수희의 집필실에 웃음꽃이 피어났다. 박보윤을 바라보는 수희의 눈에서 꿀이 뚝뚝 떨어졌다. 옆에서 지켜보던 남기와 석경은 어이가 없다는 듯 피식 웃었다.

"김 작가, 입에서 침 떨어지겠어. 이렇게 좋아할 걸 그러게 진작에 우 대표 말을 듣지 그랬냐. 우 대표가 그렇게 신인 안 된다. 박보윤 가야 된다, 할 땐 콧방귀도 안 뀌더니."

남기가 보윤과 수희 사이에 끼어들며 잔소리를 퍼부었다.

"아이고 깜짝이야! 최 감독 너 얼굴 좀 치워. 놀랐잖아. 보윤 씨 얼굴 보다가 네 얼굴 보니까 토 나올 것 같아."

"뭐어? 토오? 나 그 정도 아니거든? 나도 한때 학교에서 우석경과 얼굴로 라이벌."

"지랄하네."

"야! 너 지금 배우 앞에서 감독한테 지랄? 와. 나 집에 갈래."

"잘 가."

수희가 쿨하게 남기를 현관 쪽으로 밀치더니 보윤을 향해 미소 지었다.

"보윤 씨, 아까 1회 32씬 연기 진짜 끝내줬어. 너무너무 잘했어. 내가 원했던 게 바로 그거야. 그 눈빛."

수희가 천군만마를 얻은 듯 행복해했다. 이러면 안 되지만 리딩 때 해수가 했던 연기와 비교되어 더더욱 그랬다.

"32씬이요?"

박보윤이 대본을 펼쳐 다시 한번 보더니 "아…… 이 장면이요?" 하며 말을 이었다.

"이 씬은 작가님께서 힘줘서 쓴 게 딱 보이더라구요. 여기서 잘해야지 캐릭터뿐만 아니라, 이야기 전체가 딱 중심이 서겠다 싶었어요. 그래서 더 연습 많이 했습니다."

"어머. 대본 분석 능력도 뛰어나네. 역시 괜히 톱이 아니야."

"과찬이십니다. 그리고 죄송해요. 일찍 합류하지 못해서."

"아니야. 지금이라도 어려운 결정 내려 줘서 고마워. 근데 바이크 탈 줄 알아도 오프로드는 따로 배워야 할 텐데? 그거 되게 위험하거든. 그러지 말고, 그냥 대역을 쓰자. 최 감독. 그치? 그게 낫겠지?"

신발을 신고 나가려던 남기가 수희가 말을 걸자 언제 그랬냐는 듯 다시 들어왔다. 그러곤 꽤 진지한 얼굴로 대답했다.

"그렇긴 한데 본인이 직접 한다니까 말리진 않으려고. 아무래도 차이가 있으니까."

"네. 맞아요. 차이가 많이 나죠. 전 괜찮습니다. 며칠 시간 내서 배우면 돼요. 작가님, 너무 걱정하지 마세요. 작품에 폐 끼치지 않게 몸 관리 잘하면서 배울게요."

"그래? 그럼 멀리 가지 말고 여기 우 대표한테 배워."

수희가 소파에 앉아 느긋하게 차를 마시고 있는 석경을 가리켰다. 석경은 못 들은 척 계속 차를 마셨다.

"우 대표님도 바이크 타세요?"

"어. 쟨 대학 때 오프로드 모터사이클 대회 나가서 우승도 하고 그랬어."

'저 남자는 별걸 다 잘하네.'

박보윤이 경외심 가득한 눈빛으로 석경을 바라봤다. 박보윤의 눈빛이 심상치 않자 수희가 나섰다.

"보윤 씨, 반하진 말고. 우 대표 좋아하는 여자 있거든."

"김숙희."

석경의 입에서 저도 모르게 수희의 본명이 튀어나왔다. 공적인 자리, 특히 배우 앞에선 작가의 프라이버시를 존중해 주느라 절대 입 밖으로 본명을 꺼내지 않던 석경을 수희는 믿었었다. 그런데 이렇게 뒤통수를 칠 줄이야!

"와씨. 저게 사랑에 눈이 멀어서 친구를 배신하다니."

"미안."

"뭐야. 너 왜 사과해?"

"그럼 뭐 어쩌라고."

"와— 진짜 많이 변했다 우석경."

수희가 두 눈으로 보고도 믿기지 않는 듯 고개를 절레절레 흔들었다.

"근데 김숙희가 누구예요? 작가님 동생분이세요?"

박보윤이 어리둥절한 얼굴로 묻자 수희가 당황해하며 석경을 흘겨봤다.

"그냥 말해 줘. 그래야 더 가까워지는 법이야."

"그래? 그럼 다 말해야겠다. 보윤 씨, 우 대표가 지금 짝사랑하는 상대가 있는데 누구냐면……."

"야!"

석경이 자리에서 벌떡 일어났다.

"아니라니까! 짝사랑은 무슨."

"그게 사랑이 아니면 뭐니? 너 막 그 애 안아 버리고 싶다며."

"너 뭐야. 누가 얘기했어?"

"누구긴 누구야."

수희가 턱끝으로 어딘가를 가리켰다. 남기가 이번엔 테라스로 슬그머니 도망갔다.

"저 새끼를 진짜. 씨."

허리춤에 손을 얹은 석경이 욕을 읊조렸다. 그와 동시에 저번 날 술에 취해 취중 고백을 그 애가 아닌 남기에게 했던 것이 떠올랐다.

'난 그 애가 불쌍해. ⋯⋯어떨 땐 확 안아 버리고 싶어.'

지금 생각해 봐도 자신이 왜 그런 말을 했는지 이해할 수 없었다. 많이 취하긴 했었나 보다. 근데 그렇게 취했는데도 그 애가 정해수와 같이 들어오는 걸 보고 술이 확 깨다니. 대체 그 애가 뭐라고 내가 이렇게까지 반응하는 걸까. 진짜 기막힐 노릇이었다.

"그냥 고백해. 그래야 더 가까워지는 법이야."

수희가 씨익 웃으며 석경이 했던 말을 돌려주었다. 석경은 "고백은 무슨⋯⋯." 괜히 더 투덜거리며 도로 자리에 앉았다.

진정하자. 일단 차를 마시면서 차분히 생각해 보자.

그 애는 현재 사귀자는 정해수의 요청에 응한 상태다. 그러니까 표면적으로 두 사람은 사귀는 사이.

다행인 건 그 애는 정해수한테 마음이 없고, 곧 정해수를 만나 정리하겠다고 했다. 그런데 여기서 끝이 아니다. 그 애는 좋아하는 사람이 있다고 했다. 그 남자는 다른 여자를 좋아하고 있고, 연출 팀이라고 했다.

"최 감독!"

석경이 테라스로 피신한 남기를 향해 손짓했다. 남기가 쪼르르 다시 안으로 들어왔다.

"어. 왜? 우 대표."

"연출팀 누구래? 내가 알아보라고 한 거 알아봤냐고."

"아…… 그게 누구냐면…….."

남기가 수희의 눈치를 보며 말끝을 흐렸다.

"둘이 수작 부리지 말고, 좋은 말로 할 때 그냥 말해라."

"궁금하지?"

"누구야?"

"궁금하면 우리 엠티 보내 줘!"

석경이 억지로 화를 삼키는 듯 두 눈을 내리깐 채 숨을 크게 들이마셨다 내셨다. 그러곤 마치 영화 속 악당처럼 눈을 치켜뜨더니.

"죽고 싶냐?"

"우 대표 진정해. 지금 여기 박보윤 배우님도 있다고."

"하하하. 저는 괜찮습니다."

"보윤 씨! 괜찮으면 안 되지. 빨리 나 좀 도와줘."

남기가 얼른 보윤의 뒤로 가서 숨었다. 보윤은 당황스러웠다. 자신이 뭘 도울 수 있겠냔 말이다. 저도 얼마 전 '나무'에서 석경의 말재간에 홀려 5분도 안 돼서 도장을 찍는 바람에 소속사의 원성을 샀는데 말이다.

분노가 치달은 석경의 얼굴을 마주하니, 보윤은 뭐랄까 배우 인생 최대 위기를 맞이한 것 같은 느낌이 들었다.

"그나저나 세 분은 진짜 친하신 것 같아요. 듣기론 같은 대학 나오셨다고요?"

보윤이 자연스럽게 말을 돌리며 수희에게 도움의 눈길을 보냈다.

"어어! 우리 셋은 같은 학교."

다행히 수희가 받아 줬다.

"근데 학과는 달랐어. 난 국어국문, 최 감독은 연극영화과, 우 대표는 경영."

"진짜요? 어떻게 만나신 거예요?"

"영화 동아리."

"그렇구나…… 아, 맞다. 대표님! 저희 엠티 강원도로 가는 건 어때요?"

"엠티 안 간다고. 지금 촬영이 코앞인데 엠티는 무슨. 너네 놀려고 모였냐?"

깨갱. 박보윤이 동공 지진을 일으키자 수희가 어깨를 토닥이며 얼른 적응하라며 속삭였다.

"우 대표! 말이 심하네. 아깐 박보윤 씨 합류 기념으로 회식하 라며. 회식이나 엠티나 똑같은 말이거든? 좀 더 길게 하냐 짧게 하냐 그 차이지."

드라마 제작 발표회장에서는 말을 더듬는 것으론 모자라 헛소 리로 분위기를 흐려 실검 1위를 차지하던 남기가 지금은 아주 청산유수였다.

세 사람은 어느새 똘똘 뭉쳐 석경을 따돌리고 작당 모의를 하기 시작했다.

"보윤 씨, 강원도 어디로 갈까? 동해 어때? 거기 바이크 서킷 있다던데."

"제 별장도 동해에 있어요."

"별장? 세상에나 너무 좋다!"

저것들이 진짜 엠티를 갈 작정이긴 한가보다. 이대로 가만히 지켜만 볼 수 없었던 석경이 어쩔 수 없이 절충안을 내놓았다.

"너무 멀어. 가까운 데로 가. 용인 드림 월드에도 바이크 서킷 있고. 당일치기로…….."

"가까우면 엠티 맛이 안 나지."

'저 새끼가.'

눈치 없는 남기의 말에 석경이 이를 악물었다.

"이것들이 지금 다들 체력 비축을 해 놔도 모자랄 판에. 엠티? 야, 정신들 차려."

"어차피 넌 가게 돼 있어. 동해."

"내가 왜?"

석경이 자신만만한 표정으로 묻자 남기가 더 자신감 넘치는 얼굴로 타당한 근거를 늘어놓았다.

"누가 아주아주 열심히 짜 온 장소 리스트에 동해가 있었거든. 그것도 1순위."

여기서 누구는 그 애인 건가? 궁금해하는 동시에 석경은 벌써 진 것 같은 기분이 들었다.

"21씬 모터사이클 경주 장면을 동해에서 찍어야 하는 이유를 A4 10장도 넘게 써 왔더라. 그래서 내가 칭찬했지. 그랬더니 누가 준 노트북으로 처음 일다운 일을 했다고 어찌나 행복해하던지."

"간다."

석경이 일어나 현관으로 향했다.

"동해로 확정?"

"가든지 말든지 맘대로 해."

남기의 물음에 석경이 건성으로 대답하곤 서둘러 밖으로 나가 버렸다.

이제야 평화가 찾아온 집필실.

각자의 생각으로 조용하던 거실에서 먼저 정적을 깬 건 남기 였다. 남기가 수희를 향해 물었다.

"동해 확정이지?"

"어. 확정."

가운데서 뭔 소린지 못 알아들은 박보윤만 어리둥절한 얼굴로 대본을 뒤적거릴 뿐이었다.

* * *

"쟨 또 왜 저렇게 축 처져서 걸어가고 있어?"

석경이 차의 속도를 서서히 줄여 갔다. 하지만 바로 뒤에 차가 따라붙는지도 모른 채 새봄은 축 처진 어깨로 골목을 올라가고 있었다. 그런 새봄의 뒷모습을 무심하게 쳐다보던 석경의 눈빛이 어느새 걱정으로 바뀌어 있었다.

그가 '빵' 하고 클랙슨을 울렸다. 그러자 그 애가 화들짝 놀라 뒤를 돌아봤다. 자신의 차인 것을 알아보자마자 그 애는 환하게 웃으며 달려왔다.

　조수석 쪽 창문을 내린 석경은 걱정하는 말 대신 무심한 표정으로 말했다.

　"타."

　그의 말이 끝나기가 무섭게 새봄이 냉큼 차에 올라탔다.

　"왜 이렇게 늦었어?"

　"정해수 씨 만나고……."

　"그 새끼를 왜 만나?"

　'정해수'라는 이름을 듣자마자 석경은 자동 반사적으로 화를 냈다.

　"너 걔 안 좋아한다면서. 근데 왜 자꾸 만나? 안 좋아하는 거 맞아?"

　"좋아하는 사람 있다니까요."

　"근데 정해수를 왜 만나냐고."

　"어제 실수한 거 오늘 만나서 사과한다고 했잖아요. 아침에도 말했는데……."

　아, 맞다. 석경은 겸연쩍은 표정을 지으며 운전에 집중했다. 그래서 어떻게 됐는지 물어보고 싶었지만 지금 그 애의 표정을 보니 대답을 듣지 않아도 알 것 같았다.

　운전대를 잡은 석경의 손에 잔뜩 힘이 들어갔다.

　"너 설마 입도 뻥긋 못한 건 아니지?"

　"네……. 못 했어요."

　새봄이 한숨을 크게 내쉬었다. 정말 그의 말대로 입도 뻥긋

못했다. 해장국 집에서도 택시에서도 심지어 바이크 서킷에서도.

어제 일만 꺼내려고 하면 해수는 대화 주제를 급격하게 바꾸거나 자리를 피하기 일쑤였다.

"말로 못 하겠으면 문자로 해."

"그런 걸 어떻게 문자로 해요? 그리고 내가 실수한 거잖아요. 해수 씨는 진심으로 어렵게 고백한 걸 텐데. 대체 내가 왜 그랬는지 모르겠어요."

"그래서 이대로 그냥 사귀게?"

"아뇨. 거절해야죠. 해야 하는데…… 사실 저 그런 거 잘 못해요. 거절."

"큰일 났네."

"왜요?"

"피디 되겠다는 녀석이 거절을 못 하겠다니. 야, 피디 되면 거절하는 게 일이야. 여기저기서 말도 안 되는 요구 들어오는 게 얼마나 많은 줄 알아? 지금부터 연습한다고 생각하고 문자 보내. 싫다고. 어젠 진심이 아니었다고. 우린 이제부터 사귀는 사이가 아니라고."

"잠깐만요. 생각을 좀……."

"무슨 생각을 또 해!"

"미안해서 못 하겠어요. 으, 진짜. 그러게 오빤 왜 어제 나한테 잘 어울린다느니 이상한 소릴 해 가지고……."

새봄이 석경을 원망스레 흘겨봤다. 석경은 너무 황당해서 절로 목소리가 커졌다.

"지금 나 때문이라는 거야? 네가 술 취해서 사귄다고 한 거잖아. 당장 문자 보내라고."

"싫어요."

"뭐?"

석경이 미간을 찌푸리며 되묻자 새봄이 작은 목소리로 웅얼거렸다.

"연습한 거예요…… 싫다고 하는 거. 그럼 이제 문자로……."

새봄이 문자 창을 켜고 한창 들여다보고 있는 사이 집 앞에 도착했다.

석경이 브레이크를 잡고 새봄을 빤히 쳐다봤다. 새봄은 그의 시선을 느꼈는지 눈치를 흘끔 보다가 차에서 얼른 내렸다.

"내일 얼굴 보고 직접 말할래요!"

"하아……."

환장할 것 같은 얼굴로 석경이 차에서 내렸다. 후다닥 건물 안으로 달려 들어가는 새봄의 뒷모습을 보니 한숨이 절로 나왔다.

* * *

제작사 '나무' 대표실.

수희가 OST에 들어갈 데모 곡을 쭉 듣더니 마지막 곡에서 손을 번쩍 들었다.

"난 이거."

석경이 그럴 줄 알았다는 표정으로 태블릿을 덮으며 말했다.

"그럼 이제 가사 붙여서 올게. 수정된 시놉은 언제 줄 거야?"

"작사가한테 보여 줄 거 말하는 거지? 내가 간단한 컨셉안 정도로 작성해서 내일까지 줄게."

"오케이."

자리에서 일어난 석경이 사내 전화기로 김 팀장을 호출했다. 김 팀장이 곧장 노크를 하고 들어왔다. 석경은 내일 수정 시놉을 받자마자 작사가에게 보내라며 향후 일정을 공유했고, 김 팀장은 우렁찬 대답과 함께 다시 밖으로 나갔다.

"그래서 언제 고백할 건데?"

김 팀장이 나가자마자 수희가 질문 공세를 펼쳤다.

"근데 너 진짜 새봄이 좋아하는 건 맞지?"

"……."

"어? 이제 아니라고 안 하네?"

자포자기한 얼굴로 소파에 앉은 석경이 수희를 노려봤다.

"재밌냐? 다 알면서 왜 물어?"

"다 알아? 내가? 뭘? 네가 새봄이 좋아하는 거?"

"최남기가 어디까지 얘기한 거야?"

"술 마시다 정해수가 새봄이한테 고백했다며. 새봄이는 넙죽 받았고. 그때 옆에 있던 우석경의 표정이 질투로 막 엄청나게 살벌했다는 것도 들었어."

'자잘한 것까지 전부 다 얘기했다는 거네.'

석경이 다 식은 차를 마시며 화를 삭였다.

"새봄이는 너한텐 전혀 마음이 없나 봐? 네 앞에서 딴 남자

고백을 다 받아 주는 걸 보니.”

“······.”

“근데 왜 모르지? 이렇게 다 티가 나는데. 너 대체 새봄이한
테 어떻게 하길래 그래? 설마 우리한테 하는 것처럼 하는 건 아
니겠지? 야, 잘 좀 해 줘. 여잔 그런 거에 약해.”

“얼마나 더 잘해 줘야 되는데?”

가만히 듣던 석경은 울컥했다.

“내가 걔 맨날 밥도 해 주고, 밥도 사 주고, 신발도 사 주고,
노트북도 사 주고 다 사 줬는데.”

“오구오구 그래쩌요?”

수희가 딱해 죽겠다는 듯 보며 장난을 치다가 돌연 자세를
진지하게 고쳐 잡았다.

“근데도 새봄이는 모르잖아. 네 마음.”

“······.”

“그건 네 표현 방식이 잘못됐다는 거야.”

“그래서 어쩌라고?”

“남자답게 고백을 해.”

“걔 좋아하는 사람 있어.”

“그게 무슨 상관이야. 아직 사귀는 것도 아닌데.”

“정해수랑 사귀고 있잖아.”

“남기 말론 새봄이 걔 정해수 좋아서 사귀는 거 아니라던데.
거절 못 해서 얼떨결에 오케이한 거라며. 그럼 곧 정리하겠네.
그때 고백하면 되겠고.”

수희의 말이 끝나기도 전에 석경은 어이가 없다는 듯 찻잔을 내려놓더니 웃음을 터뜨렸다.

"왜 웃어?"

"걔 지금 그 정리를 못 해가지고 일주일째 나가서 정해수랑 밥만 먹고 들어와. 난 진짜 이해가 안 돼. 넌 이해할 수 있냐?"

석경이 미치고 팔짝 뛸 것 같은 표정으로 말했다. 그 모습을 수희가 킥킥거리며 재밌게 보고 있었는데.

"웃지 마. 넌 웃을 자격 없어."

"나 왜?"

"이게 다 너 때문이잖아. 왜 신인으로 가자고 난리를 쳐 가지고 말이야. 진작 박보윤으로 갔음 얼마나 편했어. 정해수 만날 일도 없었고."

"내가 이럴 줄 알았나?"

"너 솔직히 지금 박보윤으로 교체돼서 기분 너무 좋지? 리딩 때 보니까 아주 입이 귀에 걸렸던데."

"응. 나 요새 잠도 너무너무 잘 오고. 글도 잘 써지잖아. 다음부터 내가 또 이상한 고집 피우면 제발 좀 말려 주라."

수희가 속내를 털어놓았다. 지난날을 반성하는 기색이 역력했다.

"확실히 톱은 다르다는 걸 이번에 진짜 제대로 느꼈어. 그리고 박보윤이 왜 잘나가는지 알겠더라. 걔 눈빛 연기 봤니? 내가 딱 원했던 연기야. 나 이번에도 대박 날 것 같아. 어떡하지?"

"설레발치지 마. 대본 산으로 가면 쪽박 차는 거 한순간이야."

"넌 말을 해도 아주 그냥! 빨리 퉤 퉤 퉤 해! 부정 탄다고,

빨리 퉤!"

"왜 이래 유치하게. 심심하냐? 그럼 가서 빨리 대본이나 써."

"아오, 이 싸가지! 맨날 그딴 식으로 말하니까 새봄이가 너 안 좋아하지."

"뭐?"

"어머, 벌써 시간이 이렇게 됐네. 난 대본이나 쓰러 가야겠다."

수희가 혀를 쑥 내밀고 "메롱" 하더니 사무실을 나가 버렸다.

"하여튼 최남기랑 둘이 똑같다니까. 유치해."

석경이 넌덜머리가 난다는 듯 고개를 흔들었다.

'그딴 식으로 말하니까 새봄이가 너 안 좋아하지.'

하지만 수희의 말이 자꾸만 반복적으로 귓가에 울려 퍼졌다.

"내가 뭘 어쨌다고."

석경이 구시렁거리며 차를 마시려고 찻잔을 들었다가 빈 잔을 보고는 도로 내려놓았다. 그러곤 손목에 찬 시계를 응시했다.

오후 3시.

점심 먹었냐고 묻기엔 너무 늦었고, 저녁 뭐 먹을 거냐고 묻기엔 너무 이르고. 딱히 전화할 구실이 없었다. 근데 왜 자꾸만 전화가 하고 싶은 거지? 그 애가 뭐 하고 있는지 궁금해서 미쳐 버릴 것 같다.

"아니야. 일하자. 일."

책상 앞에 앉은 석경은 자기 최면을 걸어 마음을 다스렸다. 하지만 정신을 차리고 보니 이미 그 애에게 전화를 걸고 있었다.

끊어. 끊어야 돼. 석경은 재빨리 종료 버튼을 누르려는데.

—네! 왜 전화…… 헉헉. 하셨어요?

이런 망할. 빨리도 받네.

전화를 걸자마자 스피커 너머로 그 애의 목소리가 들렸다. 뛰고 있는지 숨소리가 거칠었다.

"왜 뛰어다녀?"

—소란 피디님이, 헉헉, 배고프다고 빵 사 오라고 하셔서. 어후, 힘들어. 으흑.

금방이라도 숨이 넘어갈 것 같은 목소리로 그 애가 대답했다.

그 순간 그 애가 왜 전화했냐고 물으면 아주 다정하게 네 안부가 궁금해서 전화했다고 말해야지, 라고 1분 전에 했던 다짐들이 와르르 무너지고 말았다.

"너 내가 거절하는 거 연습하라고 하지 않았냐? 빵이 처먹고 싶으면 지가 갔다 오지 왜 널더러 사 오래? 너 거기 빵 셔틀 하러 취직했어?"

—잔소리하실 거면 끊을게요! 저 바빠요.

뚝.

끊어진 핸드폰을 노려보던 석경은 당황스러웠다.

나한테는 아닌 건 아니라고, 싫은 건 싫다고 잘만 거절하면서. 대체 소란 피디랑 정해수한텐 왜 못 하는 거냐고.

"아이씨."

"이따 다시 들어오겠습니다."

하필 석경이 욕을 내뱉는 순간 문을 열고 들어왔던 김 팀장이 얼른 도로 나갔다. 그리고 직원들과 모여 대책 회의를 시작했다.

"대표님 말이야. 요즘 기분이 안 좋은 이유가 뭘까? 막 변덕도 심하게 부리고."

직원들의 시름이 깊어졌다. 그러다 직원1이 손을 번쩍 들고 발언권을 행사했다.

"저희랑 정 떼려고 하는 거 아닐까요? 대표님 미국으로 돌아간다면서요. '트리' 본사로."

얼마 전 '트리' 부사장 크리스가 '나무'에 방문했던 것을 떠올린 김 팀장은 대표실을 아련하게 쳐다봤다.

"진짜 가시려나?"

* * *

"피디님, 빵 사 왔어요!"

소란의 책상 위에 새봄이 빵 봉투를 내려놓았다.

"오, 땡큐."

소란 피디가 얼른 빵 하나를 꺼내 한입 크게 베어 물다가, 저를 부담스럽게 쳐다보고 있는 새봄에게도 빵을 내밀었다.

"너도 먹어."

"네. 잘 먹겠습니다."

새봄이 기다렸다는 듯 소란 피디 옆에 앉아 빵을 먹었다.

새봄은 순식간에 빵 하나를 다 해치우고 또 소란을 쳐다봤다. 그러자 소란이 떨떠름한 표정으로 빵을 또 건넸다.

"감사합니다."

"너 진짜 잘 먹는다."

"칭찬이시죠?"

"그럼. 현장 나가면 빨리 먹는 게 얼마나 중요한데."

"그래요? 그럼 앞으로 더 연습해야겠다."

"뭘 그런 걸 또 연습하니. 근데 넌 남자 친구 없어?"

"……."

새봄은 빵 조각이 목에 걸린 기분이 들었다. 지금의 제 상황은 남자 친구가 있는 것도 아니고 없는 것도 아니고 참 애매했다.

"있구나?"

"아뇨. 없어요. 아니, 있는데. 아니 그니까…… 곧 헤어질 거라서요."

"그럼 있는 거네. 근데 왜 헤어져?"

"좋아하는 사람이 따로 있어서요……."

"양다리야?"

"아뇨! 그건 아니에요. 그냥 마음속으로 저 혼자만 좋아하고 있는 거예요."

"짝사랑?"

새봄이 시무룩한 표정으로 고개를 끄덕였다.

아…… 이렇게 오빠를 향한 내 마음이 정의가 내려지는구나. 짝사랑. 그래 난 지금 짝사랑 중이다.

"근데 짝사랑을 왜 하는 거지? 난 나 싫다는 남잔 나도 싫던데."

"피디님도 우 대표님 짝사랑하시면서."

새봄의 입에서 볼멘소리가 터져 나왔다.

"짝사랑이라니. 우 대표님도 나 좋아한다니까."

"네?"

"너 그거 모르는구나? 나 말이야 원래 다른 팀에 있었어. 근데 대표님이 자기 프로젝트에 나 꼭 필요하다고 해서 온 거야."

"그게 좋아하는 거예요?"

"그럼 싫은 사람을 자기 프로젝트에 데리고 오겠니? 그리고 저번에 리딩 때 너도 봤잖아. 나 잘되라고 훈계해 주시는 거."

'욕한 게 아니고?'

새봄은 속으로 생각하며 소란의 말을 믿지 않았다. 사실 그런 게 좋아하는 거라면 오빠가 좋아하는 건 소란 피디님이 아니라 나지, 나.

나한텐 맨날 훈계하고 잔소리하고, 아까도 봐 쓸데없이 전화해서 소리나 지르고.

생각하면 할수록 새봄의 표정이 점점 더 굳어졌다. 아무리 좋게 생각하려고 해도 그가 자신을 좋아하는 건 아닌 것 같았기 때문이다.

"그 우울한 표정은 뭐야? 짝사랑하는 남자 생각하니?"

새봄이 고개를 끄덕이며 힘없이 말했다.

"포기해야 할까 봐요. 가망이 없거든요."

"그러지 말고 고백이라도 해 봐."

"차일 게 뻔하고, 그럼 어색해지잖아요. 그럼……."

더 이상 그와 같은 집에 있을 수도 없고, 집을 나오면 그를 영영 못 보게 되겠지…….

이런 일련의 일들을 모르는 소란 피디는 자꾸만 고백하라고 재촉했다. 그게 그렇게 단순한 문제가 아닌데 말이다. 새봄은 그저 답답하기만 했다.

"난 조만간 고백하려고."

"누구한테요? 오빠 아니 우 대표님한테요?"

"응. 첫눈 오는 날이 딱 100일이면 좋을 것 같아서 지금 날짜 고르고 있어."

"대표님이 안 받아 줄 수도 있잖아요."

"그럴 리가. 나 겁나 예쁘게 하고 고백할 거거든."

세상에. 저런 자신감은 어디서 나오는 걸까? 한편으론 소란이 부럽기도 해서 새봄은 갑자기 그 맛있던 빵이 맛없게 느껴졌다.

"그나저나 걱정이 하나 있긴 해."

"뭔데요?"

"대표님이랑 사귀면 장거리 연애를 해야 할 것 같거든."

"장거리? 그게 무슨 말이에요?"

"우 대표님 이번 작품 세팅만 딱 하고 미국으로 간대. 본인 원래 있던 자리로. 애초에 한국에 오래 있을 생각이 없었나 보던데."

그가 미국으로 돌아간다고?

그 얘길 듣는 순간 새봄은 심장이 쿵 하고 내려앉은 것으로도 모자라 바닥에 내팽개쳐진 기분이 들었다.

* * *

"소란이가 새봄이한테 얘기했겠지?"

집필실 한쪽에 마련된 회의 장소에서 수희는 커다란 화이트 보드에 새봄과 석경 그리고 소란의 이름을 보드 마커로 써 내려갔다.

누가 보면 드라마 회의를 하는 거라고 착각할 만큼, 수희와 남기는 열성적으로 사랑의 작대기와 견제 작대기를 그으며 열변을 토했다.

"아마 지금쯤 소란이가 새봄이한테 말했을 거야. 그럼 이제 어떻게 될까?"

두 사람이 머리를 맞대고 우석경과 새봄이 이어 주기 대토론을 펼쳤다. 심각한 표정으로 생각에 잠겨 있던 수희가 새봄에게 감정 이입을 하더니.

"아마 지금쯤 마음이 굉장히 조급해졌을 거야. 심장이 막막 요동을 쳤겠지. 당장이라도 달려가서 '오빠 좋아해요' 고백하고 싶어서 아주 그냥 입이 막 간질간질할 거야. 장담하는데 일주일 본다. 그 안에 고백한다."

수희가 박수를 짝 소리가 나게 치며, 새봄과 석경 사이에 '고백'을 적어 넣었다. 하지만 바로 남기가 수희의 보드 마커를 뺏어 '고백' 위에 엑스를 그려 넣었다.

"내 생각은 달라."

"왜?"

"그건 일반적인 사람들의 패턴이고. 네가 새봄이를 잘 몰라서 하는 말이고."

"새봄이는 일반적이지가 않다는 거야?"

"살짝? 너 말이야, 우석경이 새봄이한테 고백 안 하는 이유가 뭔지 알아?"

"자기애."

자판기처럼 누르자마자 답이 튀어나왔다. 남기가 수희를 향해 리스펙을 외치며 엄지를 추켜세웠다.

"그렇지. 맞지. 우석경 걘 자길 너무 아껴. 그러니까 새봄이가 다른 남자 좋아하는 줄 알고 고백 안 하잖아. 본인 상처받을까 봐. 근데 새봄이는 그게 아니야."

여전히 무슨 말인지 모르겠다는 표정으로 수희가 남기를 쳐다봤다.

"내가 아는 신새봄 캐릭터는 이런 상황에선 더더욱 고백 안 해."

"그럼?"

"오히려 '오빠 잘 가세요' 하고 행복을 빌어 줄걸? 걘 지금도 석경이가 자기 속이고 있는 거 다 알면서도 한마디 말도 못 하고 있잖아. 그게 왜인 줄 알아?"

"……."

"자길 속였어도 상관없다 이거야. 그냥 같이 있고 싶은 거야. 그 오빠가 날 안 좋아해도 상관없는 거라고. 새봄이가 고백 안 하는 이유는 내가 상처받을까 봐서가 아니라 그 사람 못 보게 될까 봐. 그거 하나인 거지."

"걘 그런 캐릭터야?"

"어. 내가 아무리 힌트를 줘도 석경이가 자기 좋아하고 있을 거라곤 눈곱만치도 생각 안 해. 그만큼 자존감이 낮아. 그런 캐릭터가 무슨 고백을 해. 그냥 말없이 떠나보내고 뒤에서 울걸?"

그게 그동안 남기가 봐 온 새봄이었다. 남기에 비하면 새봄과 대면할 기회가 적었던 수희는 남기의 말을 듣곤 그럴 수도 있겠다며 수긍하는 눈치를 보였다.

"와 대박이다. 어떻게 만나도 이렇게 만나나? 드라마에선 이런 캐릭터 둘은 절대 안 붙이지. 왜? 삽질만 주구장창 하니까. 그거 누가 재밌어 해. 이거 무슨 수를 써야겠네."

"무슨 수?"

"아주 극적인 사건을 터뜨리는 거지. 어느 한쪽이 진짜 못 참고 고백해 버리게. 그니까 내일까지 에피소드 10개 짜 와."

"저기요 작가님? 나 네 보조 작가 아니거든? 그리고 지금 드라마 회의 아니고 우석경 얘기하고 있었거든?"

"나도 알거든? 아, 근데 수연이는 그 뒤로 연락 없대?"

수연이 얘기에 남기의 표정이 심각해졌다.

"왜 그래? 또 뭔데?"

"내가 그 얘기 했나? 수연이가 석경이한테 자기 보러 와 달라고 했대."

"뭐? 그냥 부재중만 와 있던 거 아니었어? 전화 받은 거야? 세상에. 지금 이게 중요한 게 아니네."

수희가 보드 마커를 내팽개치곤 남기에게 자세히 얘기해 보라며 채근했다. 그러자 남기가 차분히 얘기를 전하기 시작했다.

얘기가 다 끝나자마자 수희가 생각이 많은 얼굴로 한숨을 길게 내쉬었다.

"안 간다고 했다고?"

"어. 새봄이 혼자 두면 안 된다고."

"진짜 우석경이 그렇게 얘기했어?"

믿기지 않은 듯 수희가 되물었지만 남기의 대답은 같았다.

"어. 안 간다고 했대. 나도 처음엔 되게 의아했지. 그 녀석은 진짜 수연이 안 궁금한가?"

"왜 안 궁금하겠어. 그렇게 오래 기다렸는데……. 애써 무시하려고 노력하는 거겠지. 당장은 수연이가 밉기도 할 테고."

"넌 좀 서운한 표정이다?"

수희가 거실 쪽 선반 위를 바라봤다. 액자 속 환하게 웃는 수연이를 보는 수희의 표정이 복잡 미묘했다.

"당연한 거 아니야? 난 수연이 궁금하단 말이야. 어디서 어떻게 뭐 하고 지내는지. 이 기지배 나한테라도 연락을 하지……."

수희의 한숨이 짙어지자 남기가 그녀의 어깨를 토닥이며 너스레를 떨었다.

"자, 회의 끝! 우리 오늘 일 너무 열심히 했다. 술이나 마시러 가자."

"나 대본 써야 되거든?"

"한 잔만 마시고 들어오자구우. 자자, 갑시다."

남기가 얼른 옷걸이에 걸려 있는 외투를 들고 와 수희 어깨에 걸쳐 주며 현관으로 향했다.

"안 돼!"

석경이 두 눈을 번쩍 떴다.

그의 호흡은 거칠었고, 이마엔 식은땀이 송골송골 맺혀 있었다. 오래간만에 악몽을 꾸었다. 아니, 그건 실제 과거에 있었던 일이었다.

피가 낭자한 선상 위. 고막이 찢어질 듯 크게 울리는 사람들의 비명. 숨이 멎어 가고 있는 부모님······.

술에 취해 자신이 무슨 일을 저질렀는지도 모른 채 남자는 비열한 웃음을 흘리고 있었다. 그 끔찍한 얼굴이 다시금 떠오르자 석경은 두 눈을 꽉 감았다 떴다. 그러곤 마른세수를 하며 침대에서 내려왔다.

시계를 보니 새벽 6시. 어차피 일어날 시간이었다. 석경은 지친 몸을 억지로 움직여 운동복으로 갈아입었다. 그리고 문을 열고 거실로 나갔는데.

"악, 깜짝이야!"

너무 놀라 소리를 지르고 말았다. 덩달아 새봄도 놀라 어깨를 움찔 떨었다.

"놀랐잖아. 너 왜 거기 서 있어?"

석경은 졸린 눈을 비비고 서 있는 새봄을 쳐다봤다. 새봄은 두 눈을 똑바로 뜨며 정신을 차리려 노력했다.

"저도 운동 가려구요. 촬영 시작하면 바빠서 운동할 시간 없으니까 체력을 미리 길러 놓으라고 소란 피디님이 그러셨거든요."

새봄이 열심히 준비한 핑계를 주저리주저리 늘어놓았는데.

"집에서 해. 새벽에 위험해."

딱 잘라 거절당했다.

"오빠랑 같이 가면 안 위험하지 않을까요? 나 진짜 운동해야 되는데."

"나 운동하러 가는 거 아니야."

"그럼요?"

"생각 정리."

석경이 무심하게 말하며 현관에서 운동화를 신었다.

"그럼 저도 생각을 정리하러 같이…… 알았어요. 안 갈게요."

오늘따라 석경의 눈빛이 더욱 차갑고 날이 서 있었다. 여기서 더 용기를 내는 건 어려웠다. 새봄이 운동을 포기하고 방으로 그냥 들어가려는데.

"그럼, 말 시키지 말고 따라오든가."

새봄이 다시 현관으로 쪼르르 달려와 운동화를 신었다. 그러곤 입술에 피가 안 통할 정도로 입을 꾹 다물었다.

"지금은 말해도 돼."

"뭐야. 어쩌라는 거, 앗! 이건 속으로 말한 건데."

새봄이 입을 가린 채 멋쩍게 웃는데도 석경은 여전히 무표정이었다. 그렇게 그는 찬바람을 쌩하니 일으키며 밖으로 나가 버렸다.

"괜히 따라가는 건가? 오늘 기분 되게 안 좋아 보이는데……."

덩달아 기분이 가라앉은 새봄은 그래도 전부터 석경과 함께 운동하고 싶었던 마음속 소원을 이루게 되어 가슴이 콩닥거렸다. 그리고 오늘 또 한 번 다짐했다.

딱 여기까지만 하자고. 짝사랑은 오늘까지만.

오늘 운동이 끝나면 그를 깨끗이 포기할 거야.

그는 어차피 떠날 사람이니까.

* * *

"헉. 헉헉……."

아니, 저 오빠는 무슨 생각 정리를 이렇게 빨리 달리면서 하는 거야? 새봄은 이젠 보이지도 않는 석경의 뒷모습을 찾으며 가쁜 숨을 내쉬었다.

왈왈!

그런데 그때 저 멀리서 개 짖는 소리와 함께 덩치가 엄청나게 큰 개가 등장했다. 개는 목줄에 묶여 있음에도 불구하고 견주를 끌고 아주 빠른 속도로 달려오고 있었다. 좁은 산책로에서 피할 곳은 뒤로 도망가는 방법밖엔 없었다. 새봄은 얼른 뒤로 돌아 개를 피해 걷기 시작했다.

왈왈! 왈왈왈!

뒤에서 개 짖는 소리가 가깝게 들리면 들릴수록 걸음도 빨라졌다.

어떡해. 내 뒤에 바로 있는 것 같아. 의!

새봄이 겁에 질린 표정으로 그저 땅만 쳐다보며 이젠 걷는 게 아니라 죽어라 뛰고 있었는데.

쿵.

"아얏."

누군가의 가슴팍에 얼굴을 부딪히고 말았다. 익숙한 향기와 함께 중저음의 목소리가 들려왔다.

"먼저 지나가세요."

석경이 새봄을 등 뒤로 숨기며 견주와 개를 보냈다. 그렇게 견주를 순순히 보내려 했건만, 겁먹은 새봄의 모습에 괜히 욱하는 마음이 들어 한마디 덧붙였다.

"목줄 짧게 잡으시고요."

견주는 민망해하며 목줄을 고쳐 잡고 또 개한테 끌려 산책로를 달렸다. 새봄은 석경의 커다란 등 뒤에서 안정을 되찾곤 슬그머니 고개를 내밀어 개가 사라졌는지 확인했다.

"오빠 고마워요, 앗, 말 시키지 말랬지……."

새봄이 입을 가리며 멋쩍은 듯 웃자 석경은 여전히 굳은 표정으로 새봄을 빤히 쳐다봤다.

"진짜 신경 쓰이게 하네."

"미안해요. 개를 무서워해서요."

"너보다 조그만 개가 뭐가 무섭다고."

"어렸을 때 옆집 살던 언니가 키우던 강아지를 안고 있다가 물려서, 진짜예요. 여기 봐요. 상처 있죠?"

새봄이 서둘러 티셔츠를 어깨 쪽으로 쭉 잡아당겨 쇄골 밑에 난 상처를 보여줬다. 석경은 저도 모르게 새봄이 가리킨 상처를 보다가 보면 안 될 것도 같이 보고 말았다.

그 애의 얇은 티셔츠 안쪽, 속옷에 감싸인 새하얗고 봉긋한 가슴.

재빨리 다른 쪽으로 시선을 돌린 석경의 귀가 새빨개졌다.

"인마. 너 뭐 하는 거야. 빨리 옷 올려."

"아무튼 전 그래서 개가 무섭다고요."

새봄이 아무렇지도 않게 티셔츠를 바로 하며 제 맘을 알아 달라는 듯 투정 부렸다.

"알았어. 알았으니까 좀 떨어져."

석경이 일부러 새봄과 멀리 떨어져서 걸었다. 그런데 또 맞은편에서 개가 온다. 석경은 긴 한숨과 함께 고개를 돌려 뒤를 봤다. 그 애가 또 얼굴이 하얗게 질려선 어디로 가면 좋을지 망설이고 있었다.

"이리 와."

석경이 제 등 뒤를 가리키며 새봄을 불렀다. 그러자 그 애가 쪼르르 달려와 제 등에 찰싹 붙었다. 뒤에서 그 애가 제 운동복을 살짝 건드리기만 해도 석경은 피가 아래로 몰려 미칠 것만 같았다.

"환장하겠네."

"네?"

"아냐. 아무것도 아니야. 야, 나 건들지 마."

"네······."

뒤에 오랄 땐 언제고 또 쌀쌀맞게 제 몸엔 손도 못 대게 하는 석경을 새봄이 흘겨봤다. 그래도 그의 넓은 등 뒤에 있으니 뭐랄까 세상 마음이 편해지며 누군가에게 보호받고 있다는 기분에 가슴이 뜨거워졌다.

쿵쿵.

심장이 빠르게 뛰기 시작했다. 새봄의 얼굴이 발그레해졌다. 아무래도 그를 포기하는 건 내일부터 해야겠다.

오늘까지만 좋아할래.

* * *

운동을 마치고 산책로를 벗어난 두 사람은 각자 다른 생각에 빠져 있느라 말이 없었다. 특히 새봄의 머릿속은 아주 복잡했다. 석경의 옆얼굴을 흘끔 훔쳐보던 새봄은 작게 한숨을 내쉬었다.

정말 미국으로 돌아가는 걸까? 근데 왜 나한테 얘기를 안 하지? 아니다. 내가 뭐라고 그런 얘기를 해 주겠어.

"신새봄."

"네?"

석경의 목소리에 새봄이 뒤늦게 정신이 번쩍 들어 고개를 들었다. 석경이 걸음을 멈추고 저를 응시하고 있었다. 쨍한 햇빛과 함께 그의 수려한 외모가 눈에 들어왔다.

운동을 나올 때만 해도 해가 뜨기 전이라 민낯이 전혀 부끄럽지 않았는데, 지금은 밝아도 너무 밝았다. 갑자기 밀려든 수치심에 새봄은 황급히 얼굴을 가렸다.

"왜, 왜요? 나 왜 불렀어요?"

"나 너한테 할 말이 있는데."

아. 드디어 얘기하려나 보다. 얼굴을 가리고 있던 새봄의 팔이 힘없이 툭 떨어졌다. 그리고 햇살이 눈부시다는 핑계로 찡그리던 두 눈을 지그시 내리깔았다.

"알아요. 다 들었어요."

"알고 있었다고?"

그래. 난 다 알고 있었고, 아무렇지도 않다. 그렇게 보여야만 한다.

마음을 굳게 먹고 새봄은 애써 웃으며 고개를 들었다. 웃으며 보내 주기로 한 거다.

"소란 피디님한테 들었어요. 그래서 언제 가는데요? 우리 환송회라도 해야 하는 거 아니에요?"

"금방 올 건데 무슨 환송회야."

"금방이요?"

"나 없는 동안 문단속 잘하고 있어. 퇴근하고 집에 들어오면 나한테 전화하고."

이게 무슨 소리지?

"뭘 그렇게 봐? 전화하기 싫어?"

"아뇨. 해요. 할 거예요. 전화⋯⋯. 근데 미국으로 돌아가는 거 아니었어요?"

"미국으로 왜 돌아가? 나 한국 사람인데. 다음 주에 '트리' 본사에 다녀올 거야. 작년에 제작한 드라마 판권 문제 때문에."

"아⋯⋯ 판권."

새봄이 저도 모르게 안도의 한숨을 내쉬었다. 하지만 아직도 믿기지 않았다.

"갔다가 오는 거 맞죠?"

"안 왔으면 좋겠냐?"

"아뇨! 꼭 왔으면 좋겠어요."

저도 모르게 불쑥 튀어나온 진심. 새봄의 얼굴이 화끈거렸다. 어떡하지? 좋아하는 거 들켰으려나?

새봄은 흘끔 그의 표정을 살폈다. 그는 고개를 살짝 옆으로 돌린 채 억지로 웃음을 참고 있었다.

"흠흠. 근데 소란 피디가 뭐랬는데?"

그러다 헛기침을 하더니 갑자기 말을 돌린다. 뭔가 말투에 웃음기가 묻어나 있다. 내 착각인 건가? 오빠가 즐거워 보인다. 이유는 모르겠지만 그가 기분이 좋아 보이니 나도 좋다. 새봄이 헤벌쭉 웃었다.

"소란 피디가 뭐랬냐니까."

"오빠 어차피 미국으로 돌아가야 한다고, 한국엔 길게 있을 생각 없을 거라고, 오빠랑 사귀려면 장거리 연애…… 앗, 이건 못 들은 걸로 해 주세요."

"참나. 너넨 일 안 하고 내 얘기만 하냐?"

"오빠 얘기하는 것도 일의 일부라고 소란 피디님이 그랬는데요. 저희 돈줄이시잖아요. 다들 오빠한테 관심이 많더라고요."

"관심? ……너는?"

"당연히 저도…… 많죠. 관심."

일 말고 다른 쪽이지만.

"그래? 다들 관심이 많아 나한테?"

평소 같았으면 "관심 같은 소리 하네. 너넨 일이나 똑바로
해."라며 비아냥거려야 정상이건만 그는 웬일인지 욕 대신 겸연
쩍은 미소를 보이고 있었다. 그리고 아까부터 계속 뭔가 즐거워
보인다.

설마……?

"오빠 혹시 소란 피디님 좋아해요?"

"무슨 근거로 그딴 말도 안 되는 소릴 하냐?"

"소란 피디님이 오빠 얘기했다니까 지금 되게 웃는 상이세요."

저도 제가 웃고 있는 줄 몰랐던 모양인지 석경이 서둘러 표정을
굳혔다.

"됐냐?"

"강한 부정, 더 수상한데……."

"아니라고. 내가 걜 왜 좋아해."

진짜 아닌가 보다. 아래턱에 잔뜩 힘이 들어간 걸 보니. 역시
그건 소란 피디 혼자만의 착각이었어. 그런데 궁금증을 해결하니
또 다른 궁금증이 밀려왔다. 새봄은 이 얘길 꺼내면 자신이 그를
좋아하고 있다는 걸 들킬까 봐 머뭇거렸다. 하지만 도저히 참을
수가 없었다.

"그럼 좋아하는 사람 있어요?"

"어."

"……!"

망설임 없는 석경의 대답에 새봄은 가슴이 철렁 내려앉았다. 알고 있던 사실인데도 이렇게 그의 입으로 직접 들으니 감당이 되지 않았다.

"아…… 그, 그렇구나. 있었구나. 좋아하는 사람이. 하하하."

여기서 상처받은 얼굴을 하면 제가 그를 좋아하고 있다는 걸 들킬까 봐 새봄은 억지로 더 밝게 웃었다.

"그 좋아하는 사람이 첫사랑이죠? 저 감독님한테 다 들었어요. 우와 안 어울리게 순정파시네. 첫사랑을 아직도 못 잊고 있다니. 진짜 안 어울려."

그런데 말을 하면 할수록 덫에 더 깊이 빠지는 느낌이 들었다. 저를 빤히 쳐다보는 석경의 눈빛 때문이었다. 새봄은 그가 왜 저를 저런 눈빛으로 바라보는지 알 수 없어 당황스러웠다. 그 바람에 말은 더 빨라지고 횡설수설 늘어놓았다.

그럴수록 더더욱 석경의 시선은 새봄의 얼굴에서 떨어지지 않았다. 그는 그녀를 옭아매는 듯한 눈빛으로 한참을 쳐다보다가 입을 열었다.

"나 첫사랑 따위 다 잊었는데. 남기가 그건 말 안 해 줬나 봐?"

"……."

"내가 좋아하는 사람이 누군지 궁금하지 않아?"

궁금하다. 궁금해 죽겠다. 근데 물어보면 티 나겠지?

"아뇨. 하나도 안 궁금한데요."

"그래?"

그는 그럴 줄 알았다는 듯 태연한 얼굴로 말했다.

"그럼 궁금해질 때까지 기다려야겠네."

그는 피식 웃으며 뒤를 돌았다. 주머니에 손을 꽂은 채 여유롭게 골목을 올라가는 그의 뒷모습을 바라보며 새봄은 지금이라도 당장 그를 붙잡고 말하고 싶었다.

'오빠가 누굴 좋아해도 상관없어요. 그 상대가 나이길 바라지도 않을 테니, 멀리 가지만 말아요. 이렇게 바라만 보는 걸로도 난 괜찮으니까.'

가슴 가득 차오른 고백을 애써 누른 채 새봄은 천천히 걸음을 옮겨 그를 뒤따라갔다. 그렇게 아침부터 뜨거워진 마음을, 선선하게 불어오는 청량한 가을바람에 억지로 실어 보냈다.

* * *

거울 앞에 선 석경은 저기압이었다. 오늘따라 자꾸만 넥타이가 비뚤게 보여 벌써 다섯 번째 넥타이를 고쳐 매는 중이었다.

'아뇨. 하나도 안 궁금한데요.'

문득 아침에 그 애와 나눴던 대화가 떠오르자 석경은 밀려드는 수치심에 몸서리를 쳤다.

난 대체 그 애한테 왜 그딴 걸 물어본 걸까?

"당연히 안 궁금하겠지. 내가 누굴 좋아하는지 그 애가 왜 궁금하겠어. 날 좋아하는 것도 아닌데."

석경이 머리카락을 쥐어뜯으며 후회했다.

괜히 날더러 미국에 안 갔으면 좋겠다는 그 애의 말에 들떠

가지고, 쓸데없는 질문을 했다. 어쩌면 그 애의 대답은 당연한 거였는데.

"미친놈."

아까 태연한 척하느라 갖은 인내심과 연기력을 발휘했던 석경은 혼자 있는 지금에서야 무너졌다. 저에게 이성적으론 전혀 관심이 없는 그 애를 계속 이렇게 혼자 마음에 품어도 되나 그런 생각이 들었다.

"후우……."

석경은 고개를 푹 숙인 채 한숨을 길게 내쉬었다.

철컥.

그런데 그때 거실에서 소리가 들렸다. 그 애가 방에서 나온 모양이다. 석경은 서둘러 슈트 재킷과 차 키를 들고 방을 나갔다. 거의 뛰듯이 거실로 나와 놓고는 석경은 언제 그랬냐는 듯 그 애를 보고도 못 본 척, 세상 여유로운 척하며 현관으로 향했다.

출근 준비를 마친 새봄은 가방을 어깨에 메며 석경을 향해 넌지시 물었다.

"지금 출근하세요?"

"보면 모르냐?"

구두를 다 신은 석경이 나가려다 다시 들어왔다.

"태워 줄까?"

"아뇨."

"왜?"

거절당할 거라곤 예상하지 못했던 석경이 당황해하며 되묻자 새봄이 운동화를 신으며 대답했다.

"누가 보면 어떡해요. 전 버스 타고 갈래요."

그렇게 그 애는 쌩하니 먼저 밖으로 나가 버렸다. 그 애를 데려다주고 싶은 마음에 거기까진 미처 생각하지 못했던 석경은 뒤늦게 민망함이 몰려왔다.

"저 가방은 왜 저렇게 커?"

건물 밖으로 나온 석경은 차에 올라타려다 말고 정문을 벗어나고 있는 새봄을 안쓰럽게 바라봤다. 저번부터 느낀 거지만 저 커다란 가방이 그 애한테는 아주 버거워 보였다.

그래서 데려다주겠다고 한 건데…….

새봄의 뒷모습을 보며 가만히 생각에 잠겨 있던 석경은 이내 결심을 한 듯, 차 문을 쾅 소리가 나게 닫았다. 그러곤 정문을 향해 달려갔다.

"버스 정류장까지만 같이 가자."

석경이 새봄의 가방을 뺏어 들었다.

"뭐야. 이거 왜 이렇게 무거워?"

가방을 어깨에 걸치던 석경이 놀란 눈으로 새봄을 쳐다봤다. 마찬가지로 갑자기 뒤에서 가방을 뺏긴 새봄이 어리둥절한 눈으로 석경을 올려다봤다.

"전 괜찮아요. 이리 주세요. 별로 안 무거워요."

"이게 안 무겁다고?"

"노트북 들어 있어서 그런가?"

"노트북이 이렇게 무겁다고?"

"책도 들어 있고……."

"책을 왜 가지고 다녀? 그럼 이북을 사."

"그건 보는 맛이 안 나서요."

"그건 그렇지."

아, 내가 지금 이럴 때가 아닌데.

"안 되겠다. 이거 너무 무거워. 그냥 차에 타. 내가 방송국까지 데려다줄게. 아무도 없는 곳에 내려 줄 테니까 걱정 말고."

"앗, 저 근데 들를 데가 있어서……."

"어디?"

새봄이 골목 어귀를 가리켰다. 그곳엔 토스트를 파는 트럭 한 대가 서 있었다.

꼬르륵.

동시에 그 애의 배에서 소리가 났다. 석경은 자신이 뭘 들었나 싶은 표정으로 그 애를 쳐다봤다. 새봄이 얼른 배를 움켜잡으며 민망한 웃음을 흘렸다.

"제가 자주 가는 토스트집인데 진짜 맛있거든요."

"너 아까 밥 두 그릇 먹지 않았나?"

"더 먹고 싶었는데 참았더니……."

"왜 참아?"

부끄러우니까. 좋아하는 남자 앞에서 밥 세 공기는 좀 그러니까. 새봄은 제 맘도 모르고 밥을 왜 먹다 말았냐며 훈계하는 석경이 얄미웠다.

"너 그럼 아까 그냥 막 혼자 나가 버린 게 저거 사 먹으려고 그런 거야? 와, 치사하네. 혼자만 먹으려고."

"오빠 길에서 파는 거 안 드실 것 같아서요."

"내가 왜 안 먹어? 나도 먹어."

"그래요? 그럼 제가 사 드릴게요!"

토스트 사 먹으려고 미리 현금을 준비한 모양인지 그 애가 주머니에서 꼬깃꼬깃한 천 원짜리 몇 장을 꺼내 들고 환하게 웃었다.

"베이컨햄치즈! 오빠 제일 비싼 걸로 사 줄게요. 가요."

새봄은 자신도 석경에게 뭘 사 줄 수 있다는 게 너무 신이 났다. 그렇게 가벼운 발걸음으로 토스트 트럭을 향해 걸었다.

그 뒤를 따라가던 석경은 새봄이 토스트 먹을 생각에 기분이 좋은 모양인지 콧노래까지 부르자 그게 귀여워 남몰래 웃음을 터뜨리고 말았다. 끔찍한 악몽을 꾼 날이 맞나 싶을 정도로 기분이 쾌청했다.

"아주머니, 베이컨햄치즈 하나랑 햄야채 하나 주세요."

능숙하게 주문하는 새봄의 옆으로 다가온 석경이 어색하게 서서 트럭 안을 둘러봤다. 길 가다가 뭘 사 먹어 본 적이 없었던 그는 여기 이러고 서 있는 게 조금은 생경했다.

"국물 드실 거죠?"

"어? 어."

새봄이 국자로 어묵 국물을 종이컵에 퍼서 건넸다. 석경은 이런 데 많이 와 본 척, 능숙한 척하며 새봄이 건넨 종이컵을 받아 차 마시듯 우아하게 국물을 마시려고 했으나.

"앗, 뜨거!"

너무 뜨거웠다. 입천장이 다 데일 정도로.

"괜찮아요?"

네 앞에서 모양 빠져서 쪽팔린 거 빼곤 괜찮지. 속으로 그렇게 생각하며 석경은 앞에 놓인 휴지로 입가를 닦았다.

"그거 줘 봐요."

옆에서 걱정스레 쳐다보던 새봄이 종이컵을 뺏더니 찬물을 살짝 부어 다시 건넸다.

"이제 덜 뜨거울 거예요. 오빠 또 싱겁게 드시니까 그게 아마 입맛에 딱 맞을 거예요."

"내가 무슨 애냐?"

구시렁거리며 이번엔 조심스레 국물을 마시던 석경의 두 눈이 번쩍 떠졌다. 간이 딱 맞았다.

"맛있네."

"그쵸? 이제 오빠 입맛을 딱 알겠어요. 제가 싱거우면 맛있게 드시더라구요."

"그럼 내가 만든 건 다 싱거웠다는 거네? 말을 하지."

"싱거운 게 건강엔 좋잖아요. 얹혀사는 주제에 제가 오빠한테 맞춰야죠."

새봄이 배시시 웃더니 국물을 마셨다. 석경은 새봄의 입에서 "얹혀사는 주제에"라는 말이 나온 게 마음에 걸렸다.

"너 월급 타면 방세도 내고 생활비도 내고 다 낸다며."

"네! 당연하죠. 다 낼 거예요."

"그럼 얹혀사는 게 아니지. 그냥 같이 사는 거야."

같이 산다고?

어쩌면 당연한 말인데 새봄은 그 말에 굉장한 의미를 부여하고 말았다. 평소 그 맛있던 국물도 이제는 너무 짜게 느껴졌다. 그와 같이 살며 입맛도 변했나 보다.

길지 않은 시간 동안 그에게 많은 것들이 길들여져 있음을 새삼 깨닫고 말았다.

"그러니까 앞으론 너 자신을 비하하거나 낮추는 말 따위 내 앞에서 하지 마. 다른 사람 앞에서도 하지 말고."

"왜……요?"

새봄이 조심스레 물었다.

'그러게, 왜지? 왜 얘가 그런 말을 할 때면 가슴이 아리고 먹먹할까?'

석경은 속으로 자문했다.

"누가 들으면 내가 너 막 눈치 주고 구박하는 줄 알 거 아니야."

"아…… 그래서?"

"어. 그래서."

"난 또 나 좋아하는 줄."

"뭐?"

"아, 아니에요!"

속으로 생각했던 것을 말로 내뱉고 만 새봄은 민망한 마음에 고개를 확 돌리고는 아주머니를 향해 "토스트 언제 나와요?"라고 물었다.

석경은 초조한 기색으로 새봄을 흘끔 쳐다봤다.

뭐야, 들킨 건가? 얘 은근 눈치가 빠르단 말이야. 내가 너무 티를 냈나? 아이씨. 몰라. 이제 이판사판 그냥 직진이다.

"자, 베이컨은 누구?"

"이쪽이요."

새봄이 토스트를 받더니 석경이 뜨거울까 봐 종이 한 장을 더 덧대서 건넸다.

"나 애 아니라니까."

"뜨거운 거 잘 못 만지면서. 냄비 잡을 때 항상 장갑 끼고 행주도 같이 사용하잖아요. 이중 보호."

"너 집에서 맨날 나 관찰했냐?"

"햄야채 나왔어요."

"와, 맛있겠다. 아주머니, 잘 먹겠습니다!"

찔리는 구석이 많았던 새봄을 살린 건 토스트였다. 자신이 주문한 토스트를 받자마자 크게 한입 베어 물려다가 석경이 옆에 있는 것을 의식한 새봄은 입을 반의반도 못 벌린 채 토스트를 먹었다.

"맛있어요!"

주인을 향해 새봄이 웃으며 말을 건넸다. 그러자 평소 새봄과 잘 알고 지내던 주인이 석경과 새봄을 번갈아 가며 보더니 물었다.

"새봄이 남자 친구 생겼구나?"

"네?"

새봄이 당황해하며 석경의 눈치를 흘끔 봤다. 아니라고 펄쩍 뛸 거라고 예상했던 석경이 가만히 있자 새봄은 더더욱 어떻게 반응을 해야 할지 몰라 안절부절못하고 있었는데.

"근데 남자 친구 나이가 좀 많으신가 봐?"

"캑캑."

빵 조각이 목구멍에 걸린 석경이 기침을 하며 아주머니를 쳐다봤다. 어디 가서 늙어 보인다는 소린 생전 들어 본 적이 없었는데. 아무래도 얘랑 같이 있으니까 상대적으로 더 나이가 들어 보이는 모양이다.

한편 뭔가 먹구름이 잔뜩 낀 석경의 표정을 살피던 새봄은 그가 제 남자친구로 오해받는 것이 기분 나빠서 그런 거라고 착각을 하곤 아주머니를 향해 서둘러 해명했다.

"남자 친구 아니에요. 그냥 아는 오빠예요. 남자 친구 저어얼대 아니에요!"

"……."

절. 대. 강조까지 해 가며 강하게 부정하는 새봄을 째려보던 석경은 "그냥 아는 오빠?" 중얼거리다 어이없는 웃음을 흘렸다.

"그래? 어쩐지. 그럼 저번에 그 청년이 남자 친구야? 새봄이 너 여기 앞까지 데려다준 잘생긴 청년 있잖아."

"아뇨! 그 사람은 그냥 친구예요 친구."

새봄이 손사래를 치며 수습했다. 하지만 이미 늦었다. 아주머니가 말하는 잘생긴 청년이 정해수임을 알아차린 듯 그가 빈 종이컵을 구기고 있었다.

"다 먹고 나와."

그가 굳은 얼굴로 손에 묻은 기름기를 휴지로 닦으며 트럭 밖으로 나갔다.

"잘 먹었습니다!"

새봄이 남은 토스트를 입에 구겨 넣고 서둘러 석경을 뒤따라 갔다. 우걱우걱, 입에 든 토스트를 씹으며 걷고 있었는데. 차가 있는 곳으로 향하던 석경이 빙글 뒤를 돌았다.

"왜, 왜 째려봐요?"

"……."

"아……! 아주머니가 한 말은 신경 쓰지 마요. 오빠 하나도 안 늙어 보여요."

"당연하지. 난 그딴 거 신경 안 써."

"그럼 왜……?"

"몰라서 물어?"

그는 뭔가 화를 가라앉히려는 듯 한숨을 크게 내뱉더니 뜬금 없는 말을 던졌다.

"너 대체 정해수랑 언제 헤어질 거야?"

뜨끔한 새봄이 망설이다 대답했다.

"오늘이요."

"맨날 말만 오늘이지? 그 새끼 만나면 또 휘둘리다가 그냥 집에 들어오잖아. 너 걔 만나다 보니까 좋아진 거 아니야?"

"좋아하는 사람 따로 있다니까요."

"그게 대체 누군데?"

"저 사실 오빠……."

그냥 솔직하게 제 마음을 고백하려던 새봄이 갑자기 말끝을 흐렸다. 순간 아까 운동을 하며 그가 했던 말이 떠오른 것이다. 좋아하는 여자가 있다고 했던 그의 말이.

"오, 오빠부터 말해 줘요."

새봄이 말까지 더듬으며 황급히 말을 돌렸다. 석경이 황당한 얼굴로 쳐다봤다.

"뭘?"

"좋아하는 여자 있다면서요. 누구예요?"

"아깐 안 궁금하다며."

"사실 궁금해요. 매일 밤잠도 못 이룰 정도로 궁금하다고요. 대체 누구예요? 오빠가 여자 만나는 거 난 보지도 못했는데 대체 누굴 좋아한다는 건데요?"

"내가 여잘 왜 안 만나? 맨날 만나고 있었는데."

맨날? 매일? 설마 김수희 작가님?

"김 작가 아니다."

"아니에요? 그럼 누구지? 매일 만나는 사람은 나……는 아닐 테고……."

"……."

"혹시…… 나예요?"

"……."

"나?"

제발 그렇다고 말해 줘. 새봄이 기대감이 가득 찬 눈빛으로 석경을 바라봤다. 석경은 뭔가 하고 싶은 말이 목 끝까지 차올랐지만, 인내심을 최대한 끌어 올렸다.

"일단 정해수부터 정리하고 와. 저녁에 다 얘기해 줄 테니까. 내가 누굴 좋아하는지."

그러나 눈빛은 인내로 제어할 수 있는 게 아니었다. 새봄을 빤히 쳐다보는 그의 눈빛은 너무나도 확고하고 정확하게 말하고 있었다.

'내가 좋아하는 건 너야.'

그 눈빛이 보내는 은밀한 신호에 새봄의 새하얗던 두 뺨이 발그레해졌다.

* * *

"김 팀장."

결재 서류를 검토하던 석경이 갑자기 결재판을 덮으며 김 팀장을 불렀다. 앞에 서 있던 김 팀장이 잔뜩 기합이 든 목소리로 대답했다.

"네! 다시 해 오겠습니다."

"그게 아니라."

"그럼요? 결재 반려하려고 무섭게 쳐다보신 거 아닙니까?"

"아니라고."

"말씀하십시오."

"나 몇 살처럼 보이냐?"

차라리 결재를 반려당하는 쪽이 훨씬 쉽겠다고 김 팀장은 생각했다. 왜냐면 대표님 입맛에 맞는 대답을 고르기가 매우 어려웠기 때문이다.

"솔직하게 대답해. 몇 살?"

"삼십 대 초반이요. 딱 제 나이 같아 보이세요."

"이거 반려."

석경이 결재판을 주며 노려봤다.

"왜요? 대답이 마음에 안 드세요? 솔직하게 말하라면서요."

"반려라고. 기자 간담회 장소 리스트 다시 작성해 와."

"리스트에 있는 호텔들이 요즘 제일 많이 하는 곳인데……."

"왜 많이 할까? 싸니까. 근데 굳이 뭐 하러 그런데 돈을 아껴? 김 팀장은 드라마 1회 시청률을 뭐가 좌우한다고 생각해?"

"배우? 아니, 시놉?"

"기사량."

"아……."

"알았으면 가서 요즘 연예부 기자들이 선호하는 음식, 장소 파악해서 리스트 다시 작성해."

"넵! 알겠습니다."

이 정도면 오늘은 양호했다고 생각하며 김 팀장이 얼른 인사를 하고 나가려는데.

"최 감독은?"

갑자기 또 질문이 날아왔다. 저 양반이 오늘따라 왜 이렇게 질척거리지. 세상 쿨하던 사람이었는데.

"네? 감독님이요?"

"걔는 몇 살 같냐고."

"이번에도 솔직하게 대답해야 됩니까?"

"어."

"감독님은 옷을 좀 젊게 입으시잖아요. 힙하게. 그래서 가끔 대학생으로도 보이고 그러던데요? 그에 반면 대표님은 슈트가 참 멋있긴 한데…… 감독님이랑 비교했을 때 상대적으로 좀 나이가 들어 보이는 편이죠."

"내가."

"넵!"

김 팀장이 서둘러 나가자마자 석경은 제 옷차림을 훑어봤다. 매일 비슷한 스타일의 슈트.

'근데 남자 친구 나이가 좀 많으신가 봐?'

석경은 자꾸만 토스트 아주머니의 말이 신경 쓰였다. 그 아줌마 안 어울린다는 말을 돌려서 한 거겠지? 나 그 애랑 사귀려면 스타일을 먼저 바꿔야 하나?

거울 속 자신의 패션을 점검해 보던 석경은 기가 찼다.

아직 고백도 안 했고, 그 애의 대답은 듣지도 않았는데 혼자 김칫국만 열심히 들이켜고 있는 꼴이라니. 너무 우스웠다.

"근데 얜 왜 연락이 없어?"

그 애가 정해수를 정리했는지 안 했는지 궁금해 미칠 것 같았던 석경은 핸드폰을 손에 쥐었다. 그런데 그때 핸드폰이 울렸다. 그 애한테서 걸려 온 전화는 아니었지만, 이 역시 기다리던 전화였다.

"여보세요."

석경이 전화를 받았다. 곧 성 비서 아저씨의 목소리가 들렸다.

—만나서 얘기할까? 아니면 뭐 어떻게 할래?

"일단 들어 보고요."

—나도 그 전에 확인할 게 있는데, 전 세입자에 대해 궁금해진 이유가 뭐야?

"뜸 들이시는 거 보니까 뭐가 있나 보네. 뭡니까?"

—아무래도 우리 만나야 할 것 같구나.

스피커 너머로 들려오는 성 비서의 목소리가 심상치 않음을 느낀 석경은 굳은 표정으로 물었다.

"혹시 할아버지한테 얘기했어요?"

—아직. 근데 내가 곧 보고를 해야 할 이유가 생겼어. 너랑 같이 사는 그 여자애 말이야…….

〈다음 권에 계속〉